MEG

LES ÉPUREURS

LES ÉPUREURS

Les Cybhom

MEG

Prologue

Rapport de la sélection

Année : 2138 - session : 12
Epureurs : Jov, An-Ting
Techniciens : Tessa, Coti

Pré Sélection
Candidatures : 384
Dossiers retenus : 68

Phase 1
Candidats présents : 64
Candidats signataires : 61

Taux de réussite aux épreuves :
Sport : 71% - 11 candidats éliminés
Transfert : 43% - 26 candidats éliminés
Neuroscience : 31% - 39 candidats éliminés

Candidats admis pour la deuxième phase : 20
Incidents : RAS

— Tu es prêt ? interrompit Tessa en débarquant dans le bureau de Jov.

— Pas encore, j'ai presque terminé le rapport.

— Celui que tu dois rendre aujourd'hui sans faute ?

— Tu le sais bien !

Depuis la clôture de la sélection, un mois auparavant, Tessa taquinait quotidiennement Jov à propos de cette tâche qu'il ne cessait de repousser.

— Au moins, tu as commencé ! Je repasse tout à l'heure.

— Non, reste. Je suis sûr que ça m'aidera à terminer plus vite.

Tessa obtempéra, il lui restait quelques réglages à vérifier et qu'elle soit là ou dans les locaux des techniciens n'avait pas d'importance. Elle sentit que Jov la dévisageait, s'apprêtant à relancer la conversation, mais elle préféra l'ignorer.

Phase 2

Équipe 1
Candidats : Cari, Dullian, Loun, Minda, Pax
Superviseur : An-Ting

Itinéraire : départ au cœur de la jungle, traversée de larges rivières
Bivouac : paillasses installées dans les arbres
Incidents : RAS
Travail d'équipe : Organisation et coordination par Cari et Dullian, bonne collaboration en duo. Les autres membres de l'équipe ont simplement suivi les directives.
Candidats retenus : Cari, Dullian

Équipe 2
Candidats : Kal, Mélisse, Nelson, Nora, Régo
Superviseur : Jov
Itinéraire : départ dans la mangrove puis traversée dans la jungle
Bivouac : hamacs
Incidents :
- *évacuation de Kal après une chute*
- *blessures de Nelson et Régo*

Travail d'équipe : bonne coordination sur les premiers jours. Scission de l'équipe initiée par Mélisse. Arrivée de Mélisse et Nora puis, le lendemain, de Nelson et Régo à la dernière minute.
Candidats retenus : Nelson, Nora, Régo

Équipe 3
Candidats : Bo, Clarisa, Ryne, Sélène, Tipone
Superviseur : Jov
Itinéraire : départ sur la côte, franchissement de la montagne puis jungle
Bivouac : couffins gonflables

Incidents :
- *morsure de serpent sur Tipone,*
- *blessure de Ryne*

Travail d'équipe : Division des tâches, erreur de trajet corrigée par Tipone pendant la mission, pénurie d'eau pendant trois jours. Difficile cohésion dans l'équipe faisant ressortir des personnalités négatives ou effacées.

Candidats retenus : Bo, Clarisa, Tipone

Équipe 4
Candidats : Drilla, Gondo, Loux, Sihl, Vaholi
Superviseur : An-Ting
Itinéraire : départ dans la montagne, dénivelé important, traversée de crevasses
Bivouac : couffins gonflables
Incidents :
- *évacuation de Gondo à la suite d'une chute de pierre*

Travail d'équipe : Soutien important, problèmes de gestion des bivouacs.
Candidats retenus : aucun, arrivée hors délai

Jov s'étira pour relâcher les tensions dans son dos. Revenir sur cette mission de la sélection était perturbant. Un stress permanent l'avait habité en suivant les prises de risque des candidats depuis les écrans de contrôle. An-Ting l'avait retenu plusieurs fois d'intervenir, rappelant que seuls les cas d'urgence vitale nécessitaient leur venue. L'objectif de la deuxième phase était essentiel dans la sélection. Éprouver les organismes autant physiquement que psychologiquement était le meilleur moyen de connaître l'essence de chacun. En l'occurrence, plusieurs candidats avaient révélé des traits de caractère discriminant pour le métier d'épureur.

Jov jeta un œil sur Tessa, toujours imperturbable. Ses longues tresses masquaient son visage alors qu'elle pianotait sur sa polytex. Il se doutait qu'elle finalisait le planning des prochaines semaines avant qu'ils vérifient une dernière fois, ensemble, l'organisation de la formation destinée à intégrer Clarisa et Nelson dans l'équipe des épureurs. Il avait hâte de commencer, stimulé par les enjeux de ce rôle qu'il endosserait pour la première fois. Il était trop tôt pour laisser son enthousiasme déborder, car, avant tout, il devait en finir avec ce rapport.

Phase 3

Profil des détenus proposés à l'analyse :
Préanalyse révélant la nécessité d'une intervention avec une problématique standard, volontariat du détenu.
Cas particulier : premiers jours encadrés par Tessa pour cause d'intervention urgente.

Sous la supervision d'An-Ting

Sujet 105 : Tipone
Bilan : Le candidat a été très marqué par les crimes touchant des enfants. Le candidat a ressenti du dégout pour le détenu qui ne s'est pas livré.

Sujet 106 : Dullian
Bilan : Le candidat a déroulé les techniques d'analyse de manière exhaustive. Bonne description du profil du détenu.

Sujet 107 : Nelson
Bilan : Le candidat s'est exposé pour éprouver son intuition, a compris toutes les facettes du détenu.

Sujet 108 : Nora
Bilan : La candidate n'a pu masquer ses peurs, rapidement exploitées par le détenu. La candidate a subi une agression nécessitant des mesures de protection supplémentaires.

Sous la supervision de Jov

Sujet 101 : Cari
Bilan : Des oublis dans l'analyse avec une trop grande importance attribuée au caractère violent du détenu.

Sujet 102 : Régo
Bilan : Abandon de l'analyse. Projet de devenir technicien.

Sujet 103 : Clarisa
Bilan : La candidate a persévéré pour obtenir la confiance du détenu. Analyse aboutie. Candidate perspicace qui découvre par elle-même le principe des interventions.

Sujet 104 : Bo
Bilan : Le candidat est passé à côté de nombreux détails cachés par le détenu.

— J'arrive à la dernière partie, s'exclama Jov. Avoue que tu ne t'attendais pas à une telle rapidité !

— Épatant ! En réalité, s'il y a une chose qui m'étonne, c'est que Sindra t'épaule pour assurer la formation.

— Effectivement, c'est une réelle surprise qu'elle ait accepté.

— Tu veux dire qu'en plus tu es à l'initiative de sa présence ?

— Oui. Comme An-Ting était occupé, j'ai tenté ma chance.

— Chance n'est pas le mot que j'aurais employé !

— D'accord, c'est un immense risque. Je me suis dit qu'on n'allait quand même pas rester fâchés indéfiniment. Bon, je termine et on en reparle.

Il était préférable de ne pas s'éterniser sur le sujet. Jov était bien conscient de s'ajouter une difficulté supplémentaire en faisant équipe avec Sindra, alors qu'il s'apprêtait à former des épureurs pour la première fois. Il espérait toutefois employer la bonne voie pour apaiser ses relations avec sa collègue.

Bilan :
Une première dans l'histoire des sélections avec l'abandon d'un candidat lors de la phase 3. Régo a souhaité s'orienter vers le travail de technicien, il a brillamment réussi les tests d'entrée.

Candidats refusés pour analyse incomplète : Cari, Bo

Candidats refusés pour proximité émotionnelle : Tipone, Nora

Candidats retenus : Clarisa, Dullian, Nelson

Vote des épureurs : 20 présents
Clarisa : 80% oui, 20% non
Dullian : 35% oui, 65% non
Nelson : 50% oui, 50% non

Encore une première avec cette égalité ! Cotoumi a intégré le vote des deux épureurs coordonnateurs de la sélection pour obtenir le résultat final.

Nelson : 54% oui, 46 % non

Résultat de la sélection :
Déroulement de la sélection sans problème particulier.

Intégration dans les équipes des Réalistes
- *Régo : technicien*
- *Bo, Cari, Dullian, Nora, Tipone : support des missions*
- *Clarisa, Nelson : épureurs*

Jov a été un responsable de sélection exemplaire et pourra être reconduit dans cette fonction.

Satisfait d'avoir achevé son rapport même s'il était absolument convaincu que personne ne prendrait la peine de le lire, Jov n'avait pu s'empêcher d'ajouter cette dernière remarque, démontrant la fierté qu'il éprouvait face aux excellents résultats de la sélection.

— Je suis à toi, annonça-t-il euphorique.

— Parfait. Clarisa et Nelson ont confirmé leur arrivée demain. D'abord, j'ai besoin de fixer précisément les créneaux du simulateur.

— Tout ce que tu voudras Tessa !

Jov s'était approché d'elle et la dévisageait avec un air enjôleur.

— Je croyais que ce point était déjà éclairci entre nous. Tu ne me compteras pas dans ton tableau de chasse.

— Ce terme est un peu choquant… Je vérifiais juste si tu n'avais pas changé d'avis.

— Vérifie tant que tu veux. Rien ne pourra me convaincre.

— Je suis presque tenté de relever le défi !

— Je t'interdis de me considérer comme un défi. Contente-toi de réussir la formation et de te réconcilier avec Sindra.

— Bien envoyé ! Tu as raison, ces objectifs me suffiront. Pour le moment…

1

Nel arpentait les ruelles colorées de Kourou avec nostalgie. Depuis la sélection, il se sentait évoluer dans un univers parallèle, n'étant plus complètement chez lui en Guyane. Devoir garder le secret sur son expérience dans la tour de l'Espoir n'avait pas plu à tout le monde, certains lui reprochant d'être distant quand d'autres le jalousaient ouvertement. Encore une fois, une page s'était irrémédiablement tournée. Il éprouvait un mélange d'amertume et d'enthousiasme qui lui rappelait son exil de la Guadeloupe. Là-bas, il avait également eu besoin de flâner dans son décor quotidien avant d'embarquer pour une nouvelle vie. Malgré ses déambulations hasardeuses, Nel parvint à l'adresse mentionnée dans les consignes reçues quelques jours plus tôt. Sans plus réfléchir, il scruta les fines gravures sur la porte à la recherche d'une forme hexagonale pour placer son codem. L'éclat de miroir s'illumina un instant déverrouillant l'accès. Même s'il ne croisa personne, tout avait été préparé à son intention : des instructions pour le transport de ses effets personnels à la configuration de l'escale en passant par une amusante note manuscrite de Jov.

Depuis qu'il avait appris qu'il s'occuperait seul de son retour à la tour de l'Espoir, Nel appréhendait ce moment, soucieux de ne plus être apte à réaliser un transfert. Il laissa la musique envahir ses pensées et l'inquiétude fit rapidement place au soulagement de retrouver l'environnement de la tour. En avance sur l'horaire du rendez-vous, il emprunta le tube multi-gravité pour rejoindre la promenade.

Son intuition ne l'avait pas trompé, Clarisa était là, admirant la vue sur Singapour. Nel avait maintes fois imaginé leurs retrouvailles, impatient de vivre cette expérience à ses côtés. Elle accourut vers lui les yeux brillants puis l'enserra tendrement.

— J'étais certaine que tu viendrais ici. Je suis désolée, j'aurais dû te répondre, mais après la visite de Tipone au Maroc j'ai eu mille choses à faire.

— Ce n'est rien, j'étais très occupé moi aussi.

En un instant, ils retrouvèrent leur complicité se racontant les réactions de leur entourage, la fierté des uns et l'envie des autres, partageant tous les deux le sentiment de ne plus savoir où était leur place.

— Tu imagines qu'on va bientôt entrer dans un cerveau ! s'exclama Nel.

— Je ne fais que ça ! Et, je ne me sens pas encore prête…

— Ce sera certainement progressif. En tout cas, Jov vend bien la formation !

— Tu as eu une note toi aussi ?

— Oui. « Tu t'apprêtes à partager les plus grandes expériences de ta vie…

— Guidé par un formidable épureur ». J'ai eu la même, c'est presque décevant.

— N'hésite pas à le lui dire surtout !

Clarisa se garda bien d'en parler à l'épureur, malgré l'insistance moqueuse de Nel. En revoyant Jov sur la passerelle qui menait au simulateur, elle s'était immédiatement sentie intimidée. Devant l'entrée de l'immense sphère, l'épureur les attendait accompagnée par une blonde longiligne, qui décroisa les bras à leur arrivée.

— Bienvenue à vous deux ! Content de vous revoir. Je vous présente la talentueuse Sindra qui aura le bonheur de travailler à mes côtés pendant votre formation.

Le regard de dédain qu'elle lui adressa démontra que l'éloge était tombé à l'eau. Pour autant, elle accueillit les candidats avec prévenance. Jov tenta de glisser de nouveaux compliments, sans plus de succès. Alors qu'ils s'équipaient dans le simulateur, Sindra chuchota discrètement.

— Écoute Jov, tu voulais que je les forme et j'ai accepté alors je vais faire mon boulot correctement. Il me semblait que tu en étais capable également. À partir de maintenant, tu ferais mieux de retenir tes blagues. Elles ne me font pas rire.

Jov fit abstraction de cette remarque à laquelle il s'était préparé, certain que pour rétablir le contact, il devrait en encaisser beaucoup d'autres.

— Les entraînements dans le simulateur seront votre principale occupation pendant les prochaines semaines, poursuivit-il. Le programme d'initiation a pour but de vous familiariser avec les modifications cérébrales les plus courantes. Aujourd'hui, nous allons réaliser le premier tutoriel ensemble.

Clarisa était inquiète et ravie à la fois d'entreprendre l'apprentissage concret du travail d'épureur dès le premier jour. Elle avait relu tous les cours de neurosciences et parcouru maintes fois le dossier de Julian, le détenu qu'elle avait analysé pendant la sélection en espérant pouvoir l'aider.

— Comment entre-t-on réellement dans un cerveau ?

— C'est bien une question de débutant ! s'exclama Jov.

— Comme si tu en avais connu beaucoup des apprentis, rétorqua Sindra. Vous verrez qu'aller dans un cerveau est assez simple, c'est un transfert comme un autre. Mais on n'y entre que pour le remodeler, sans faire de dégât si possible. Vous aurez beaucoup de travail avant de prétendre y arriver.

Clarisa réfréna ses autres interrogations, refroidie par les mots incisifs de Sindra. Sans se départir de son calme, Jov les emmena auprès du tableau de commande afin de déverrouiller le programme d'initiation à l'aide des codems des deux apprentis. La liste des nombreux tutoriels s'afficha, seul le premier pouvant être activé. Jov les invita à le suivre sur le bord de la sphère pour monter jusqu'à la ligne sombre qui imposait de s'assurer sur trois prises avant de progresser plus haut.

— Une fois que le programme d'entraînement est lancé, vous avez une minute pour vous positionner à cette hauteur, d'accord ? Maintenant, restez collés à la paroi.

Sans cette consigne, Clarisa se serait fait emporter par la multitude de lianes illuminées qui émergèrent du sol. Allant du simple filin à d'épaisses tiges attachées les unes aux autres en un maillage complexe, l'ensemble des axones interconnectés sur des neurones envahit rapidement l'espace.

— Notre objectif est d'atteindre ce point orangé. Sindra, tu veux être notre lumineuse guide ?

— Je vais plutôt fermer la marche, comme ça je serai sûre de ne plus t'entendre.

— Tu préfères me garder dans ton champ de vision. C'est compréhensible. Il paraît que je présente pas mal de dos !

Sans prêter attention à l'énervement de Sindra, Jov s'élança en direction de la minuscule lueur qui se détachait dans l'entremêlement phosphorescent face à eux. Clarisa lui emboita le pas, surprise par la texture molle bien que résistant sous ses pieds. Suivre Jov lui parut impossible. Il enjambait les obstacles, sautait d'un lien à l'autre avec une stabilité à toute épreuve alors qu'elle s'agrippait où elle le pouvait lors de chaque déplacement vertigineux. Elle avait souvent besoin de reprendre son souffle et se retrouvait distancée, alors Jov rebroussait chemin pour l'encourager ou lui conseiller un trajet plus aisé.

À l'inverse, Nel se sentit immédiatement à l'aise dans ce labyrinthe. Empruntant des itinéraires plus courts, mais aussi plus périlleux, il était passé en tête sans s'en rendre compte. Sindra le suivait de près, rectifiant parfois son trajet. Il était vrai, comme l'avait mentionné Jov, que la lumière bleutée des structures neuronales qui se reflétait sur ses longs cheveux blonds lui donnait une étonnante aura.

— Tu te débrouilles bien, mais garde des réserves, recommanda-t-elle.

— On est presque arrivés, non ?

— Loin de là. On ne voit pas encore le neurone final.

— Pourtant la lueur semble très proche.

— Tant qu'elle est aussi petite, c'est qu'on a encore du chemin à faire. Regarde bien où nous sommes.

Nel s'était tellement focalisé sur l'avancée vers l'objectif qu'il n'avait pas réalisé qu'il se trouvait toujours au centre de la sphère. Il ralentit, impressionné par les mouvements du décor gérés par le simulateur. Jov les interpella alors qu'ils atteignaient des espèces d'algues géantes ondulant paisiblement.

— Heureusement que vous deviez rester derrière, ironisa-t-il. Les zones vertes, comme celle-ci, sont plus dangereuses. Les mouvements des dendrites sont irréguliers et peuvent vous déstabiliser alors on se connecte.

Jov attrapa la main de Clarisa qui sentit une puissante force maintenir son gant collé à celui de l'épureur. Clarisa perdit toute notion du temps dans ces méandres. Déséquilibrée à plusieurs reprises par des dendrites remuantes, elle se concentrait sur ses gestes. Elle ne voulait pas avoir recours encore une fois à la poigne ferme de Jov pour maintenir son équilibre. Elle tenta d'oublier les sensations d'échauffement dans ses muscles qui n'avaient pas été autant sollicités depuis longtemps. Tant pis pour la souffrance, elle voulait tenir le rythme des grandes enjambées de Jov, d'autant plus que Nel et Sindra étaient de nouveau loin devant eux. Elle n'avait pas le temps de s'interroger sur le fonctionnement du simulateur, mais cela lui paraissait incroyable de discerner l'autre binôme tout en ayant autant de retard. Elle vit ainsi Nel et Sindra patienter auprès du neurone final pendant un temps qui lui parut encore infini avant de les rejoindre véritablement. Ils n'attendaient plus que son codem pour valider le parcours. Dès qu'elle l'eut apposé sur le neurone orangé, l'ensemble de la structure se détacha, les ramenant doucement vers le sol tandis que le reste disparaissait dans les parois de la sphère.

— C'était extraordinaire ! s'exclama Nel. Et finalement, plutôt amusant.

Sindra ôta son équipement avec un sourire.

— Vous n'êtes pas encore près de la réalité. Les interventions sont beaucoup plus complexes, car le cerveau est toujours en mouvement.

— Le programme d'apprentissage est très bien conçu, ajouta Jov. Comme un épureur n'intervient jamais seul, le même principe est appliqué pour les tutoriels qui doivent obligatoirement être entrepris à deux. On est chanceux avec vous, nous n'aurons qu'à valider vos progrès !

— Ce n'est pas si simple. Vous pourrez réaliser certains exercices de manière autonome et surtout vous entraîner ensemble, mais il est essentiel qu'un épureur soit présent pour vous aider à progresser. Jov semble avoir oublié l'importance de sa propre formatrice, à moins que tu ne te souviennes plus de Nydie…

Jov ravala son amertume, ce sentiment encore trop présent malgré les années passées depuis la disparition tragique de son amie. Il n'était pas capable de s'attarder sur cette blessure.

— Bien entendu, vous bénéficierez d'un suivi personnalisé pour devenir des épureurs qualifiés. Honneur à la plus belle. Sindra, lequel souhaites-tu prendre sous ton aile ?

Le compliment ajouta à l'exaspération de Sindra qui répondit sèchement.

— Laisse-les donc décider !

Dans cette ambiance tendue, Clarisa se vit donner la responsabilité de choisir. Craignant les remontrances acerbes de Sindra qui ne manquerait pas de détecter sa faiblesse musculaire, elle préféra la confiance teintée d'ironie de Jov.

— C'est parfait ! Tu vois Sindra, je suis assez performant pour intéresser nos apprentis.

— Tu es surtout plus arrogant que jamais. Espérons que ça te réussira mieux qu'avant.

Les deux épureurs sortirent rapidement du simulateur, chacun empruntant une direction opposée. Clarisa et Nel eurent la surprise de voir apparaitre Régo courant dans leur direction.

— Ouf, j'ai eu peur d'vous manquer. J'suis trop content d'vous r'voir.

— Qu'est-ce que tu fais déjà là ?

— J'ai pas t'nu plus d'une s'maine sous les réprimandes d'mon père. Alors, j'suis rev'nu plus tôt.

Régo était lui aussi en formation, passionné par les technologies qu'il découvrait

— J'sais qu'vous pouvez rien m'dire, mais si j'rejoins l'équipe technique des épureurs, là vous m'racont'rez tout !

— J'ai hâte ! s'enthousiasma Nel. C'est fantastique.

— Surtout en bonne compagnie, non ? C'est qui la ravissante blonde qu'était avec toi ?

— Sindra, c'est l'épureur qui va me conseiller ces prochaines semaines.

— Sympa, même si elle devait être mieux plus jeune.

— Je ne suis pas certaine qu'elle soit très sympa justement. Elle semble détester Jov.

— Impossible ! J'en ai pas croisé une qui n'soit attirée par lui. À part celles qui craquent sur moi, bien sûr !

Tout en plaisantant, ils se dirigèrent vers l'étage des logements. Régo expliqua que tous les personnels de la tour habitaient la plupart du temps à l'extérieur, tout en disposant de chambres personnalisables s'ils devaient rester sur place.

— J'me suis arrangée avec Tessa pour qu'on soit dans l'même bloc.

— Génial, remercia Clarisa. Tu pourras me montrer où est celle de Tipone. Je l'ai cherché sans succès en arrivant ce matin.

— Justement, je voulais te d'mander d'ses nouvelles. Ni lui ni Nora ne sont ici alors que Bo, Cari et Dullian travaillent déjà.

— Comment ça ? Il a quitté le Maroc il y a près de trois semaines pour rejoindre la tour.

— Idem pour Nora, ajouta Nel. Elle partait de Floride au même moment.

— J'vous assure qu'y sont pas là.

En un instant, Clarisa perdit l'allégresse de cette journée riche en découvertes et en retrouvailles. Elle ne s'était pas étonnée du silence de Tipone après son arrivée à Singapour, certaine qu'il était submergé par ses nouvelles responsabilités. Mais s'il n'était pas revenu à la tour de l'Espoir, où se trouvait-il ?

2

Il s'était entaillé le bras, encore une fois. Pressé par le chef d'équipe, il n'avait pas repéré le couvercle affuté de la boite de conserve. La blessure était peu profonde, pas de quoi s'arrêter. Comme un automate, Tipone attrapait tous les objets métalliques pour les jeter dans son bac. Le moindre oubli provoquait des beuglements agressifs qui s'ajoutaient au vacarme déjà insupportable des engins déversant les déchets sur le tapis qui se déroulait devant eux.

Comme tous ceux affectés à la chaîne de tri, Tipone s'estimait chanceux. Même si les écorchures étaient quotidiennes, il évitait les odeurs pestilentielles des bains de nettoyage de l'autre côté de l'usine. Ceux qui passaient la journée sur ce type de poste sortaient encore plus abattus que lui. Tipone avait beau garder en tête l'objectif d'intégrer la communauté des Cybhom, il perdait souvent espoir.

Depuis qu'il était arrivé, personne n'avait réussi à se faire accepter, pourtant peu baissaient les bras persuadés que leur tour viendrait.

Alors qu'il rejoignait son baraquement, anticipant sur les maigres soins qui soulageraient son bras, il fut pris d'un doute. Et s'il lui était arrivé quelque chose ? Et si elle avait abandonné ?

Il éprouva un irrépressible besoin de se rassurer, certain qu'il ne pourrait pas poursuivre sans elle. La retrouver n'était pas chose facile, ils ne s'étaient pas revus depuis leur entrée dans la zone industrielle. Tipone inspecta un à un les bâtiments des ouvriers dans l'espoir de l'apercevoir. Il n'avait pas beaucoup de temps, bientôt les douches seraient ouvertes. Il ne pouvait pas manquer l'horaire sous peine d'être réveillé toute la nuit par les démangeaisons dues aux poussières accumulées sur sa peau. Enfin, en explorant un nouveau dortoir, il vit dépasser de longues mèches rousses d'un lit superposé. Répondant à son appel, Nora se précipita à sa rencontre, souriante malgré la fatigue qui se lisait sur son visage. Tipone se sentit immédiatement réconforté, persuadé d'avoir fait le bon choix.

— Tu vas bien ?

— Pas vraiment, mais je gère. Toi par contre, tu es bien amoché.

Étonné par sa voix plus rauque que d'ordinaire, Tipone l'observa attentivement. De lourds cernes marquaient ses yeux, ses joues s'étaient creusées, tout comme sa silhouette, la faisant paraître plus sombre, plus dure.

— Il faut faire quelque chose, Nora.

— Je sais bien…

Nora était lasse, désespérée par leur situation. C'était elle et elle seule qui pouvait les faire évoluer, mais rien n'aboutissait. Sans savoir pourquoi, elle s'était fait remarquer dès la première semaine au milieu des volontaires qui s'occupaient des récoltes, ce qui leur avait valu d'intégrer les usines. Cependant, après trois entretiens individuels depuis qu'elle travaillait sur la chaîne d'assemblage, elle occupait toujours le même poste.

— Tu dois leur dire qui nous sommes réellement.

— Tipone, on s'était promis de ne rien dévoiler sur la sélection.

— Je sais, mais il semble que l'on n'ait plus le choix. Moi, je passe totalement inaperçu, pourtant j'ai tout essayé. Notre unique chance c'est toi, et ce que tu leur racontes. Ils savent qu'on est venu ensemble ?

— Oui, mais ça ne compte pas pour eux.

— Qu'est-ce qu'ils t'ont demandé cette semaine ?

Dépitée, Nora secoua la tête en baissant les yeux.

— Ils ne m'ont pas rappelée…

Tipone avait pris congé prétextant devoir rejoindre son baraquement, mais Nora n'était pas dupe de sa déception. Peu encline à entamer la conversation avec les autres ouvriers, elle se plaça en bout de table fixant son bouillon de légumes. Elle aussi s'inquiétait sur leur capacité à tenir ce rythme éreintant. Même s'ils étaient logés dans les baraquements attenants aux usines depuis quelques semaines, elle ne se voyait pas tenir longtemps dans cet état. Nora était désormais certaine que se présenter comme des amis convaincus par la philosophie des Cybhom ne suffirait pas. Maintenant, elle redoutait beaucoup plus d'être séparée définitivement de Tipone que d'échouer à intégrer cette communauté. Elle décida de saisir la moindre opportunité de mettre en avant leur duo.

L'occasion se présenta quelques jours plus tard lorsque la machine qu'elle alimentait se bloqua, mettant en pause une dizaine d'ouvriers sur la chaîne d'assemblage. Sans attendre l'arrivée du technicien de maintenance et malgré les réprimandes de son responsable, Nora ouvrit le boitier de commande pour réinitialiser le programme. Son irrespect des règles lui avait valu un supplément d'heures, mais l'initiative avait payé puisqu'elle se trouvait de nouveau dans le bureau du recruteur justifiant de ses connaissances techniques.

— J'ai appris avec mon père, il passait son temps à réparer toutes sortes d'appareils. Lorsque la machine s'est arrêtée, j'ai tenté de relancer le système comme il le faisait.

S'en suivit l'habituelle série de questions sur ses origines et les raisons qui l'avaient amenée à vouloir intégrer la communauté des Cybhom. Nora prit soin de mentionner Tipone comme celui qui l'avait persuadée de tenter sa chance.

— C'est vrai que ma décision peut paraître précipitée. Quand il m'a détaillé la reconnaissance des compétences que vous mettez en œuvre, j'ai senti que mon avenir était ici, tout comme lui. Nous n'avons aucun regret d'avoir laissé Singapour derrière nous.

Le recruteur qui restait impassible depuis le début, enregistrant méthodiquement ses réponses, se redressa soudainement.

— Singapour ?

Il dut déceler la culpabilité de Nora, car il la dévisageait maintenant avec insistance.

— Tu disais venir de Floride, alors pourquoi Singapour ?

— Je me suis trompée, je…

— Raconte-moi. Comment s'est déroulé ton voyage avant d'atteindre l'Espagne ? amorça-t-il avec bienveillance.

— J'ai rejoint l'Amérique du Sud pour prendre un aéro…

— Mais tu n'es pas venue directement ici ?

— Non… J'ai d'abord retrouvé Tipone chez lui pour finaliser les préparatifs… On savait qu'il nous faudrait tenir un certain temps par nos propres moyens.

— Donc, Tipone vient de Singapour ?

Intimidée, Nora se contenta de hocher la tête. Le recruteur se voulait détaché, mais il ne cessait de changer de place, tantôt assis devant son écran, tantôt debout contre son bureau.

— Comment vous êtes-vous rencontrés tous les deux ?

Nora ne pouvait mentir à ce sujet ou Tipone perdrait de son intérêt pour les Cybhom. Cependant, elle rechignait à avouer la vérité, craignant d'en dévoiler trop sur leur expérience dans la tour de l'Espoir.

— Prends ton temps, énonça le recruteur avant de s'asseoir.

Enfin, désireuse d'échapper au quotidien épuisant du labeur de l'usine, Nora murmura :

— Nous avons participé à la dernière sélection ensemble.

Le recruteur perdit toute contenance. Il déplaça sa chaise face à elle avant de la bombarder de questions.

— Je ne peux rien dire, j'ai signé un contrat de confidentialité.

— C'est vrai. Cependant, tu n'as pas à t'inquiéter, il ne s'applique pas ici.

— Sauf que si je suis contrainte de retourner en Floride, ces renseignements risquent de pénaliser toute ma communauté.

Le recruteur eut beau argumenter, Nora n'en démordit pas.

— Une dernière question. Le contrat porte sur les épreuves de la sélection, n'est-ce pas ? Alors, tu peux me dire combien de temps vous êtes restés.

— Je ne sais pas si... peut-être que oui. Ça a duré trois mois.

Nora s'était attendue à être rappelée, mais les journées s'enchaînaient dans une routine implacable. Sans nouvelles, elle n'osait plus retourner voir Tipone. Elle le savait désespéré d'avoir été affecté aux bains de nettoyage où il remontait les déchets au milieu des vapeurs toxiques. Comme elle, il ne tenait que grâce au mince espoir que l'entretien laissait entrevoir.

Tous les matins, le même message était diffusé dans le réfectoire de chaque baraquement. Le discours très solennel faisait étalage de la vie confortable qui serait offerte par les Cybhom aux plus persévérants d'entre eux. Régulièrement, il était fait mention d'un certain nombre d'heureux élus qui voyaient leur vie prendre un tournant merveilleux. Cette fois, une voix différente prit le relais.

— Aujourd'hui, cette chance est accordée à l'une d'entre vous. Pour cette raison, votre matinée est libérée.

L'effervescence battait son plein dans le réfectoire. De petits groupes s'échauffaient mentionnant les femmes récemment reçues en entretien, chacun y allant de son pronostic. Le recruteur arriva enfin établissant un silence immédiat. Nora trouva sa prestation insupportable. Il prit un temps infini à rappeler que chacun pouvait parvenir à cet objectif, que l'effort serait récompensé. Autour, l'impatience grandissait. Nora n'était pas en reste, ne tenant plus en place, alternant entre espoir, doute et crainte. Puis, encore plus lentement, le recruteur parcourut les rangées d'ouvriers, stoppant devant certains pour les encourager à persévérer. Finalement, il s'arrêta face à Nora. Tout le monde s'efforçait d'applaudir sans que personne ne se réjouisse de sa réussite.

Nora fut amenée devant l'assemblée qui la connaissait peu. Le recruteur fit étalage de ses qualités, réclamant des félicitations qui sonnaient faux. Puis, elle fut invitée à préparer ses affaires. Soulagée, elle sortit du réfectoire tandis que les invectives reprenaient. La matinée s'éternisa avec la longue file des ouvriers qui devaient chacun lui adresser un mot, s'estimant chanceux d'avoir pu côtoyer une potentielle Cybhom. Nora ne savait définir ce qui était le plus gênant entre ceux et surtout celles qui la regardaient de travers et les autres qui semblaient la vénérer.

Les ouvriers reprirent le travail alors qu'un véhicule venait la chercher. Pendant le trajet, le recruteur ne cessait de parler, présentant chaque zone qu'ils longeaient, toutes délimitée par d'imposants murs d'enceinte. Ils passèrent devant celle qu'il occupait, mais plus pour longtemps espérait-il après avoir réussi ce recrutement.

— Tu es très importante à leurs yeux. Ils t'intègrent directement chez les PériCyb, l'espace d'habitation le plus sécurisé, l'ultime zone avant de devenir un Cybhom. Ici, tu ne manqueras de rien. De plus, le contrat de confidentialité de la sélection ne s'appliquera plus, rassure-toi. Je suis obligé de te rappeler qu'entrer dans la communauté des Cybhom est une décision irrévocable, mais qui refuserait pareil honneur ?

Nora acquiesça le ventre noué. Maintenant qu'elle avait atteint ce précieux objectif, elle hésitait, principalement parce qu'elle ne s'était pas vue poursuivre sans Tipone.

Les usines étaient loin lorsqu'ils arrivèrent à destination. Ils s'arrêtèrent devant une porte métallique enfoncée dans l'épais mur d'enceinte. Nora sortit du véhicule, garé au milieu d'un incessant trafic, pour apercevoir la silhouette de Tipone. Il courait dans sa direction ignorant la circulation et la serra avec ardeur.

— Bravo ! On y est ! Tu es formidable !

3

— Hé ! Clarisa !

— Quoi ?

— J'ai besoin du débouleur !

Nel, à califourchon sur un axone, n'attendait plus que l'outil qu'elle tenait entre les mains pour retirer une épaisse couche de myéline. Clarisa s'excusa en hissant la longue pointe biseautée jusqu'à lui. À mesure qu'il détachait délicatement la substance blanche qui recouvrait le fil de l'axone, Clarisa compressait les lambeaux dans un sac. Cette tâche devenue routinière lui permit de retourner dans ses pensées. Obsédée par l'absence de Tipone, elle cherchait les raisons de son silence. Plusieurs personnes disaient l'avoir croisé à Singapour, mais il restait introuvable. Clarisa ne savait plus à qui s'adresser. Tous les jours, elle espérait qu'un message l'attende et toutes les nuits, l'inquiétude reprenait le dessus pour l'emporter dans de longues insomnies.

— Clarisa !

Le ton réprobateur de Nel, qui n'était pas dans ses habitudes, la fit sursauter. Il avait soulevé une large portion de myéline qui risquait de tomber dans les méandres de la modélisation. Embarrassée, Clarisa rattrapa le déchet in extremis.

— Pas aujourd'hui s'il te plait.

Clarisa s'excusa et promit d'être plus concentrée tout en vérifiant l'attitude de Jov et Sindra qui les observaient. Assis sur deux neurones suffisamment éloignés pour rendre tout échange impossible, ils semblaient ne rien avoir remarqué.

Nel fit glisser une dernière fois le débouleur méticuleusement le long de l'axone sans perdre Clarisa des yeux. Il avait fait trop d'efforts ces dernières semaines pour qu'elle saborde aussi la validation pratique. La prochaine étape était cruciale, il appréhendait l'une de ses absences qui leur avaient couté de manquer le test éthique.

Au début, Clarisa s'était passionnée pour ce domaine, curieuse de découvrir les types de modifications maîtrisés par les épureurs. Mais au fil des jours, elle s'était évadée, l'air grave, laissant échapper les subtilités des cas d'exemple. Nel avait consciencieusement étudié les règles imposées par les Réalistes, identifiant les limites à respecter afin de décider de l'opportunité d'une intervention de réhabilitation. Ces procédures encadraient les dossiers des détenus même s'ils n'étaient pas les seuls concernés. Lors d'une réunion avec Sindra, Nel apprit qu'en de rares occasions, les interventions pouvaient toucher d'autres profils.

— C'est arrivé de travailler sur d'autres cas. Très peu sont retenus pour la phase d'analyse, et encore moins passent la validation du comité éthique.

— Pourquoi ?

— La véritable question serait plutôt : pourquoi recevons-nous des demandes spécifiques ? Tu sais bien que personne n'est censé savoir ce que nous faisons réellement. Notre travail concerne en priorité les détenus n'ayant pas d'autres solutions de réhabilitation, et encore, seulement ceux qui acceptent les risques d'une intervention. Les autres sujets sont généralement amenés par nos équipes ou par les Réalistes eux-mêmes. Tu imagines bien que cela peut soulever des problématiques complexes.

— Bien sûr…

— Nous aurons sûrement l'occasion d'en reparler, mais pour le moment concentre-toi sur les détenus. Tu dois pouvoir t'assurer de respecter les règles éthiques pour proposer une intervention, qu'elle soit classique ou novatrice.

— Parce qu'on peut innover ?

— Forcément. Cela fait seulement quelques décennies que les modifications cérébrales sont possibles. Il y a encore beaucoup à apprendre sur ce sujet. Si certains épureurs préfèrent perfectionner les manipulations connues, d'autres expérimentent régulièrement de nouveaux protocoles. Comme tu le sais, chaque intervention doit être approuvée. Je compte sur toi pour ne jamais essuyer un refus.

Approcher les règles éthiques comme un cadre délimitant l'espace de découverte des épureurs avait décuplé l'intérêt de Nel. Il abordait chaque règle en relation avec le cas d'un détenu, réfléchissant aux limites des interventions qu'il pouvait envisager. Pour lui qui n'avait jamais mémorisé facilement, intégrer ces contraintes s'avérait étonnamment naturel. Ainsi, lors du test éthique, il n'avait eu aucun mal à énoncer les principes des Réalistes, tout comme Clarisa qui s'imprégnait des connaissances comme des évidences. La situation se corsa lorsque Jov et Sindra abordèrent des problématiques plus complexes. Clarisa hésita, répondit hors sujet pour finir par se contredire. Sindra ne cacha pas son impatience, jetant des regards glacés à Jov qui tentait d'aiguiller ses réponses, puis l'interrompant pour interroger Nel. Voyant que Clarisa ne parvenait pas à reprendre ses esprits, Nel avait bafouillé des banalités avant d'avouer qu'il ne se sentait pas encore au point. Le fiasco du test éthique avait ravivé l'hostilité entre les deux épureurs qui après avoir accordé un rattrapage, ne s'étaient plus adressé la parole.

Nel redoutait qu'un nouvel échec leur fasse définitivement perdre patience, aussi il visait la perfection dans cette épreuve pratique. Ayant libéré l'axone de la couche de myéline qui l'entourait, il se crispa à l'approche de la délicate opération qui les attendait. Pour décrocher l'axone sans encombre, la synchronisation avec Clarisa était essentielle. Or elle avait souvent manqué la manipulation laissant l'axone à demi libéré provoquer des dégâts sur la structure viable ou les faisant chuter par des mouvements incontrôlables. Chacun à une extrémité, ils découpèrent délicatement la racine de l'axone, ne laissant qu'un lambeau facilement détachable. Clarisa, généralement absorbée par ses pensées, ne prêtait pas attention aux indications de Nel qui avait pris l'habitude d'esquisser des pas de danse pour signaler qu'il était prêt. La première fois, elle avait laissé passer un temps infini avant de remarquer sa chorégraphie mécanique. Il s'était ensuite évertué à inventer de nouveaux mouvements pour l'amuser, ainsi Clarisa avait adopté le réflexe de le regarder dès qu'elle avait terminé de son côté.

Nel craignant de se ridiculiser devant les épureurs avait adopté un léger déhanchement qu'il avait appris à Clarisa pendant la sélection. Son air amusé ne laissait aucun doute sur le fait qu'elle s'en souvenait. Puis, comme à leur habitude, c'est Clarisa qui donna le signal pour arracher l'axone. Attrapant la mince armature encore attachée au neurone, Nel tira d'un coup sec, soulagé de sentir le froid envahir l'élément immobile.

Finaliser l'intervention était plus simple. Ils n'avaient plus qu'à se rejoindre en enroulant leur partie de l'axone. Souvent le plus rapide pour traverser les obstacles qui les séparaient, Nel prit son temps laissant Clarisa le retrouver à mi-chemin.

La modélisation s'effaça, ramenant tout le monde au fond de la sphère. Puis, Jov s'adressa à Sindra avec sa familiarité habituelle.

— À toi l'honneur beauté, tu les trouves au point ?

Sindra soupira, exaspérée, mais elle se focalisa sur le bilan.

— C'est bien dans l'ensemble, vous maîtrisez toutes les étapes. Toutefois, j'ai noté des lenteurs chez toi Clarisa, il serait bienvenu d'accentuer l'entraînement sportif.

Ces remarques de l'épureur qui trouvait toujours quelque chose à redire sur sa prestation vexaient Clarisa. Elle redoutait maintenant sa présence, même lorsqu'elle venait uniquement pour conseiller Nel. Heureusement, Jov était toujours encourageant, relevant ses progrès d'un tutoriel à l'autre.

— J'ai trouvé que vous étiez superbement coordonnés, même sur la partie la plus critique de l'intervention. Je pense qu'on va pouvoir passer à la suite. Tu es d'accord Sindra ?

— Oui, ils me semblent prêts pour la phase d'immersion.

— Quel plaisir de voir nos avis converger ! Je suis persuadé que tu attendais avec impatience la prochaine étape pour qu'on puisse passer plus de temps ensemble !

Le regard méprisant de Sindra ne laissait aucun doute sur son énervement, mais Jov s'en moquait.

— Arrête Jov, tu es…

— Irrésistible ?

— Le pire c'est que tu le crois vraiment… Il n'y a pas de mots pour décrire ton horripilante arrogance.

Nel s'étonna encore une fois de l'animosité de Sindra. Il la cernait pourtant de mieux en mieux. Ses critiques, souvent rudes, étaient toujours justes et accompagnées de conseils éclairants. Il appréciait particulièrement sa passion pour le métier d'épureur qu'elle partageait généreusement, mais il ne pouvait excuser l'aversion qu'elle éprouvait pour Jov, et encore moins lorsqu'elle la reportait sur Clarisa.

Dès le lendemain, Clarisa avait repris l'air absent qui ne la quittait qu'en présence des épureurs. Comme d'habitude, elle le suivait, comptant sur lui pour gérer le planning des entraînements. Il lui était même arrivé de l'accompagner dans sa chambre alors qu'il avait annoncé vouloir se doucher. Depuis cet épisode, Nel ne prenait plus la peine de lui parler. Il aurait aimé partager son enthousiasme à l'idée de pouvoir bientôt entrer dans un cerveau, mais soucieuse, les traits tirés, Clarisa n'était plus elle-même. Arrivée dans la salle TeleTest, elle le regarda configurer deux escales sans réagir.

— Tu peux y aller, la douze est prête.

— Qu'est-ce qu'on doit faire déjà ?

— S'assurer de maîtriser le transfert pour l'immersion. Dans quelques jours, on deviendra minuscules !

Clarisa entra dans l'escale, fixa l'écran et pressa le bouton orange. Elle ne pouvait s'empêcher de penser à Tipone, ressassant encore et toujours les mêmes questions. Elle ne comprenait pas pourquoi il ne s'était pas rendu à la tour de l'Espoir comme prévu ni pourquoi il ne répondait pas à ses messages. Son esprit sautait d'une explication à une autre, redoutant qu'il ait besoin d'aide pour être convaincu quelques minutes plus tard qu'il l'avait quittée. Dans le même temps, elle s'attachait à revivre leur dernier baiser, leurs mots tendres, leurs étreintes, de peur qu'ils ne s'effacent de sa mémoire.

Sans surprise, après une demi-heure d'entraînement, Nel s'était déplacé une vingtaine de fois alors que Clarisa n'avait pas bougé. L'escale qui s'était réinitialisée depuis bien longtemps s'ouvrit sur le visage déterminé de Nel.

— De quoi as-tu besoin ?

Clarisa haussa les épaules comme si tout allait bien. Cependant, Nel restait là, insistant. Il était évident qu'il avait compris ce qui la taraudait.

— J'ai besoin de savoir. Pourquoi est-il parti ?

— Il reviendra.

— Je ne crois pas.

— Seul un idiot t'abandonnerait et il ne l'est pas. Il doit avoir une excellente raison pour ne rien te dire.

— J'essaie d'expliquer son absence, mais tout ce que je peux imaginer est tellement triste que ça me dévore.

— Peut-être parce que cela te rappelle une inquiétude que tu as déjà connue. Je suis certain que la situation est totalement différente.

À ces mots, Clarisa réalisa qu'ignorer la localisation de Tipone lui faisait revivre les douloureuses semaines qui avaient suivi la disparition de sa mère alors qu'elle n'était qu'une enfant.

— Je te propose un deal, poursuivit Nel.

— Un deal ?

Enfin une ébauche de sourire se dessina sur le visage de Clarisa.

— Tu dois arrêter de te poser toutes ces questions. Cela ne devrait pas être difficile vu ce qui nous attend.

— Je ne sais pas si…

— Si tu restes concentrée jusqu'à la phase d'immersion, je trouverai Tipone.

L'éclair d'espoir dans le regard de Clarisa fut rapidement éteint par une profonde tristesse. Nel insista.

— Je te promets que j'y arriverai.

— Et comment comptes-tu faire ?

— Pour commencer, je suis certain que Jov pourrait aider.

— Jov… Impossible, j'ai déjà essayé. Il ne veut pas en entendre parler. Il m'a menacé de quitter son rôle de référent si j'abordais encore le sujet.

— Il le fera si Sindra le lui demande. Alors ? Deal ?

— Je vais faire un effort même si je suis persuadée que tu ne réussiras pas à convaincre Sindra de lui parler.

— Je me débrouillerai, j'ai remarqué qu'elle était très sensible aux compliments !

4

Derrière la porte métallique, Nora et Tipone découvrirent un endroit extraordinaire. Après des semaines de privations dans une ambiance sombre et hostile, l'entrée dans la zone PériCyb les émerveilla. Deux jeunes gens les attendaient pour leur offrir cocktails et mignardises.

— Bienvenue ! Je suis Denise et voici Tom, annonça la fille au visage rond et lourdement maquillé. C'est un plaisir de vous accueillir chez nous !

Denise les guida d'abord à travers une enfilade de jardins entourés par de généreux vergers pour les mener en haut d'une colline qui surplombait la zone. Tipone n'en revenait pas de tant de beauté. Chaque construction, chaque plantation semblait avoir été étudiée pour s'intégrer harmonieusement dans un décor enchanteur. Une rivière prenait sa source sur le flanc de la colline pour aller se perdre dans une forêt. Autour, on apercevait de charmantes bâtisses en bois entourées d'espaces parfaitement entretenus. Denise montra au loin les immeubles de bureau où étaient gérées les affaires courantes, ce qu'elle nommait ainsi prenait la forme de rotondes aux multiples reflets. Tipone fut intrigué par un imposant bâtiment blanc accolé au mur d'enceinte.

— C'est le laboratoire, expliqua Denise avec empressement. Un haut lieu de technicité, accessible uniquement aux plus talentueux. Peut-être en ferez-vous partie ! Dans notre fonctionnement, l'évaluation des habitants commence dès l'arrivée à l'usine et se poursuit continuellement. Pour les nouveaux comme vous, des tests sont mis en place afin d'attribuer un premier emploi, mais rassurez-vous, rien n'est figé.

Tout au long de la visite, Tom s'était contenté de sourire, dévoilant une rangée de dents irrégulière. Il avait un visage singulier avec un large front, des yeux étonnamment ouverts et un menton allongé. Malgré ces traits particuliers, il dégageait une forme d'honnêteté qui avait immédiatement plu à Nora. Alors qu'ils descendaient de la colline, il osa finalement s'adresser à eux.

— Vo vrez, vo srez horeux ici !

Bien qu'ils aient tout à fait compris, Denise répéta sa phrase en articulant distinctement avant de poursuivre :

— Autre point à aborder, votre logement. La solution la plus économique reste la colocation. Je vous le conseille dans l'attente de votre stabilisation sur un emploi pour ne pas trop vous endetter. Nous pouvons consulter les annonces au bureau central maintenant si cela vous intéresse.

— Y'a une chamb lib ché toa, c'é un bo chalè !

— C'est vrai. Un couple qui habitait dans mon chalet a déménagé récemment. Mais c'est une chambre double et vous n'êtes pas ensemble à ce qu'on m'a dit ?

Denise reluquait Tipone depuis leur rencontre, aussi Nora se sentit obligée de la rassurer.

— Non, on est juste bons amis.

— Alors, vous devriez chercher chacun votre logement.

— J'aimerais voir ton chalet, opposa Tipone.

Et en se tournant vers Nora, il ajouta :

— Ce serait une bonne idée de limiter les frais en partageant une chambre dans un premier temps. Tu ne crois pas ?

— Vs avez rson, c'é la milleure s'lution.

Denise ne put qu'obtempérer, s'accommodant à ravir de côtoyer Tipone quotidiennement. Nora était surprise par ce qui suscitait l'intérêt de leur colocataire. Elle les pressait de questions sur les séries de tests qui occupaient leurs journées, curieuse de deviner leur proche affectation, sans s'intéresser à leur histoire. D'ailleurs, personne n'évoquait jamais son passé ou les raisons qui les avaient amenés à s'engager dans ce projet de vie. Il s'avérait impossible de savoir quelles étapes chacun avait traversées avant d'être accepté dans la prestigieuse zone PériCyb. Cependant, tous partageaient la fierté d'avoir grimpé l'échelle sociale jusqu'aux portes des Cybhom.

— Comment accèdent-ils à l'immortalité ? demanda Nora lors d'une fin de soirée sur la terrasse.

— Personne ne sait vraiment, répondit Denise.

Un de ses collègues poursuivit :

— Immortel n'est pas le bon terme. Ils ont une longévité hors du commun, mais cela ne les protège pas des accidents.

— Du coup, ils ne prennent aucun risque. C'est le paradis là-bas, on s'occupe de toi à longueur de journée.

— C'est le grand rêve de Denise ! Regarder les fleurs pousser pendant que d'autres travaillent à son service !

— Je l'assume totalement. J'aurais bien mérité ma place, contrairement à d'autres.

Le regard dédaigneux qu'elle posa subrepticement sur Tom n'échappa pas à Nora. Elle regretta soudain de l'avoir convié et se promit de ne plus le voir en compagnie de Denise. Ainsi, ils prirent l'habitude de se promener ensemble en fin de journée. Béat, Tom appréciait d'écouter Nora narrer la progression de ses tests, qu'elle concluait immanquablement par des questions sur la communauté. Il était de loin celui qui connaissait le mieux le fonctionnement des Cybhom, mais contrairement aux autres il ne semblait pas impatient de passer de l'autre côté. Nora en comprit la raison un soir où Denise mit tout en œuvre pour épater Tipone.

— Dans mon service, je suis la plus jeune assistante. Mes demandes de formation ont toujours été acceptées et je les valide haut la main. Encore quelques-unes et je postulerai au laboratoire. Ce n'est vraiment pas donné à tout le monde.

— Tom travaille là-bas, n'est-ce pas ? fit remarquer Nora lassée par son ton péremptoire.

— Pff, parce qu'il bénéficie d'un traitement de faveur, mais il sait qu'il ne retournera jamais chez les Cybhom.

— Comment ça ?

— Il n'aime pas en parler, mais Tom est issu d'une famille de Cybhom. Ils l'ont recalé ici depuis quelques années, tout le monde comprend bien pourquoi ! C'est évident que son affectation au laboratoire a été imposée.

Le mépris de Denise avait jeté un blanc dans la conversation, clôturant la soirée. Allongés sur leur lit, Tipone et Nora avaient longuement discuté de cette révélation avant que la conversation bascule sur leur futur emploi.

— Le verdict approche, Tipone. Je redoute les potagers et j'espère les bureaux.

— D'après Denise, la majorité des nouveaux s'y retrouvent, à des postes plus ou moins intéressants, mais il faut bien commencer quelque part. Je suis certain que tes compétences techniques seront ressorties sur les tests.

— Sans compter mon insistance lors des entretiens. Et toi, tu as axé tes réponses sur tes capacités physiques ?

— Oui, c'est à peu près mon seul point fort. Ils semblaient beaucoup plus intéressés par la sélection que par mon profil.

— C'est étonnant d'ailleurs, j'ai l'impression de leur avoir tout raconté des dizaines de fois, mais ils ne se lassent pas de ces histoires.

— Pareil pour moi. Au moins, maintenant j'arrive à parler plus facilement de Clarisa.

— Tant mieux, j'avais peur que tu vives mal votre séparation. Je t'avoue que je n'osais pas aborder le sujet.

— Tu peux, tout va bien. J'ai décrit tellement de fois son succès qui rendait mon échec insupportable que j'ai fini par digérer notre départ précipité. J'espère qu'ils auront compris ce qui m'a poussé à partir.

Il s'avéra que Tipone avait vu juste. Les jours suivants, il fut orienté vers de nouveaux entretiens visant à vérifier son implication dans la communauté. Puis, un homme costaud, le regard perçant et l'air sérieux le convoqua, allant droit au but.

— Je suis le responsable de la sécurité, tu intègres mon équipe dès ce soir.

Tipone fut briefé sur son poste de garde de nuit, les rapports hebdomadaires, les procédures d'urgence puis il reçut un badge donnant accès à l'armurerie.

— Rendez-vous à ton poste à vingt heures. Des questions ?

— Non, tout est clair.

Sans un mot supplémentaire, le responsable tourna les talons. Tipone se précipita au chalet, impatient de rendre compte de sa fonction à sa partenaire. Déçu, il tomba sur Denise qui sirotait un verre sur la terrasse.

— Nora est là ?

— Non, mais viens t'asseoir.

— J'ai oublié que Tom la raccompagnait aujourd'hui.

— Alors tu vas l'attendre un moment, il marche aussi lentement qu'il parle.

Ce type de remarque qui se voulait amusante, mais s'avérait désobligeante était une marque de fabrique de Denise. Tipone préféra l'ignorer en traversant le palier, mais elle le retint.

— Viens l'attendre avec moi. Tu ne devais pas avoir ton résultat d'affectation aujourd'hui ?

— Si, je rejoins l'équipe sécurité.

— Avec un physique pareil, ce n'est pas étonnant !

Ses avances n'étaient pas plus discrètes que ses remontrances, mais Tipone ne s'en formalisait plus. Lorsque Nora arriva enfin, Denise venait de lui servir un verre en prenant bien soin d'afficher son généreux décolleté. Tipone se leva immédiatement, mais Denise ne les laissa pas s'éclipser.

— Tipone me disait à quel point il était heureux de devenir agent de sûreté. C'est une belle mission, n'est-ce pas ?

— Effectivement ! C'était ce que tu espérais, félicitations !

Denise monopolisa la suite de la conversation, vantant la carrure rassurante de Tipone pour enchaîner sur son besoin de protection. Elle était souvent désagréable en présence de Nora, alternant entre l'ignorance et les questions indiscrètes, ce qui avait pour effet de la faire fuir. Mais, même les critiques sur Tom ne pouvaient entacher le contentement qui se lisait sur son visage ce soir-là. Tipone l'observa longuement appréciant la confiance qui émanait d'elle, ses épaisses boucles rousses brillantes sous le coucher de soleil et son sourire complice. Vexée de perdre leur attention, Denise tenta d'ébranler Nora.

— Avec Tipone qui travaillera de nuit, vous n'allez plus vous voir beaucoup. Je suppose que tu as été affectée dans les lointains immeubles de bureau, j'ai entendu dire que les horaires des débutants étaient interminables.

— Tu en sais quelque chose d'ailleurs. Contre toute attente, j'irai travailler au laboratoire.

Nora rayonnait tandis que Denise se décomposait.

— Ce n'est pas possible, ce sont les plus anciens de la zone qui s'y retrouvent. Tom t'a aidée ?

— Absolument pas. Il se trouve que j'ai des compétences sur de vieux systèmes informatiques dont ils ont besoin. Apparemment, ils ont le même type de matériels que ceux retrouvés près de mon village. J'ai passé mon enfance à les décortiquer en suivant mon père.

Alors que Nora détaillait ces appareils, Tipone la fixait intensément. Depuis leur décision d'intégrer les Cybhom, elle ne cessait de l'épater par ses facultés méconnues et sa persévérance. Après leur avoir ouvert les portes de la zone PériCyb, voilà qu'elle en intégrait le lieu le plus stratégique.

5

Plus que dix jours. Dix jours avant le transfert miniature qui clôturerait la phase d'initiation. Dix jours avant que Nel ne se lance à la recherche de Tipone. Chaque matin, Clarisa se répétait ces encouragements qui lui permettaient de respecter le deal. Même si elle ne s'autorisait pas à croire que Nel parviendrait à convaincre les épureurs de l'aider, elle se raccrochait à cet espoir. Faire bonne figure était relativement simple lorsqu'il s'agissait d'étudier les applications des règles éthiques, mais il était beaucoup plus compliqué de donner le change lors des transferts qu'elle manquait encore trop souvent.

Ses inquiétudes la rattrapant dès que son esprit n'était pas occupé, Clarisa avait repris l'habitude de danser dès l'aube. Sélectionnant des rythmes survoltés, elle se laissait aller jusqu'à sentir les tensions la quitter. Ce défoulement ne lui apportait qu'une relative sérénité ; cependant il avait au moins l'avantage d'améliorer sa souplesse.

De son côté, Nel n'avait pas perdu de temps pour aborder le sujet avec Sindra. Comme il s'y attendait, elle ignorait tout de l'existence de Tipone. Il hésita avant de suggérer qu'elle puisse avoir une influence sur Jov, puis il se ravisa. D'abord, il devait s'assurer de la réussite de Clarisa au test éthique. Dès lors, il ne lui laissa aucun répit. Entre les sessions d'entraînement dans le simulateur, il l'amenait sur la promenade pour étudier l'historique des cas pris en charge par les épureurs ou entrer dans le détail des dossiers les plus litigieux. Les transferts l'inquiétaient toujours. Les essais à répétition l'ennuyaient terriblement, mais il n'avait pas le choix tant que Clarisa échouait aussi souvent. Par moment, elle fixait le bouton orange avec un regard vague qui semblait l'emporter ailleurs avant qu'elle ne se matérialise dans l'escale d'arrivée, tandis que le plus souvent, elle fermait les yeux, prenait de profondes inspirations et ratait son déplacement. Avant que les échecs ne s'enchaînent, Nel trouvait un prétexte pour quitter la salle TeleTest, se plaignant d'être affamé ou inventant un rendez-vous avec Régo qui se révélait toujours disponible. Les pauses avec lui s'avéraient salvatrices. Passionné par son travail de technicien, il pouvait parler pendant des heures du fonctionnement d'une puce ou de la réparation d'un matériel, ajoutant des anecdotes sur les personnels de la tour.

— J'passe une s'maine de rêve avec Tessa, quelle classe elle a !

— Je suis certain que tu n'as pas manqué de lui en faire la remarque !

— Détrompe-toi, nos conv'rsations sont pur'ment professionnelles, et ça suffit à m'combler. J'adore la vie ici !

Régo avait un air épanoui et mystérieux qui intrigua Nel.

— Il s'est passé quelque chose non ? Tu travailles sur quoi avec Tessa ?

— C'est si visible ! Sauf pour Clarisa, hein ? C'est validé, j'intègre l'équipe technique des épureurs dès demain ! J'pourrais pas être plus heureux !

Clarisa et Nel se joignirent à son enthousiasme, impressionnés par le parcours de leur ami. Régo s'était enfin affranchi de la pression paternelle, suivant ses passions pour démontrer ce dont il était capable. Il n'en revenait pas lui-même d'être considéré comme un technicien assez performant pour devenir support des missions d'épureurs. Il avait encore beaucoup à apprendre, comme l'avait précisé Tessa, sa responsable technique, mais progresser sous ses conseils lui assurait une motivation à toute épreuve. Répondant à Nel, il détailla son planning, tentant de faire monter le suspense.

— Clarisa, j'ai bien compris qu't'es pas intéressée par mon travail sur les escales miniatures ou les capteurs des détenus, mais la suite est importante.

— Excuse-moi Régo, je pensais à autre chose.

— J'sais bien. On est habitué maintenant…
Devinez c'que j'f'rai avec Tessa vendredi soir !

— Tu l'as invitée à sortir ?

— Pas du tout, t'as vraiment rien écouté. C'est
purement professionnel entre nous. P'tit indice, ce
s'ra encore mieux qu'un rencart !

— Comment veux-tu qu'on trouve ? intervint
Nel.

— C'est facile pourtant. Vous s'rez où vous ce
soir-là ?

— Si l'on valide le test éthique, on devrait en
être à l'étape de miniaturisation.

— Alors ?!

Régo s'impatienta devant le silence gêné qui
s'était installé.

— V's êtes vraiment trop nuls. J'vais superviser
vot'miniaturisation ! Avec Tessa bien sûr !

— Extra ! s'exclama Nel. Je ne savais pas qu'on
aurait besoin d'être surveillé.

— V's allez quand même vous transférer dans
une escale microscopique. Mais pas d'inquiétude,
j's'rai là !

— Me voilà rassurée, ironisa Clarisa.

Le lendemain, Régo les accompagna jusqu'à
l'étage des épureurs, trop heureux de découvrir
l'espace privé où ils préparaient leurs missions. Ses
commentaires qui se voulaient amusants ne
parvinrent pas à dérider ses camarades inquiets par
la session de rattrapage du test éthique. Clarisa
semblait ailleurs, comme d'habitude tandis que Nel
la fixait, l'air soucieux.

— C'est donc ici ! J'suis à la fois déçu par la banalité des lieux et épaté par c'qui doit s'y décider. C'te fois pas d'erreur, vous m'validez c'test haut la main. À tt à l'heure.

— Merci Régo. Où est-ce qu'on te retrouve déjà ?

— Mais ici même ma chère Clarisa. C'est pas comme si j'l'avais répété trois fois. Tessa m'a donné d'la lecture, j'ai d'quoi m'occuper pour un moment.

Régo se plongea dans la documentation technique des escales miniatures. Même si leur fonctionnement était assez similaire à celui des appareils classiques, leur manipulation nécessitait d'infimes précautions. Tessa prévoyait de lui donner la responsabilité du contrôle de l'escale que ses amis allaient emprunter, une fois celle-ci mise en place. Il ne voulait rien laisser au hasard, prenant des notes détaillées au fil des explications. Absorbé dans son travail, il ne vit pas le temps passer ni Clarisa s'éclipser furtivement, mais se releva à l'approche de Nel.

— Alors ?

— C'était parfait, Clarisa a été brillante !

— Chouette, où est-elle ?

— Je ne sais pas, je la croyais avec toi.

Au même moment, ils entendirent les épureurs se rapprocher.

— Je t'avais dit qu'elle avait un raisonnement exceptionnel, s'exclamait Jov. Tu as noté que même en poussant plus loin que le périmètre du test, elle n'a fait aucune erreur.

— Peut-être.

— Comment ça peut-être ? Depuis le début, tu te demandes pourquoi on l'a recrutée, alors que tu étais présente à la fin de la sélection, tu as même voté pour elle. Aujourd'hui, elle t'a démontré que ses facultés d'analyse sont très fines. Tu verras qu'elle fera partie des meilleurs quand j'aurai terminé de la former.

— Ne néglige pas les autres aspects. Ses limites physiques sont un risque pour les interventions.

— C'est bon Sindra, je connais mon rôle. Tu ne crois pas que ton antipathie permanente a assez duré ? Tu pourrais au moins me faire confiance, je te rappelle que je suis plutôt doué dans ce métier.

— Et toujours aussi peu modeste…

— Arrête avec ça.

Nel n'avait pas prévu ces conditions, mais il n'avait pas le choix. Tant pis si Sindra semblait vexée du ton agressif pris par Jov, cela restait un moment importun pour se faire l'avocat de Clarisa. Alors qu'il l'interpellait pour de nouveaux conseils, elle retrouva la prévenance qu'elle montrait toujours avec lui. Il en profita pour tenter une nouvelle approche.

— J'aimerais te demander un service. C'est au sujet de Clarisa.

— Nelson, je vais me répéter. Je ne connais pas votre ami.

— Mais tu as des contacts qui pourraient savoir quelque chose.

— Je ne pense pas.

— Je suis certain que Jov pourrait obtenir des informations, mais lorsque Clarisa l'a interrogé, il a refusé de l'aider.

— Alors je ne peux rien faire de plus.

— Tu ne voudrais pas essayer de le faire changer d'avis ? J'ai promis que je retrouverai Tipone.

— Tu retiendras donc une chose qui te servira pour toute ta carrière d'épureur. Ne fais pas de promesses. Jamais.

En plus du refus de Sindra, cette réflexion tourmenta Nel pendant plusieurs jours. Il lui était rapidement paru évident qu'il était impossible de présager de la réussite d'une mission d'épureur, tant les modifications apportées semblaient critiques. Cependant, il ne pensait pas appliquer la même réserve sur ses engagements personnels. Clarisa avait beau tout mettre en œuvre pour respecter sa part du deal, il la sentait tellement perturbée par l'ignorance qu'il ne voyait pas d'autre issue. De plus, ses messages sur la polytex de Nora restant sans réponse, il commençait à entrevoir des pistes de recherche, pressentant que leur disparition simultanée n'était pas une coïncidence. Le soir de la miniaturisation, sa décision était prise.

Jov leur avait donné rendez-vous pour les escorter vers un lieu ultra-sécurisé de la tour de l'Espoir.

— Vous allez découvrir l'antre des épureurs ! Cet espace caché où se déroulent nos missions !

Alors qu'ils empruntaient le tube antigravité, Jov vanta l'ingéniosité des architectes ayant conçu le plateau d'intervention suréquipé. Parvenus au rez-de-chaussée, ils s'aventurèrent dans un dédale de couloirs, puis entre deux portes identiques à toutes les autres, Jov s'arrêta l'air malicieux.

— Maintenant, placez votre codem et votre main sur le mur.

— Où ça ? interrogea Nel qui ne voyait qu'une surface grise sans aspérité.

— En face de vous, tout simplement. L'accès ne peut être déverrouillé qu'en présence de deux personnes habilitées qui sont les épureurs et les membres de notre équipe technique.

Clarisa se sentit un peu gauche en sortant son codem caché sous son tee-shirt. D'une main, elle le posa contre la paroi alors qu'elle plaquait sa paume près de celle de Nel. En un instant, le mur s'escamota pour dévoiler un étroit passage.

— À toi l'honneur Clarisa, annonça Jov particulièrement satisfait de leur incrédulité.

Ils descendirent un escalier en colimaçon à peine éclairé qui semblait interminable. Personne ne leur avait jamais parlé d'un espace sous-marin, pas même Régo qui se vantait de connaître tous les recoins de la tour.

— Comme vous le voyez, poursuivit Jov qui appréciait son rôle de guide, chaque cellule d'intervention est équipée de la même manière avec une escale, une salle médicalisée et une console technique.

En passant entre deux blocs voisins, Clarisa ne put détacher son regard d'un patient endormi au-dessus duquel s'étendait un filin finement maillé.

Elle comprit que ce devaient être les capteurs de contrôle mentionnés par Régo. Une autre question lui taraudait l'esprit, mais Nel la devança :

— Pourquoi toutes les cloisons sont-elles vitrées ?

— C'est nécessaire pour l'organisation des techniciens. Nombre d'interventions durent plusieurs jours. Cela leur permet de se relayer au mieux et même de s'entraider en cas d'urgence. Autre avantage, celui de trouver sa cellule d'intervention sans avoir à vérifier le planning !

Effectivement, dans la salle médicalisée suivante, ils pouvaient voir Régo porter délicatement une sphère aux reflets irisés jusqu'au brancard. Derrière lui, Tessa et Sindra semblaient amusées par ses gestes précautionneux.

— Vous vous rendez compte qu'vous allez entrer la d'dans ! les alpagua-t-il à leur arrivée.

Clarisa se contenta de sourire alors que Nel, les yeux brillants, semblait bouillir d'impatience. Dès que le signal fut donné, il se précipita vers l'escale pour être le premier à se miniaturiser. Toutefois, avant de se lancer, il glissa à l'oreille de Clarisa.

— N'oublie pas le deal, tu dois rester concentrée jusqu'à la fin.

Après Sindra, ce fut son tour. Clarisa pensait encore et toujours à Tipone, gardant espoir dans la promesse de Nel. Elle prit tout son temps pour sélectionner l'unique escale disponible, expira longuement puis lança le transfert. Elle se sentit partir, rassurée d'avoir mené à bien cette part du test. Malgré le fait d'avoir anticipé où elle se trouverait, elle éprouva une étrange sensation d'oppression à l'idée d'avoir été réduite à la taille d'une poussière. Lorsque Jov se matérialisa à son tour, Nel et Sindra avaient déjà disparu dans les méandres du circuit de la sphère.

— Sindra ne nous a pas attendus. Quelle surprise... Comment te sens-tu Clarisa ?

— Bizarre, mais ça peut aller.

— Bien. Avançons tranquillement, tu vas t'habituer.

En effet, après un moment à naviguer dans l'étroit tube qui ne cessait de changer de direction, Clarisa avait oublié sa taille microscopique. Malheureusement, l'angoissante absence de Tipone reprit sa place dans ses pensées, si bien que le transfert de retour lui demanda un énorme effort de concentration.

En quittant l'espace souterrain, ils décortiquèrent leurs impressions sous l'impulsion de Régo. Clarisa ne put cacher son malaise, l'imputant à la miniaturisation, mais Nel n'était pas dupe. Il se planta en face d'elle, posant fermement ses mains sur ses épaules.

— Je le trouverai.

Nel fit demi-tour pour rejoindre leurs deux formateurs qui se disputaient encore. Il les interrompit, provoquant le départ de Jov. Le soulagement de Sindra fut cependant de courte durée.

— Je vais partir, annonça-t-il de but en blanc.

— Quoi ?

63

— Je m'en irai dans quelques jours pour avoir le temps de tout préparer. Je ne vois pas d'autre solution pour retrouver Tipone. Il me semblait important de te prévenir.

— Tu comptes abandonner ta formation d'épureur ? C'est complètement idiot !

— Peut-être, mais c'est aussi la seule chose que je puisse faire.

6

Depuis qu'ils travaillaient en horaires décalés, Nora ne croisait Tipone qu'endormi. Ses journées au laboratoire étaient intenses. Entre la prise en main des outils, les investigations à mener et les rapports détaillés de ses activités, elle rentrait bien souvent après son départ pour les rondes nocturnes. Au début, Denise soulignait qu'elle l'avait manqué de peu et l'interrogeait longuement sous prétexte qu'elle voulait se préparer à son entrée au sein du laboratoire. Cependant, Nora ne se prêtait pas facilement au jeu des confidences et Denise se lassa. Tout comme elle se défit de son attirance pour Tipone, d'une part parce qu'il était moins disponible, d'autre part parce qu'elle s'était entichée d'un nouveau collègue qui l'accompagnait régulièrement. Denise avait beau vanter sa musculature, son esprit et sa position au sein de leur bureau, Nora le trouvait quelconque, ennuyant et surtout très envahissant. Préférant les éviter, elle rentrait de plus en plus tard profitant de sympathiques soirées avec Tom ou explorant la zone PériCyb jusqu'à en connaître les moindres recoins. Nora affectionnait particulièrement les abords de la rivière. Les nuits de pleine lune, elle pouvait contempler pendant des heures les ombres des arbres déformées par le courant. Perdue dans ses pensées, elle sursauta en entendant la voix de Tipone juste derrière elle.

— Je t'ai enfin trouvée ! Tom savait que tu longeais la rivière, mais elle est longue à remonter !

— C'est vrai. Maintenant, tu connais mon coin préféré. Comment se fait-il que tu sois libre ce soir ?

— J'ai enchaîné ma dernière garde avec une journée de surveillance pour remplacer un absent.

— Après une nuit blanche ! Tu dois être épuisé.

— Oui, mais ce n'est pas grave. On a des choses à se dire toi et moi.

Tipone s'assit à côté de Nora et étendit une couverture sur eux pour contrer la fraîcheur du soir.

— Raconte-moi tout. Quoi de neuf au travail ?

— Pas grand-chose, je suis entrée dans une espèce de routine. Mes déplacements sont très limités et toujours sous supervision. C'est frustrant de passer à côté des mystères du laboratoire.

— Et sur les postes que tu analyses ?

— Rien de bien passionnant non plus. On recherche des plans de fabrication ou des études médicales, mais la plupart des fichiers qu'on arrive à extraire sont inutiles. D'un côté, je trouve amusant de déployer des outils pour récupérer un maximum de données, mais la phase de tri qui suit m'ennuie profondément.

— Tu finiras certainement par tomber sur quelque chose d'intéressant.

— J'espère, ou je pourrais évoluer. J'ai l'impression que mon superviseur teste mes compétences. Il me confie systématiquement les machines les plus anciennes comme une sorte de défi.

— C'est celui de ton équipe que tu trouvais bizarre ?

— Oui, c'est lui. Il a une trace sur l'œil et un tic sur la joue plutôt déstabilisants, mais il est de bons conseils. Et toi, quoi de neuf ?

— On a arrêté quelqu'un cette semaine ! Moi qui croyais que les rondes étaient inutiles. Mais là, au beau milieu de la nuit, une ombre a longé le mur et s'est mise à l'escalader. En à peine quelques secondes, l'homme est parvenu en haut. J'étais avec une autre sentinelle et on l'a attrapé alors qu'il s'apprêtait à sauter de l'autre côté. C'était complètement stupide de sa part, il se serait tué.

— Impressionnant ! Moi aussi je doutais de l'intérêt des équipes de sécurité. La population est si obéissante.

— Lui, c'était un nouveau.

— Et ensuite ?

— Le chef d'équipe est venu le chercher pour l'enfermer. Je n'en sais pas plus.

— Je suis surprise qu'on n'en ait pas entendu parler. Même Denise à qui rien n'échappe ne l'a pas su.

— Ces informations restent internes au service de sécurité. D'ailleurs à propos de Denise, il faut que je te dise que j'ai commencé à cartographier la zone, ça m'occupe pendant mes rondes. Comme je la suspecte de fouiller notre chambre, j'ai dû trouver un lieu sûr. Alors, fais bien attention à ne pas casser la lampe du bureau.

Nora éclata de rire.

— Belle cachette. On aura donc deux plans ! Le mien est tracé au citron au fond de la pile de papiers.

— Joli ! Il faudra qu'on trouve un moyen de les rassembler.

La fatigue les envahit, mais ils avaient tant de sujets de conversations qu'aucun des deux ne proposa de rentrer. Sans s'en rendre compte, ils fermèrent les yeux et se mirent à chuchoter avant de s'endormir l'un contre l'autre.

En quelques semaines, Nora surpassa les capacités de ses collègues devenant celle qui les conseillait pour détourner les blocages dans l'étape d'extraction de données. Un matin, le superviseur de l'équipe l'invita à l'accompagner dans la réserve.

— J'aimerais que tu choisisses les matériels qui pourraient, selon toi, contenir les informations que nous cherchons.

Ils entrèrent dans un long corridor encombré d'étagères contenant pêle-mêle des centaines d'appareils électroniques de toute sorte. Impossible de déceler la moindre organisation, chaque objet avait vraisemblablement été posé selon la place disponible.

— D'où proviennent tous ces équipements ?

— Je ne sais pas. Je ne me suis jamais posé la question.

Nora se faufilait déjà entre les étagères, bien décidée à trouver la perle rare qui amènerait de nouvelles découvertes. Elle revoyait son père détailler l'architecture des systèmes qu'il installait pour leur communauté. Elle trouva deux serveurs, mais l'un recouvert de mousse et l'autre à moitié éventré laissaient présager qu'il n'y aurait rien à en tirer. D'ailleurs, la majorité des appareils ne présentaient aucun intérêt. Quelques rayonnages plus loin, elle s'attarda devant un modèle plutôt ancien, mais en parfait état. C'était celui-ci l'ordinateur qu'elle voulait analyser !

Soudain, elle se retrouva plaquée contre l'étagère et sentit une pression sur sa cuisse qui ne laissait aucun doute sur les intentions de son superviseur. Nora tenta de se dégager, mais bien que plus petit qu'elle, son assaillant l'enserrait puissamment.

— Lâchez-moi ! hurla-t-elle.

Pour toute réponse, il grogna contre son oreille tout en pétrissant ses seins.

— Laisse-toi faire. Tu m'excites.

Impuissante dans ses tentatives de lui échapper, Nora criait toujours, mais les sons semblaient s'étouffer dans l'encombrement de la réserve. Enragée, elle donna des coups de pied dans tous les sens, derrière elle pour tenter de le déstabiliser, devant faisant tomber les matériels dans un vacarme assourdissant. Imperturbable, son superviseur se frottait contre elle, encore et encore, puis il entreprit de baisser son pantalon.

Au moment où il s'écartait pour défaire sa ceinture, Nora rassembla toute sa hargne pour s'extirper de son emprise, le poussant violemment. Plus agile que lui, elle slaloma à travers les rangées d'étagères et parvint à sortir de la réserve avant qu'il ne la rattrape. Elle courut à travers les couloirs du laboratoire, fonça sur la sortie, dévala la pente puis continua plus loin, plus vite, sans un regard en arrière. Elle n'avait plus qu'un endroit en tête, un seul lieu où elle se sentirait protégée. Arrivée en trombe au chalet, elle se précipita dans les escaliers, monta jusqu'à la chambre où, soulagée, elle se blottit contre Tipone endormi.

— Qu'est-ce qu'il se passe ?

Tipone se réveilla décontenancé par la détresse de Nora. Devant son silence mutique, il se contenta de lui caresser les cheveux puis lui proposa de descendre boire un thé. L'eau n'eut pas le temps de bouillir que le responsable de la sécurité et son escorte déboulèrent dans le chalet. La course solitaire de Nora dans le laboratoire avait donné l'alerte. L'enquête avait rapidement abouti à la détention du superviseur. Ils notèrent le témoignage de Nora avant de lui assurer qu'elle ne serait plus importunée.

Après leur départ, elle ne voulut pas s'épancher davantage, d'autant que Tipone gêné restait silencieux. Elle remonta se reposer, clôturant l'évènement par une dernière remarque.

— Il faut croire que je les attire ces dégénérés…

Le lendemain, le responsable de la sécurité escorta Nora jusqu'au laboratoire. Au lieu de se diriger vers son espace de travail, il l'amena plus loin pour l'introduire dans une longue salle qui devait accueillir d'importantes réunions. Un homme d'une quarantaine d'années occupait un large fauteuil gris dans un recoin de la pièce.

— Va le rejoindre, annonça son escorte avant de refermer la porte.

Nora obtempéra, intimidée par l'atmosphère solennelle de cette rencontre.

— Au nom des Cybhom, je tiens à te présenter nos excuses pour l'attaque que tu as subie. Comme tu le sais, notre communauté promeut la perfection. Malheureusement, certains échappent à notre vigilance. Je peux t'assurer que tu ne seras plus importunée par ton assaillant. Comme toute personne ne respectant pas nos règles, il a été banni.

Nora ne savait pas ce que cette sentence signifiait, mais apprendre qu'elle ne le reverrait plus lui suffisait. L'affaire lui semblait complètement insignifiante comparée au fait de se retrouver en face d'un Cybhom. Au premier abord, il paraissait comme tout le monde, mais en l'observant attentivement, elle décela un grain de peau particulier et des expressions de visage manquant de fluidité.

— J'espère que cet évènement ne t'aura pas fait douter de l'excellence de notre communauté.

— J'apprécie grandement votre gestion de la situation et je resterai très investie dans mon travail.

— Bien. Ton équipe s'est vue attribuer un nouveau superviseur qui voulait s'entretenir avec toi avant de prendre ses fonctions. Attends-la ici.

Nora n'en revenait pas de se retrouver seule dans cette salle de conférence. Il fallait faire vite. Elle n'avait probablement que quelques minutes devant elle et une occasion pareille ne se reproduirait jamais.

Pendant l'entretien, elle avait déjà étudié la disposition de la pièce : une immense table entourée de chaises, des lampes suspendues au plafond, ces confortables fauteuils, des écrans intégrés aux murs, peu de cachettes semblaient envisageables. Elle ôta ses boucles d'oreille, décrocha les deux composants qu'elles contenaient, les emboita précautionneusement et fit glisser l'appareil dans un interstice de son fauteuil. Juste à temps. La porte s'ouvrit sur une femme avenante, qui la félicita pour la qualité de son travail avant de lui proposer une évolution, plus axée vers la récupération de données.

Nora avait laissé ses longues boucles rousses masquer l'adrénaline qui envahissait son corps, jusqu'à cette annonce qui justifiait ses joues rouges et ses yeux pétillants. Malgré son empressement, elle s'attarda auprès de Tom croisé à la sortie du laboratoire. De retour au chalet, elle vérifia qu'elle était seule avant d'entrer dans la chambre pour secouer Tipone endormi.

— Lève-toi, on y est !

— Quoi ? Qu'est-ce qui t'est arrivé ?

— Il est en place ! C'est parfait ! J'étais tellement stressée. Quelques secondes de plus et ils comprenaient tout. Je n'en reviens toujours pas.

— Tu veux dire que tu as enfin réussi à placer le micro dans le laboratoire ?

— Oui, dans une salle de réunion ! On dirait que les superviseurs et même les Cybhom la connaissent bien.

— Tu es fantastique Nora ! s'écria Tipone en se levant d'un bond.

Ils s'activèrent sur le montage de l'émetteur, récupérant les différentes pièces cachées dans leurs valises, dans leurs vêtements et pour les éléments les plus critiques, dans la ceinture de Tipone et le médaillon de Nora. Dès que leurs regards se croisaient, ils souriaient béatement. Chacun un casque sur les oreilles, ils ne tenaient plus en place, attendant la connexion main dans la main. Soudain, au milieu du grésillement, ils entendirent une voix familière.

— Content d'avoir enfin de vos nouvelles, déclara laconiquement An-Ting.

7

Régo n'avait jamais été aussi heureux ! Depuis son intégration dans l'équipe technique des épureurs, il se sentait épanoui avec le sentiment d'avoir enfin trouvé sa place. Travailler aux côtés de Tessa, qui l'impressionnait autant par ses connaissances que par son élégance n'y était certainement pas étranger. Pour couronner le tout, il se trouvait au cœur de la formation de ses amis, supervisant chacune de leurs nouvelles immersions miniatures.

Ce jour-là, Clarisa et Nel progressaient à l'aveugle uniquement guidés par la voix de leurs référents respectifs. Régo observait les épureurs, concentrés sur les progressions de leurs apprentis. Sindra paraissait sereine alors que Jov grimaçait les sourcils froncés. Quelques minutes plus tard, Nel apparut dans l'escale située à l'arrière de la console technique.

— Excellent travail, le félicita Sindra. Je pensais que ce serait difficile dans la zone des dendrites, mais tu as toujours pris la bonne direction.

— Merci, j'avoue que j'avais perdu tout repère. On peut vraiment expérimenter ce type de situation ?

— Normalement non. Cependant, il est arrivé dans certains cas extrêmes d'avoir besoin d'utiliser ce système de guidage, alors cela fait partie de l'entraînement.

— Où est Clarisa ?

— Toujours à l'intérieur de la sphère, à peine à la moitié du parcours. Si elle continue à tourner en rond, j'irai la chercher.

— Cela ne sera pas utile, interrompit Jov fermement. Elle va y arriver.

Nel semblait incapable de se réjouir de sa réussite. Soucieux, il fixait la localisation de Clarisa qui ne partait jamais dans la bonne direction. Alors que Jov changeait de tactique à l'approche des dendrites, Nel fut approché par Régo qui s'assura d'être entendu par Sindra.

— Ne me dis pas que tu comptes toujours partir ?

— Bien sûr que si. Tu vois bien que c'est nécessaire.

— Régo a raison, intervint Sindra. Tu dois rester. Il n'y aura pas de session de rattrapage et personne n'est assez important pour que tu gâches ton propre avenir. Si elle n'est pas faite pour ce métier, c'est à elle d'abandonner.

— Tu te trompes. Clarisa mérite bien plus que moi de devenir épureur. C'est elle qui a fait l'unanimité avec ses facultés d'analyse. Elle n'est plus elle-même depuis que Tipone a disparu. Je ne peux pas la laisser échouer pour cette unique raison.

— T'as toujours pas réalisé qu'ton départ chang'ra rien ! T'as aucune idée d'l'endroit où l'chercher et même si tu r'trouves sa trace, ça pourrait prendre des mois.

— Exactement. Attendre de tes nouvelles ne résoudra rien pour Clarisa. Je peux t'assurer que partie comme elle est, elle n'ira pas au bout de la formation.

— Je sais. Tout comme je sais que je ne pourrais pas continuer sans elle. L'unique solution est de retrouver Tipone. Inutile de vous obstiner, vous n'arriverez pas à me faire changer d'avis.

Sindra se planta derrière Jov qui décrivait des rangées d'arbres auxquels il attribuait des surnoms avant de préciser si Clarisa devait les contourner, les enjamber ou se frayer un passage entre eux. Enfin, il ôta son casque soulagé et se tourna vers l'escale.

— On peut dire que tu m'as donné du fil à retordre, mais il en faut plus pour me faire échouer !

— Désolée Jov. Dans ce noir, j'étais complètement perdue.

— Tu feras mieux la prochaine fois, c'est tout l'intérêt des entraînements. Je réutiliserai l'idée de la forêt, c'était brillant, non ?!

— Non, mais tu t'entends, Jov ? explosa Sindra. Comment peux-tu te vanter alors que tu es celui qui entretient ses difficultés ?

— Sindra, arrête maintenant. S'il y a une personne qui rend les choses difficiles, c'est toi. Tu passes ton temps à encenser Nel et à critiquer Clarisa.

— Tu me reproches d'être honnête ? Tu trouves ton attitude préférable ? Faire semblant. Refuser de voir qu'elle ne réussit aucun test.

Clarisa aurait aimé disparaitre, s'enfuir, tout plutôt que de les entendre se déchirer sur son cas. Elle n'était pas naïve, même si Nel essayait de la préserver. Elle avait tenté son possible pour relever son niveau, sans succès, pour réaliser récemment que le métier d'épureur était trop exigeant pour elle.

La dispute des deux épureurs continuait de s'amplifier. Jov n'avait jamais paru aussi colérique, les traits tirés, le regard noir, pourtant Sindra le défiait impassible.

— Je vois que tu restes fidèle à toi-même. Toujours la même technique de mentir et fragiliser pour mieux jouer les protecteurs.

— Parlons-en de protection ! Tu penses que j'ai des leçons à recevoir de toi ! Celle qui se coupe de tout le monde, même de ses propres enfants. Mais t'as raison, au moins ça les met à l'abri de ton hostilité permanente !

— Jov, tu vas trop loin. C'est dégradant de t'attaquer à mes choix personnels, même pour toi. Ne fais pas semblant d'ignorer le problème majeur de Clarisa. Tu sais très bien ce qui lui manque. Au lieu de la rassurer sur son petit ami, tu la laisses s'embourber. Mais c'est ton truc ça. Tu fais croire que tu es là pour elles tout en les regardant se torturer l'esprit. Je pensais qu'après Nydie tu en aurais terminé avec ce comportement, mais même son décès n'a rien changé. Tu es irrécupérable.

La scène se transforma en une fraction de seconde. Les propos de Sindra avaient stoppé net la colère de Jov. L'épureur s'affala sur une chaise tout en effleurant le diamant qu'il portait à l'oreille.

— Quoi ? Qu'est-ce que ? Nydie... Je ne lui ai jamais fait de mal. Elle t'a dit que... Non... Jamais je...

Sindra fut prise au dépourvu par sa voix brisée.

— Tu ne sais pas de quoi je parle ? Sérieusement ? Laisse tomber. Tu ne peux rien changer pour Nydie, alors que pour Clarisa c'est différent.

— Tu ne me laisses plus le choix de toute façon.

Il se redressa le regard voilé, souhaitant plus que tout s'éloigner de Sindra. Il invita Clarisa à le suivre, puis s'adressa à Nel et Régo.

— Venez, on n'est plus à ça près...

Aucun d'entre eux n'osa briser le silence pesant qui entourait leur groupe. Clarisa avançait la dernière, pour dissimuler sa joie qui contrastait avec la profonde détresse de Jov. Ainsi Tipone était vivant ! Il était bien revenu à la tour, il ne lui avait pas menti ! Elle anticipait leurs heureuses retrouvailles, s'imaginant l'embrasser fougueusement tout en se plongeant dans ses yeux bleus. Elle n'avait aucune idée de l'étage qu'ils avaient atteint, certainement assez haut. Maintenant, Jov leur faisait face.

— Je ne veux pas vous entendre. Sous aucun prétexte, pas même un raclement de gorge. C'est bien compris ?

Jov allait s'annoncer, mais hésita et se retourna vers eux.

— Clarisa, tu es certaine de pouvoir te maîtriser ?

— Oui.

— Vous ne devez avoir aucun contact. Gardez en tête que la réussite de la mission serait remise en cause s'ils vous entendaient.

Jov frappa, insistant longuement avant que la porte s'ouvre. An-Ting apparut, contrarié.

— Qu'est-ce que tu fais là ? Tu connais les horaires de connexion, non ?

— Oui, parfaitement bien. J'aimerais que tu les laisses écouter quelques minutes.

Jov s'écarta dévoilant la présence des trois camarades.

— Tu leur as dit ? Tu vas avoir des problèmes.

— Je sais. Je n'ai pas pu faire autrement. Ils resteront silencieux.

— Bon. Je n'ai pas le temps d'argumenter. Pas un bruit !

Tous entrèrent dans le bureau d'An-Ting, méticuleusement rangé, où chaque objet paraissait correspondre à une fonction bien précise. L'épureur prit place sur son fauteuil avec sa polytex. Soudain, un lointain bourdonnement s'amplifia dans la pièce.

— Je suis revenu, vous pouvez reprendre.

— Il restait une dernière chose à propos de mon ancien superviseur, prononça une voix rauque qui réconforta Nel et Régo.

Ce dernier s'apprêtait à chuchoter une remarque, mais la dureté de Jov l'en dissuada.

— Vous avez obtenu des informations sur son bannissement ?

— Toujours pas. Même Tom ne sait pas en quoi cela consiste réellement. Ce qui est certain c'est qu'il n'a pas réintégré une autre zone.

— J'ai cherché des renseignements dans les archives de la sécurité et auprès de mes collègues, mais je n'ai rien trouvé. Pourtant, je serais étonné qu'ils l'aient relâché puisqu'on passe notre temps à surveiller que personne ne sorte.

Malgré les grésillements persistants et les coupures dans la conversation, Clarisa ressentit des frissons en reconnaissant le timbre de Tipone. Nel se tourna vers elle. N'osant prononcer un son, il se contenta de lui serrer la main.

Une fois le rapport terminé, Nora et Tipone coupèrent la communication, non sans qu'An-Ting leur rappelle de rester prudents. Jov en profita pour faire sortir rapidement les visiteurs imprévus. Clarisa se retint de poser les questions qui lui brulaient les lèvres, de peur de se mettre définitivement Jov à dos, mais à son grand soulagement, Nel prit ce risque.

— On peut savoir où ils sont.

— Non. Cela ne vous serait d'aucune utilité de toute façon.

— Ils sont accompagnés sur cette mission ? ajouta Régo.

— Vous savez qu'ils vont bien, n'exagérez pas.

Clarisa réfréna l'emballement de Régo et remercia Jov avec le plus de douceur possible.

— De rien. Je ne pouvais plus faire autrement. Montre-moi au moins qu'il y avait un intérêt à cela.

— C'est promis.

Le soulagement avait fait place à des milliers de questions. Ils ne pouvaient en rester là, ils avaient besoin d'une nouvelle source d'informations.

— Inutile d'tenter quoi qu'ce soit auprès d'An-Ting. V'nez, j'ai une idée.

Clarisa suivit Régo en toute confiance. Elle se sentait tellement légère depuis qu'elle avait entendu Tipone ! Elle se trouvait même ridicule d'avoir pu douter de lui.

— Je ne sais pas comment tu as réussi à obtenir l'aide de Sindra ! En tout cas, bravo et merci, glissat-elle à Nel en plantant un bruyant baiser sur sa joue.

— De rien. Un brin de chantage, un soupçon d'animosité contre Jov et le tour était joué.

— Tu me raconteras !

— Un jour, peut-être.

— On y est, interrompit Régo. Prenez l'air triste.

En moins de cinq minutes, Régo avait convaincu Tessa de livrer plus de détails. Clarisa saisit immédiatement sa chance.

— Pourquoi nous interdire de leur parler ?

81

— Parce que personne ne peut dire quand leur mission se terminera. Ils savent qu'ils ne communiqueront qu'avec An-Ting. Vous imaginez bien qu'échanger avec vous pourrait les perturber.

— Pourquoi espionnent-ils une autre communauté ? Et pourquoi eux qui débutent à peine ?

— Plusieurs missions de ce type ont déjà été lancées, sans succès. En ayant échoué à la dernière phase de la sélection, ils étaient les plus crédibles pour tenter cette nouvelle approche. Il est primordial d'obtenir plus de renseignements sur ces Cybhom qui avaient infiltré l'équipe des épureurs.

— Tu parles du sabotage d'l'intervention qu'a causé la mort d'plusieurs d'entre eux ?

— Oui, je ne savais pas que vous étiez au courant.

— Jov l'avait dit avant not'départ sur l'île. Tu t'souviens Nel ?

— Oui, ça m'avait marqué. C'est sûrement dangereux pour eux, non ?

— Forcément, mais pour le moment, tout se passe bien. Ils sont très prudents. Rassurez-vous dès qu'ils se sentiront menacés, ils tenteront de s'enfuir.

Comme chaque soir, Clarisa eut du mal à s'endormir. Pendant un moment, elle se l'expliqua par les émotions de la journée, par l'euphorie de savoir enfin où était Tipone. Puis, elle réalisa que les derniers mots de Tessa tournaient en boucle, soulevant de nouvelles inquiétudes.

8

— Je n'ai toujours pas trouvé. Chaque entrée est surveillée en permanence, passer les murs d'enceinte serait de la folie, sans compter les caméras …

Quitter les Cybhom était devenu l'obsession de Tipone depuis l'implantation inattendue du micro en plein cœur du laboratoire. An-Ting ne partageait pas le contenu des écoutes, mais l'épureur en apprenait vraisemblablement beaucoup plus qu'eux sur l'organisation de la zone PériCyb, si bien que Tipone estimait leur mission terminée.

Tous les matins, Nora était réveillée dès l'aube par le ton boudeur de Tipone qui se plaignait de son ennui profond après une nuit de surveillance inutile. Elle comprenait parfaitement sa frustration, certainement amplifiée par le fait qu'elle seule pouvait récolter les renseignements nécessaires à An-Ting. Que ce soit le profil d'un superviseur, la typologie d'un lieu, la structure d'une équipe, elle parvenait subtilement à extraire les informations d'un serveur ou d'une conversation. Ce rôle d'espion au service des Réalistes associé à son travail de récupération de données rendait ses journées invariablement trop courtes. D'autant plus qu'avec ses nouvelles responsabilités, elle bénéficiait d'une relative liberté de déplacement au sein du laboratoire, notamment lorsqu'il était nécessaire de renouveler les postes à analyser.

En se rendant à la réserve, Nora faisait régulièrement un détour sur la plateforme entourée de verrières qui surplombait les arbres. Elle aimait contempler les feuillages éclatants d'où se détachaient des fleurs emportées par le vent. En redescendant l'escalier, elle fut surprise par une silhouette familière.

— Qu'est-ce que tu fais là ? s'écria-t-elle. Je te croyais en train de dormir !

L'homme se retourna pour sonder Nora de la tête aux pieds, la faisant rougir de méprise. Il avait pourtant la carrure, les cheveux bruns et même les yeux bleus de Tipone, mais Nora s'était emballée trop vite.

— Pardon, je vous ai pris pour quelqu'un d'autre.

L'air scrutateur se fondit en un charmant sourire.

— Très originale cette manière d'aborder les gens !

— Je suis vraiment désolée. Vous vous ressemblez terriblement, surtout de dos.

— Alors que de face je suis de toute évidence plus beau, non ?

— Tout dépend des goûts, s'amusa Nora.

— Qui est donc ce mystérieux sosie ?

— Mon colocataire, Tipone. Il travaille de nuit dans l'équipe de sécurité.

— Tipone ?

L'homme sembla déstabilisé, et d'un coup totalement absent.

— Et tu dis qu'il me ressemble ? Emmène-moi le voir.

— D'accord. Je peux vous attendre ce soir devant le laboratoire.

— Non, tout de suite. Ta journée de travail est terminée.

À la grande surprise de Nora, il avait suffi que l'homme indique avoir besoin d'elle pour obtenir l'autorisation de quitter son poste. Son superviseur n'avait opposé aucune objection, alors qu'elle revenait les mains vides de la réserve. Pendant le trajet jusqu'au chalet, l'homme la bombarda de questions, sur Tipone, sur Singapour, sur leur affectation dans la zone PériCyb. Il ne cessait de la féliciter pour toutes les étapes de leur parcours, insistant particulièrement sur les rares compétences de Nora qui lui avait valu d'intégrer le laboratoire.

Sur place, Nora avait redoublé de persuasion pour que l'homme accepte qu'elle aille chercher Tipone. Heureusement, car il étudiait la carte minutieusement complétée par leurs dernières découvertes.

— Qui est-ce ?

— Il n'a pas voulu me le dire, pourtant j'ai insisté.

Tipone ne voulait pas le croire, il craignait trop d'être déçu. Malgré tout, d'après la description qu'en avait fait Nora, aussi bien sur l'aspect physique que sur son attitude, il ne pouvait s'empêcher d'espérer. Tipone eut l'impression de descendre au ralenti l'escalier qui menait au salon, bouleversé par des pensées contradictoires. Lorsqu'il ouvrit la porte, tout s'envola : les deux longues années de doute, les nuits à pleurer ou cauchemarder, les interminables conjectures... Galiel était là ! Son frère était vivant ! Ce fut lui qui, comme lorsqu'ils étaient enfants l'enserra d'une puissante étreinte qui lui bloqua la respiration.

— Alors... c'est... là que... tu te... cachais ? réussi à prononcer Tipone.

— Je suis content de te voir p'tit gars ! Les parents savent que tu es ici ?

— Les parents ? Euh, je..., non...

Tipone se montrait trop perturbé pour jouer son rôle correctement. Par prudence, Nora s'inséra dans la conversation.

— Nous n'avons informé personne de notre projet. Tipone, tu peux lui parler de notre décision.

Au moins, ce sujet permit à Tipone de reprendre ses esprits. Il récita le discours tant et tant répété avec An-Ting pour dévoiler des détails réels, mais insignifiants de la sélection. Nora profita de l'effet de ces révélations pour observer Galiel. La mission se corsait avec l'entrée de ce frère retrouvé, endoctriné par la philosophie des Cybhom.

Tipone maudit le temps qui s'était écoulé trop vite, le forçant à laisser Galiel en compagnie de Nora pour assurer sa garde. Envahi par les émotions des retrouvailles, il ne prêta aucune attention à la surveillance. Il était affecté au rôle qu'il préférait, à savoir naviguer entre les sentinelles le long du mur d'enceinte, mais n'importe qui aurait pu le franchir sans qu'il le remarque.

Ainsi Galiel voulait devenir un Cybhom. Après s'être retrouvé par hasard dans cette région du monde, il s'était engagé sur un coup de tête, désireux d'échapper à ses problèmes. Tipone se demanda à quelles difficultés il pouvait bien faire allusion. Le vent de la nuit apporta une fraîcheur qui le soulagea de ses pensées tumultueuses. À son retour, Nora ne lui laissa pas le temps de s'asseoir et lui tendit un casque.

— An-Ting veut te parler. J'espère que tu ne m'en voudras pas de lui avoir annoncé l'existence de Galiel.

La conversation avec l'épureur éprouva Tipone plus qu'il ne l'aurait imaginé. Autant il s'était attendu à la demande de soutirer des informations, autant il n'avait pas anticipé toute la série d'interdits qu'il devrait respecter. An-Ting insista sur la nécessaire distance à établir, rappela qu'il ne devait rien divulguer des véritables raisons de sa présence chez les Cybhom et lui demanda de limiter les contacts en tête-à-tête, brisant les rêves de Tipone. Toute la nuit, il avait imaginé un retour à Singapour accompagné de Galiel, certain que celui-ci se rallierait aux Réalistes. Pour An-Ting, il était hors de question d'impliquer un sympathisant des Cybhom dans leur plan, et pour être bien obéi, il avait menacé la possibilité de représailles sur l'intégration de Clarisa dans l'équipe des épureurs.

Tipone se sentit extrêmement frustré par la situation. Non seulement il ne pouvait voir son frère qu'à peine une heure en fin de journée, mais en plus leurs rencontres se déroulaient systématiquement en présence de Nora, et il ne faisait aucun doute qu'elle exerçait un certain attrait sur Galiel.

— J'ai remarqué, j'en suis désolée.

— Tu pourrais le remballer ! À chaque fois que tu rentres dans son jeu, c'est comme si je n'étais plus là.

— J'essaierai, mais An-Ting souhaite que je ne le repousse pas complètement. Il espère qu'on obtiendra plus de confidences.

— Je ne veux pas que l'on se serve de mon frère de cette manière...

Nora comprenait parfaitement ce point de vue, cependant cette proximité avec Galiel leur avait ouvert de nombreuses portes. Des hauts responsables qu'elle rencontrait dans le laboratoire, aux règles qui régissaient la zone des Cybhom, chaque rapport à An-Ting lui valait des compliments. Contrairement à ce que Tipone lui reprochait, ce n'était pas de Galiel que Nora se rapprochait le plus dernièrement, mais de Tom. Une complicité particulière s'était construite entre eux. Nora était attendrie par son côté solitaire et les rejets qu'il subissait au sein de la communauté, même s'il n'abordait jamais ce sujet. Pour autant, il ne manquait pas d'optimisme et démontrait une extrême gentillesse. Elle regrettait de le voir moins souvent maintenant qu'elle passait ses soirées à chapeauter Tipone ou à répondre aux invitations de Galiel. Dès qu'un rendez-vous s'annulait, elle tentait de déjeuner avec lui appréciant les marches en sa compagnie.

— J'tai vue tt à l'heu avec lé seveurs su ton cha'iot. T'as fai d' touvay ?

— Oui ! On a extrait des protocoles médicaux qui semblent intéressants. Si tu m'as vue, pourquoi tu ne m'as pas fait signe ?

— D'solé, j'd'vais aller d'l'aut côté.

— Chez les Cybhom ? Tu allais voir ta famille ? Comment vas-tu de l'autre côté ?

— Y'a un tunnel. Mais c'tait nul, j'veux pa en pa'ler.

Encore une fois, An-Ting était ravi par le rapport de Nora.

— C'est parfait. On se doutait que le laboratoire était le lien entre les deux zones et maintenant c'est confirmé.

— L'accès est évidemment verrouillé.

— Peut-être que Tom te fera visiter bientôt.

— Je ne pense pas, il évite tout ce qui concerne les Cybhom. J'ai cru comprendre que Galiel connaissait ce passage lui aussi.

— Alors il faudra creuser de ce côté-là.

— Je m'en occupe.

— Tipone aurait certainement plus de chance, tu ne crois pas ?

— Sûrement, mais il n'apprécie pas ce rôle d'espion auprès de son frère.

— Entendu, je te fais confiance. À propos de Tipone, il ne m'a pas contacté depuis un moment. Tout va bien ?

— Oui. Entre son travail de nuit et les rencontres avec Galiel, il est rarement au chalet. On s'était dit que je me chargerais des rapports pendant un certain temps.

Alors qu'elle démontait l'émetteur pour cacher les différents composants, Nora s'inquiéta. Pourquoi Tipone ne communiquait-il plus avec la tour de l'Espoir ? Et surtout, pourquoi lui avoir menti à ce sujet ? À mesure qu'elle se remémorait son comportement ces derniers jours, elle se persuada qu'il s'arrangeait pour voir Galiel sans la prévenir. La question qui la taraudait désormais était de savoir ce que Tipone confiait réellement à son frère, et si cela mettait en danger leur mission.

9

— Tu me suis, tu m'obéis au doigt et à l'œil et surtout tu ne prends aucune initiative, c'est bien compris ?

Clarisa acquiesça patiemment, regrettant d'avoir perdu la confiance de Jov. Elle se sentait évidemment coupable de la pression qu'il subissait. Toute la tour avait entendu parler de sa convocation auprès des Réalistes. L'audience laissait planer une menace de suspension, aussi ses faits et gestes étaient suivis de près.

Jov évitait Sindra depuis qu'elle l'avait forcé à révéler l'emplacement de Tipone, et pourtant leur collaboration était primordiale. Clarisa avait bien essayé de briser la glace cependant ses tentatives échouaient lamentablement. Seul Nel, débordant d'enthousiasme, arrivait à leur faire décrocher quelques sourires.

Depuis dix jours, ils analysaient les problèmes de ce détenu condamné pour avoir battu sa femme, manquant de peu de la tuer. L'intervention avait été validée en amont par le comité éthique et choisie par Jov, car répondant selon lui à un cas classique.

Il s'agissait de supprimer les automatismes enregistrés par l'homme dans son enfance, alors qu'il voyait son père frapper sa mère dès qu'ils entraient en désaccord. Nel et Clarisa avaient délimité les connexions à défaire sous le contrôle de leurs référents, avant de s'astreindre au rôle d'observateurs pendant la mission.

Le fonctionnement des émetteurs validé par Tessa et Régo, chacun accrocha dans son dos une sacoche contenant le matériel d'intervention, quelques vivres et une trousse de secours.

— Ça y est ? s'exclama Nel. On peut y aller ? On va vraiment entrer dans un cerveau ! Au cœur d'un être humain ! Naviguer sur ses pensées, transformer son comportement. Je n'en reviens pas.

— Tout est prêt, annonça Tessa amusée. L'aventure vous attend, bon voyage !

Régo se chargea de réinitialiser l'escale miniature après chaque départ. La progression des épureurs s'affichait maintenant sur la console de supervision.

— J'comprends pas pourquoi y s'transfèrent si loin d'la zone d'intervention.

— Parce qu'il faut un emplacement assez stable pour implanter l'escale et que ce n'est pas très répandu là-dedans.

— C'est dommage. Selon Nel, y mettront plusieurs heures avant d'arriver sur place.

— Oui. Dans un cas simple comme le leur, ils seront de retour demain. D'autres fois, ils restent plusieurs jours, dormant à peine quelques minutes à tour de rôle.

— Pourquoi on les fait pas sortir pour s'r'poser ?

— La principale raison c'est qu'une transformation cérébrale entraîne un remodelage immédiat, même en plaçant le sujet dans une profonde léthargie. Alors d'une part, les modifications pourraient être impactées sans que les épureurs ne puissent le maîtriser et d'autre part, chaque nouvelle intervention provoque un affaiblissement physiologique qui rend les suivantes plus risquées. Sur certains types de remodelage, on reste à un stade très expérimental. Rassure-toi, ce n'est absolument pas le cas de celui-ci.

Régo était intarissable. Il désirait comprendre chaque problématique, notamment celle de l'implantation de l'escale qui était discutée en amont avec les épureurs. Il avait trouvé en Tessa une conseillère parfaite, lui répondant patiemment sans jamais lui reprocher sa soif de connaissance.

— On reprendra dans un moment, ils entrent dans une zone plus active. Branche ton casque pour surveiller ton binôme.

— L'rythme cardiaque d'Clarisa s'est un peu emballé, mais il semble stabilisé.

— Bien, rien d'inquiétant.

— Euh Tessa. J'crois qu'y'a un truc chez Jov, sa température corporelle n'cesse d'augmenter.

— C'est normal.

— Ah bon ? C'est pas un signe d'alerte ?

— Si, bien sûr. Je voulais dire que c'est une réaction normale chez lui. Il ne peut pas traverser cette aire cérébrale sans les prémisses d'une crise de panique. Il va gérer, mais tu dois apprendre à respecter le protocole.

Régo instaura donc une communication avec l'épureur.

— Jov, comment te sens-tu ?

— Salut Régo. Tout va parfaitement bien.

— Pourtant tes constantes disent le contraire. Tu d'vrais faire une pause le temps qu'ça se calme.

— Non, on continue. Vérifie auprès de Tessa.

— C'est déjà fait ! s'exclama-t-elle dans le micro de Régo. En tant que formatrice professionnelle certifiée, je lui apprends à suivre les règles !

— Ouais, ben c'est bon maintenant. Il les a bien respectées et je ne m'arrête pas, rétorqua Jov.

Le court échange amorça un retour progressif à la normale. Lorsqu'il fut possible de relâcher la surveillance, Régo revint sur la réaction de Jov.

— Qu'est-ce qui lui est arrivé dans c'te zone ?

— Je m'attendais à cette question. Ce n'est pas à Jov directement qu'il est arrivé quelque chose à cet endroit, mais je ne devrais peut-être pas te raconter.

— Si l'protocole doit être adapté pour Jov, j'd'vrais savoir pourquoi, non ?

— Tu ne manques jamais d'arguments ! Après tout, je n'ai pas à te le cacher puisque tu as déjà entendu parler de ce drame. Ce jour-là, j'étais à ton poste. On était quatre techniciens qui s'étaient relayés pour superviser une intervention délicate s'étirant sur plusieurs jours. Nydie, Toubian et Yorn étaient sur le chemin du retour, tout s'était bien passé jusque-là. Soudain, An-Ting nous a appelés. Il avait découvert que Yorn transmettait des informations confidentielles à un autre groupe.

— Les Cybhom ?

— Oui, An-Ting voulait confronter Yorn dès la fin de la mission. On l'a connecté aux émetteurs de Nydie et Toubian, car il tenait à ce que Yorn soit le premier à se matérialiser dans l'escale. Les personnels présents sur le plateau sont venus prêter main forte, incluant Jov et Sindra qui terminaient à peine une intervention. La suite est encore longue, et surtout pénible à raconter. Je préfère que tu la découvres par toi-même.

Tessa emprunta la polytex de Régo pour lancer une recherche parmi les vidéos d'archive de la salle de contrôle. Elle retrouva le moment où les deux épureurs se précipitaient dans la cellule d'intervention. Régo suivit Tessa présenter la situation, le temps de trajet restant, l'état de chacun quand des cris retentirent.

— Non ! Yorn !

Jov se ruait sur la console pour connecter son micro.

— Nydie ! Qu'est-ce qui se passe ?

— Il a sauté ! Il veut tout détruire. Toubian ! Toubian ! Je ne vois plus Toubian !

— Continue d'avancer, tu dois rejoindre l'escale.

— Impossible. C'est trop instable. Dis-moi d'abord où est Toubian.

— Ne t'inquiète pas, Tessa s'occupe de lui. Laisse-moi te guider.

Jov décomposé serrait les poings en étudiant la carte cérébrale qui ne cessait d'évoluer. Sindra s'était penchée sur son épaule pour lui indiquer un itinéraire.

— Nydie, prononçait tendrement Jov alors que sur la console les émetteurs montraient un battement cardiaque frénétique au milieu de deux autres irrémédiablement plats. Nydie, prends sur ta droite.

— Je ne peux pas Jov. Je vais attendre que ça se calme.

— Non, tu sais très bien que c'est trop risqué. Rejoins l'escale.

— Je ne peux pas… Je…

— T'as pas le choix. Tu t'accroches et tu progresses, ce n'est pas ce que tu m'as appris ? Allez, rejoins-moi.

Un léger rire fusait, détendant quelque peu les traits de Jov. Petit à petit, le rythme cardiaque de Nydie revenait à la normale, son émetteur progressant en direction de l'escale.

— Tu y es presque. Bravo ma Nyd ! Quand tu arrives, je te ramène chez toi pour passer une soirée extraordinaire !

— Des promesses, des promesses…

— Que je tiendrai, tu n'imagines pas ce qui t'attend.

— Je vois l'escale !

Soudain Tessa et Coti se précipitaient du côté où le détenu était maintenu en sommeil profond.

— J'arrive ! Tu as intérêt à… Non… Jov…

Jov, planté devant l'escale ne voyait pas la stupeur de Sindra, la consternation d'An-Ting, et encore moins le signal de Nydie s'éteindre subitement. Il sembla à Régo que Jov n'avait pas encore intégré les tragiques évènements au moment où Sindra, dévastée, se jetait sur lui.

— C'est de ta faute ! C'est de ta faute si elle était là !

L'effarement le touchait à son tour. Jov se laissait frapper, hébété, son regard passant sur Tessa en larmes, sur An-Ting abattu puis sur les moniteurs de contrôle sans parvenir à saisir la réalité. Régo arrêta l'enregistrement, incapable de visionner la suite.

— C'est terrible…

— Oui, c'était il y a trois ans, mais on est nombreux à être encore marqués par ce désastre.

— C'est à cause d'ça qu'Jov et Sindra ne s'entendent pas ?

— Je ne suis pas certaine. Sindra était très proche de Nydie, mais elle s'est emportée contre Jov sans véritable raison. Elle aurait pu tout aussi bien s'en prendre à An-Ting. C'est lui qui devait réaliser cette mission avant que Nydie n'insiste pour prendre sa place.

La découverte de ce tragique incident bouleversa Régo plus qu'il ne l'aurait imaginé. Il ne quittait plus des yeux les constantes de Nel et

Clarisa, comme si les surveiller pouvait leur éviter un accident. Il réalisa que, passionné par les aspects techniques de sa formation, il en avait négligé le risque humain. Régo vérifia les perfusions et la réception des signaux du détenu, s'attardant sur le crâne rasé recouvert d'un fin maillage. À l'intérieur, Nel et Clarisa étaient arrivés sur la zone d'intervention pour observer les modifications neuronales réalisées par les épureurs.

— Détends-toi, murmura Tessa. Ils vont bien.

— Mais si…

— C'est une chose que tu dois oublier pour rester dans l'équipe technique des épureurs. Des « si », il y en a trop. En les gardant en tête, tu ne seras pas en état de les gérer.

— Parc'qu'y'a souvent des problèmes ?

— Oui, mais rarement aussi graves que celui dont tu viens d'être témoin.

— Tessa ? C'est pas risqué d'laisser deux épureurs qui s'détestent travailler ensemble ?

— Non. Tu as vécu la sélection. Tu sais que s'ils ont été retenus, c'est qu'ils ont de grandes aptitudes, notamment celle de rester concentrés sur leur objectif. Tu dois leur faire confiance, quel que soit ce qu'il se passe entre eux.

— J'vais essayer.

— Écoute-les. Tu constateras qu'ils se synchronisent parfaitement.

Effectivement, le ton employé par Jov et Sindra semblait apaisé. Le retrait des axones demandait nécessairement une grande coordination, étonnamment efficace chez eux en comparaison du peu de mots qu'ils échangeaient.

Sur le lit médicalisé, le détenu s'agita soudain, son cœur s'était emballé. Tessa alerta les épureurs tandis que Régo se remémorait le protocole à appliquer. Les manipulations de stabilisation étaient particulièrement délicates. À l'intérieur, la situation devait être critique, mais pour les secourir, Régo devait garder son sang-froid.

10

Encore une fois, Nora avait menti à An-Ting, inventant une raison pour justifier l'absence de Tipone. Persuadée qu'il mettait tout en œuvre pour l'éviter ces derniers jours, elle profita de sa pause déjeuner pour le confronter. Elle hésitait encore sur la manière d'aborder la question, mais l'air coupable de Tipone lorsqu'elle le réveilla lui ôta toute prévenance.

— Si tu continues de voir Galiel en cachette, tu vas me forcer à en parler à An-Ting.

— Bonjour à toi, chère Nora. Dispense-toi de cette tâche. J'estime que je suis suffisamment digne de confiance pour pouvoir fréquenter mon frère quand je le souhaite.

— Non, justement. Tu oublies qu'il a fait le choix de s'investir ici, quittant volontairement son ancienne vie, oubliant ton existence. Il n'est plus le même que celui que tu connaissais. Tu nous fais courir un risque énorme.

— J'étais certain que tu serais aussi rabat-joie qu'An-Ting. Vous ne pouvez pas comprendre.

Le ton hautain adopté par Tipone fit jaillir Nora.

— Détrompe-toi. Je vois bien que tu as abandonné la mission. Tu te complais dans une bulle irréelle où Galiel reviendrait avec toi à Singapour.

— Nora…

— C'est dur à entendre, mais c'est la vérité. Tu dois te ressaisir. Si tu ne respectes pas les termes de notre mission en devenant trop proche des membres de cette communauté, je le signalerai.

— Tu ne le feras pas, sinon je rapporterai tes tête-à-tête quotidiens avec Tom.

— Tu te mets au chantage maintenant ! Et bien, fais-le. Contrairement à toi, je n'ai aucun secret sur mes relations avec lui.

Nora avait tergiversé pendant des heures sur l'attitude à adopter, craignant des représailles pour Clarisa. Désormais convaincue que Tipone mettait la mission en péril, elle n'avait pas d'autre choix que d'informer An-Ting dès son prochain rapport le soir même. Mais rien ne se passa comme prévu.

Alors que toute l'équipe de récupération était réunie pour rapporter l'avancement de la journée, un homme entra en trombe dans le bureau.

— Il nous faut quelqu'un pour retrouver des données. C'est urgent !

La responsable n'hésita pas un instant avant de désigner Nora.

— Ne les déçois pas. C'est une chance unique pour toi.

À toute vitesse, l'homme s'engagea dans les couloirs du laboratoire, passant devant la réserve, déverrouillant une porte menant à un long escalier pour traverser un premier sas. Délaissant un étroit corridor, il la guida plus loin, traversant une salle de surveillance remplie d'écrans. Nora n'eut pas le temps de vérifier si son bureau était observé, ils arrivaient devant un dernier point de sécurité nécessitant un nouveau badge doublé d'un code. Puis ils atteignirent une pièce bondée, où l'effervescence stoppa subitement.

— J'étais persuadé qu'ils t'enverraient, l'accueillit Galiel en lui pressant l'épaule.

— Maintenant, sortez ! ordonna rudement un chauve rondouillard.

Son autorité s'imposa immédiatement. Galiel attendit qu'il se détourne pour adresser un clin d'œil à Nora avant de s'éclipser.

— Assieds-toi. Higgon va t'expliquer le problème et tu lui préciseras chacune de tes manipulations.

À côté de Nora se trouvait un homme d'une soixantaine d'années resté parfaitement immobile. Recroquevillé sur lui-même, il entreprit de rendre compte de la panne, vérifiant auprès de son responsable qu'il n'en révélait pas trop. L'ordinateur s'était éteint inopinément. Personne n'avait osé le redémarrer de peur de perdre les données cruciales qu'il manipulait.

— Vous n'avez pas de sauvegarde, comme sur les autres postes du laboratoire ? interrogea Nora.

— Non, ce type d'opérations sort des procédures habituelles. Continue Higgon.

Le responsable se tenait debout derrière eux, les bras croisés surveillant tous leurs propos. Cette pression n'inquiétait pas Nora outre mesure, elle était plus préoccupée de saisir l'opportunité d'analyser les systèmes cachés des Cybhom. Aussi, à chaque étape de la récupération, elle creusait d'avantage.

— C'est donc pendant la fusion de deux documents que le poste s'est arrêté ?

— Oui… Enfin, on ne peut pas vraiment les appeler des documents. On possède une copie du premier, mais le second est… comment dire… un original.

— Où est-ce que je cherche cet original alors ?

— Justement, on ne sait pas. C'est la première fois que cette panne survient. Le programme est censé sécuriser les données tout au long de l'intervention. Il faut absolument retrouver tout ce qui a été extrait.

Nora démarra une copie complète du poste afin qu'Higgon puisse procéder à une démonstration des outils.

— Est-ce que je relance la fusion ?

— Non, martela le responsable. Tant qu'on ne sait pas où on en est, on ne change rien.

— D'accord. Je vais donc te montrer. Ici, on choisit le modèle de base que l'on connecte à l'extraction de… euh… l'original.

Constamment, Higgon vérifiait qu'il n'en disait pas trop. Pour autant, Nora commençait à se figurer de quoi il s'agissait et n'en revenait pas.

— Tout s'est arrêté alors que l'opération était sur le point d'être finalisée. La fusion doit se terminer, c'est primordial.

— Je comprends bien, sinon le Cybhom pourrait ne pas se réveiller. Quelle zone cérébrale serait endommagée ?

Higgon resta bouche bée, se tassant davantage comme pour disparaitre.

— Redresse-toi et continue, gronda le superviseur. Je me doutais que tu comprendrais. Après tout, tu as étudié les neurosciences pendant la sélection. Effectivement, cela touche son cerveau. Pour prévenir la dégénérescence cérébrale, on nettoie régulièrement les circuits défaillants en les remplaçant par une version plus fiable.

— Fascinant ! Ainsi, il garde toutes ses facultés mentales auxquelles vous intégrez ses récents souvenirs.

— Exactement.

— Donc, s'il s'avère que des informations sont manquantes, il devrait s'agir des éléments extraits de sa mémoire ?

— Impossible de le savoir, le créateur de cet outil n'est plus là pour nous répondre.

Nora avait perdu toute notion du temps, mais la nuit devait être bien avancée quand elle parvint à identifier les données traitées par le logiciel. Higgon ne l'avait pas quittée des yeux, préparant déjà la reprise de l'opération de fusion. Il n'attendait plus que le feu vert du superviseur.

— Le Cybhom est stable, tu peux relancer la procédure.

Une image de cerveau s'afficha dans une teinte grise ponctuée de tâches orange que Nora interpréta comme les éléments actuels à intégrer. L'une après l'autre, les marques disparaissaient et bientôt il n'en resta qu'une. Higgon se crispa, mais rien n'empêcha l'ordinateur de s'éteindre subitement.

— C'est encore un problème de saturation ?

— On dirait bien. Exactement au même moment.

— J'ai une idée pour pallier l'arrêt du programme, annonça Nora.

Elle détailla les manipulations tout en veillant à ne pas dévoiler le fond de sa pensée. Après validation du superviseur, Higgon suivit les étapes en notant méticuleusement le travail de Nora. La fusion se termina sans encombre, soulageant ses interlocuteurs.

— Bien, Gatan est sauf. Il faudra qu'on étudie plus précisément cette erreur. Je vais en informer les Cybhom. Higgon, tu la raccompagnes.

Nora patienta en se contenant pour cacher l'excitation qui l'agitait à la perspective de partager ces découvertes avec An-Ting. Elle avait manqué le rendez-vous de la veille et espérait arriver à temps pour le prochain. L'épureur serait connecté dans moins d'une heure, mais Higgon s'éternisait. Enfin, il éteignit les systèmes pour l'escorter. Ils n'avaient pas encore atteint le sas de sécurité qu'ils croisèrent Galiel.

— Je prends le relais Higgon.

— Tu es sûr ? J'ai reçu pour consigne de…

— Bien entendu, mais je m'en occupe. Va te reposer.

Higgon ne se fit pas prier. Dès qu'il eut disparu, Galiel entraîna Nora à l'opposé de leur direction initiale.

— Je t'emmène dans l'antre des Cybhom, tu vas voir où je travaille.

— Tu participes à ces opérations de rajeunissement ?

— Oui ! Je suis ravi que tu connaisses ce procédé. Dorénavant, je pourrais tout te dire de mes journées.

Ils avaient atteint un immense atelier. À cette heure matinale, des dizaines de robots attendaient les personnels qui les mettraient en marche. Nora s'arrêtait devant certaines machines particulièrement impressionnantes, interrogeant Galiel sur leurs fonctionnalités. Il restait succinct énonçant des évidences. Nora pensa soudain à Régo, regrettant ses descriptions dithyrambiques devant la moindre technologie.

— Voici mon poste. Je m'occupe d'un organe essentiel : les yeux !

Cette fois, Galiel était intarissable, détaillant le processus de fabrication des cornées artificielles placé sous sa surveillance. En parallèle, il préparait les interventions, étudiant le profil des Cybhom pour adapter les implants.

— En ce moment, on s'occupe du doyen. Pour lui, les prothèses ne fonctionnent plus. Regarde, j'ai taillé ses nouvelles cornées. Elles ne sont pas parfaites, mais il peut gagner des années de vision.

Nora obtempéra en se penchant sur le microscope. Ce qu'elle reconnut l'horrifia. Elle resta longtemps immobile vérifiant à de multiples reprises les défauts sur les dômes transparents. Elle voulait hurler, s'enfuir et surtout alerter Tipone. Au lieu de cela, elle dut écouter Galiel poursuivre son interminable exposé jusqu'au moment où l'atelier allait se remettre en marche.

— Tu sais que tu ne devrais pas être là. Ne dis à personne que je t'ai montré cet endroit, même pas à Tipone. Ce sera notre petit secret.

Une fois à l'extérieur du laboratoire, aux premières lueurs de l'aube, Nora eut l'impression que l'air frais la secouait. Pour autant, l'oppression qui comprimait sa poitrine s'amplifia. Son cerveau était en ébullition. Elle ne se croyait plus elle-même, pourtant il ne pouvait y avoir aucun doute sur la provenance des cornées. Nora aurait reconnu cette imperfection qui en marbrait la surface entre mille. D'ailleurs, ce n'était pas un hasard si le visage de son ancien superviseur lui était immédiatement apparu à l'esprit.

Nora anticipait les conseils qu'An-Ting lui prodiguerait. Il lui faudrait rester sur ses gardes, maîtriser ses réactions, ne prendre aucun risque, tout en saisissant la moindre occasion de retourner dans cet espace du laboratoire. Galiel semblait suffisamment désireux de l'impressionner pour la ramener visiter les lieux. Elle se doutait également qu'elle serait rappelée pour régler les problèmes de fusion. Cette nuit, elle s'était contentée d'un travail de récupération standard, sans avouer qu'elle avait compris les limites du logiciel. Il était surprenant que personne n'ait réalisé qu'en prenant comme patron le cerveau plus jeune, sans tenir compte de l'évolution de la taille de celui du Cybhom, l'espace arriverait à saturation. Cette analyse pouvait être déterminante pour la suite. Nora avait besoin de sommeil et des conseils avisés d'An-Ting afin de décider du moment opportun pour s'en servir.

Sur le point d'arriver au chalet, elle croisa Tipone qui, rentrant d'une nuit de surveillance, l'alpagua vivement.

— Qu'est-ce que tu fais dehors ? Tu me surveilles ?

— Pas du tout. Je t'expliquerai à l'intérieur.

Sur le palier, Denise les ignora d'un air méprisant.

— Qu'est-ce qu'il lui prend ? demanda Tipone.

— Aucune idée. Je ne l'ai jamais vue si matinale.

En atteignant leur chambre, ils comprirent qu'ils n'étaient pas les seuls à avoir veillé toute la nuit. Tout était sens dessus dessous, les tiroirs ouverts, les vêtements éparpillés, les lampes brisées. Horrifiés, ils se précipitèrent vers les cachettes de leur matériel le plus précieux. Tout avait été découvert, des cartes à l'émetteur, rien n'avait échappé à leur colocataire.

— Elle est allée prévenir la sécurité ! s'exclama Tipone. Ils vont nous bannir.

— Ils ne bannissent pas, ils tuent. On doit partir d'ici !

11

— Tiens-toi bien ! On décroche celui-là puis on s'en va.

Ballotté dans tous les sens, Nel fut instantanément rassuré par le ton ferme de Sindra. Sa référente ne semblait pas du tout perturbée par l'agitation soudaine de la structure cérébrale. Agrippé de toutes ses forces à un neurone, Nel ne quittait pas des yeux la source lumineuse de Clarisa, bien souvent masquée par les mouvements incessants des axones.

— On a terminé, déclara Sindra. J'espère que Tessa va pouvoir calmer tout ça…

— Qu'est-ce qui s'est passé ?

— Je t'expliquerai plus tard. Fais attention à ne pas tomber.

La progression nécessitait son entière concentration. Chaque pas devait anticiper sur les trajectoires des éléments autour d'eux qui semblaient désireux de les percuter. Sindra avait tenu à ce qu'ils se connectent l'un à l'autre, mais Nel n'avait nullement besoin de cette assurance, confiant dans son sens de l'équilibre développé pendant des années dans les forêts de Guyane.

Un cri perçant ricocha sur les neurones en mouvement, l'immobilisant subitement. Nel chercha l'autre binôme et se figea en n'apercevant plus qu'une seule lueur, celle de la fine silhouette qu'il redoutait de perdre. Il activa la communication avec l'ensemble des membres de l'intervention pour entendre Clarisa appeler Jov, tandis que ce dernier grinçait.

— Ne bouge pas, commanda Sindra.

— Je le vois ! s'exclama Clarisa. Il est blessé.

Évoluant juste derrière elle, Jov était soudainement tombé, détachant l'aimantation de son gant in extremis pour ne pas l'emporter avec lui. Il semblait mal en point, accroché tant bien que mal sur l'axone qui avait stoppé son effrayante chute. Clarisa vérifia encore une fois autour d'elle, mais Nel et Sindra étaient encore loin au milieu des connexions instables. Des neurones s'entrechoquaient, brisant les plus fragiles axones qui poursuivaient leur cavalcade effrénée. Le prochain pouvait être celui, particulièrement fin, qui soutenait Jov.

Tout lui semblait insensé dans ce qu'elle allait entreprendre, mais Clarisa ne pouvait rester immobile. Lorsqu'elle s'élança, elle entendit Nel et Sindra unir leurs voix pour lui ordonner d'attendre. Leurs cris ne pouvaient que la perturber aussi elle les rendit muets. Focalisée sur son objectif, Clarisa évoluait les pieds dans le vide, accrochée à l'élément qui lui avait semblé le plus solide dans cet enchevêtrement mouvant. Elle ne pensait qu'à une chose, avancer en direction du blessé. L'axone qui la portait oscillait doucement sans jamais descendre suffisamment pour lui permettre d'atteindre Jov. Ses biceps lui avaient immédiatement rappelé qu'ils n'appréciaient pas ce type d'effort, mais elle était trop préoccupée pour s'en soucier. L'épureur tentait de se redresser, prenant appui sur un bras tandis que l'autre restait plié contre lui. En apercevant Clarisa, il hésita entre l'affolement et les reproches.

— Mets-toi en sécurité ! Je vais me débrouiller.

Progressant à genou, Jov atteignit un neurone sur lequel il s'appuya pour se remettre sur pied.

— Tu vois, dit-il en agitant son bras valide.

Un instant amusée, Clarisa décela avec horreur un fragment d'axone se diriger sur Jov. L'épureur allait être heurté de plein fouet sans pouvoir anticiper le choc qui pouvait le propulser en avant. Sans réfléchir, Clarisa prit de l'élan avant de tout lâcher. Elle atterrit sur Jov, le plaquant contre le neurone avant de sentir l'axone hors de contrôle claquer son visage.

Pendant un moment, Clarisa ne pouvait plus bouger, écrasée contre Jov, l'entourant de ses quatre membres. Son cœur battait la chamade, ses pensées se percutaient refusant de réaliser ce qu'elle venait de faire. Elle se toucha le front. La vision du sang sur ses doigts révéla la douleur de l'entaille laissée par l'accrochage avec l'axone. Lentement, elle reprit pied face à Jov qui se tenait la joue. Ils se dévisagèrent abasourdis, grimaçant puis éclatèrent de rire en cœur.

— Merci, Clarisa, je ne te connaissais pas ces talents d'écureuil volant !

— Moi non plus. Quelqu'un m'a dit récemment que je devais mériter les risques qu'il avait pris pour moi.

— Cela n'impliquait pas de te mettre en danger… Surtout qu'on en est toujours au même point. Je ne peux pas me déplacer dans ce chaos avec un bras en moins.

— Je vais t'aider.

Jov sourit moqueur soulignant son petit gabarit, mais Clarisa lui jeta un regard de défi en prenant l'initiative de verrouiller leurs gants. Malgré les appréhensions de l'épureur, elle sut équilibrer leur binôme. Ils furent bientôt rejoints par Nel et Sindra.

— Clarisa, je t'avais dit de m'attendre. Tu connais le protocole, non ? Jov blessé, ce sont mes consignes que tu devais suivre. Tu es complètement inconsciente !

Jov tenta de calmer Sindra qui ne décolérait pas.

— En plus tu t'es accrochée à lui ! C'est n'importe quoi ! Défaites ça tout de suite.

— Sans Clarisa je serais tombé encore plus loin, et tu sais très bien que vous m'auriez laissé. Mais c'est peut-être ce que tu voulais.

— Effectivement, t'abandonner dans les méandres d'un cerveau c'est très exactement mon but dans la vie.

À la surprise générale, elle posa un bandage pour maintenir fermement le bras blessé de Jov puis enclencha l'aimantation de son gant sur le sien.

— Nelson, connecte-toi avec Clarisa. On sort d'ici.

Progressivement, l'environnement s'apaisa. Les axones libérés perdirent de l'énergie pour se mettre à flotter lentement. Certains se raccrochaient leur permettant un plus large choix d'itinéraire. Sindra, toujours soucieuse, imposait une allure soutenue, s'arrêtant à peine pour envisager la suite du parcours ou dégager le passage. Jov profitait de ces rares pauses pour laisser libre cours à son euphorie.

— Tu es mon phare Sindra ! Je ne t'ai jamais révélé que ces lumières bleutées te donnent un reflet magique. Je suis tout simplement envoûté.

Contre toute attente, une amorce de sourire s'esquissa sur la moue exaspérée de Sindra. Il n'en fallait pas plus pour encourager Jov.

— Au fond, tu rêvais qu'on soit un jour lié toi et moi.

Nel et Clarisa s'esclaffaient après chaque remarque, d'autant plus que Sindra semblait cette fois les tolérer. Bien qu'elle soit concentrée sur leur trajet et la nécessité de stabiliser Jov, elle ne lui intimait pas de se taire.

Enfin parvenus devant l'escale, Nel et Clarisa se décrochèrent, mais lorsque Sindra voulut faire de même, Jov la retint.

— Désolé, je veux prolonger ce moment. Avoue que tu apprécies cette connexion entre nous.

— Tu es vraiment infernal.

Sindra retira la main de son gant et le poussa vers l'escale.

— Vas-y ! Les grands prétentieux d'abord.

Lorsque Nel se transféra, il se retrouva dans un autre monde. De l'ambiance oppressante de l'intervention, il était tombé dans une allégresse généralisée alors que Jov contait leurs péripéties devant Tessa, Régo et Clarisa hilares.

— Et alors que je commence à me relever, je vois Clarisa gigotant au-dessus de ma tête.

— Quoi ? Dans ce chaos ?

— Je ne sais pas ce qui lui a pris. Pourtant, la voix si suave de Sindra lui ordonnait de l'attendre. La suite est pire ! Elle m'a littéralement sauté dessus, incapable de résister à mon pouvoir d'attraction.

Sindra arrivée à son tour dans l'escale traversa le groupe pour s'asseoir auprès de la console.

— Ce qu'il ne dit pas, c'est qu'il paniquait tout seul sur son minuscule axone. Clarisa lui a sauvé la vie, mais Jov a toujours eu du mal avec la vérité. Au lieu de te moquer, tu ferais bien de la remercier.

— Il l'a déjà fait et si ses histoires me dérangeaient, je suis assez grande pour le signaler moi-même.

Nel resta bluffé par la réponse cinglante de Clarisa. Depuis qu'elle savait Tipone en mission pour les Réalistes, son amie semblait redevenue elle-même. Le contraste entre son corps frêle et une volonté intangible, le naturel de ses éclats de rire et ses prises de position, tous ces aspects de sa personnalité avaient fait leur retour, fascinant de nouveau Nel.

— Tu devrais passer à autre chose, murmura Régo à son oreille.

— Je sais. J'y arriverai…, mais pas aujourd'hui.

En remontant vers leurs chambres, fourbus et excités à la fois, Clarisa, Nel et Régo se racontèrent encore l'incident qu'ils venaient de vivre. Régo revint sur sa peur de ne plus les revoir, crainte qu'il avait dû mettre de côté pour rester efficace. Il vanta l'assurance de Tessa, qui avait eu les bons mots, lui permettant de se focaliser sur la détresse du détenu.

— Vous v'rendez pas compte comme c'est délicat d'endormir les zones cérébrales qu'vous deviez traverser sans endommager les circuits neuronaux. J'suis très fier d'avoir réussi, mais sur l'moment j'en m'nais pas large.

— Moi non plus, ajouta Nel. Sindra n'arrêtait pas de hurler sur Clarisa qui n'écoutait rien. J'ai cru mille fois qu'on allait vous perdre, Jov et toi.

— J'ai bien entendu, et elle n'était pas la seule à crier ! C'était plus fort que moi, je ne pouvais pas regarder Jov blessé et rester là. Rien n'aurait pu m'empêcher d'aller le secourir. J'espère que Sindra ne va pas me suspendre.

— Pour ne pas lui avoir obéi ou pour lui avoir tenu tête ?

— Ah oui… J'ai sûrement exagéré. J'étais tellement certaine d'avoir agi comme je le devais…

Régo ne s'attarda pas sur les états d'âme de Clarisa, il ne pouvait plus garder pour lui ce qu'il avait découvert à propos de Nydie.

— Voilà pourquoi An-Ting a toujours l'air sévère, fit remarquer Clarisa. Et aussi pourquoi Sindra ne supporte pas Jov ! Elle abuse de lui en vouloir encore.

— Elle a peut-être d'autres raisons.

— Nel, je comprends que tu apprécies ta référente, mais tu réalises que tu la défends constamment.

— Parce que tu n'idéalises pas Jov peut-être ? Tu n'as pas remarqué que le plus fiable des deux, c'est elle. Son jugement est pertinent, ses conseils toujours adaptés, ça me surprendrait qu'elle s'abaisse à lancer des reproches infondés.

Épuisée, et craignant de se laisser encore emporter par trop d'impulsivité, Clarisa préféra prendre congé. Régo fut rassuré de pouvoir divulguer la dernière révélation qui accaparait ses pensées.

— C'lui qu'a provoqué c'désastre : la mort des épureurs et du détenu, Tessa m'a raconté qu'y f'sait partie d'la communauté des Cybhom.

— Tu veux dire que Nora et Tipone espionnent ceux qui ont été capables d'infiltrer l'équipe des épureurs ?

Régo acquiesça, terriblement inquiet, mais soulagé d'avoir le soutien de Nel sur la décision qui lui taraudait l'esprit.

— On ne dit rien à Clarisa, elle risquerait de s'effondrer.

12

— Ils tuent ? Comment ça ils tuent ?

— Tipone, je n'ai pas le temps de t'expliquer. Tu dois me faire confiance, il faut qu'on parte d'ici. Tout de suite !

Nora avait déjà atteint l'escalier alors que Tipone restait figé par la révélation. Effectivement, réserver ce sort funeste aux personnes bannies était la seule réponse qui faisait sens. Cependant, cela remettait en question tout ce que Galiel lui avait présenté des projets des Cybhom. Il rattrapa Nora sur le palier du chalet et l'attira à l'intérieur.

— Qu'est-ce que tu fais ? Laisse-moi sortir !

— Pas par-là, ils vont arriver d'une minute à l'autre. Suis-moi.

Il l'entraîna à travers le salon puis enjamba la fenêtre avant de se plaquer contre le mur.

— On saute la palissade. Ensuite, on se met à terre pour aller se cacher dans le gros bosquet, sans un bruit.

— Non, on ne peut pas rester près du chalet. C'est trop dangereux.

— C'est l'unique solution, crois-moi.

Des voix commençaient à se faire entendre, surmontées par les élans stridents de Denise. Tipone et Nora s'élancèrent dans le jardin, escaladant la clôture au moment où le groupe ouvrait la porte. Ils se précipitèrent tête baissée vers le plus épais buisson des environs. Le premier, Tipone rampa à travers les branches frayant un passage le plus silencieusement possible. Suivant ses consignes, Nora le suivait à reculons, remettant en place les ramures pour couvrir leurs traces. Estimant qu'ils étaient suffisamment masqués, ils se recroquevillèrent l'un contre l'autre, le cœur battant à tout rompre.

Tipone réalisa la précarité de leur situation. Bien qu'il ait envisagé ce type de scénario des centaines de fois, il n'avait pas anticipé la peur qui lui serrerait l'estomac. Nora n'en menait pas large non plus, haletant, guettant le moindre mouvement. Il ne fallut pas longtemps avant que les alentours soient envahis par le groupe venu les chercher dans le chalet. La voix caverneuse du responsable de la sécurité s'éleva, lançant ses ordres.

— Bloquez immédiatement leurs accès, ils ne doivent rentrer nulle part. Est-ce qu'il est armé ?

— Non, j'ai vérifié. Tout a été rangé à la fin de sa garde.

— Il ne pouvait pas se douter qu'il serait découvert, ajouta Denise agressive.

— Et il n'en aurait rien su si tu avais été plus discrète. Je ne veux pas te voir ici, tu es inutile. Reste chez toi et poursuis la fouille. Tous les autres, vous aurez chacun un secteur de recherche. Trouvez-les et plus vite que ça !

Pendant un moment, ils n'entendirent plus que le bruissement des feuilles, les équipes s'étaient dispersées. Tipone intima à Nora de ne pas bouger. Il connaissait l'aspect méthodique de la sécurité et il ne faisait aucun doute que le moindre recoin autour du chalet serait passé au peigne fin. Tout bruit suspect s'échappant du bosquet pouvait alerter la vigilance de ses collègues auxquels il ne voulait surtout pas être confronté. Malgré les crampes et les fourmillements douloureux, ils tenaient bon, immobiles et muets.

Des pas lourds se rapprochèrent de leur cachette. Instinctivement, Nora se crispa serrant la main de Tipone. Des branches craquèrent, des feuilles tombèrent, quelqu'un fouillait sans ménagement à la surface. Le bosquet était heureusement trop épais pour les laisser apparaitre. Soudain, Nora planta ses ongles sur Tipone pour retenir ses gémissements, le visage tordu de douleur. À plusieurs reprises, ses traits se contractèrent, elle tentait de maîtriser son souffle pour ne pas crier. Puis ce fut au tour de Tipone de recevoir une fulgurante décharge, dans le dos d'abord puis plus bas. Il connaissait cet outil conçu pour maîtriser hommes ou animaux en leur infligeant un supplice insupportable. Ils endurèrent la souffrance, encore et encore. L'appareil revenait, tantôt sur l'un, tantôt sur l'autre, si bien qu'ils étaient désormais persuadés d'être découverts.

— Tout le monde au rapport, hurla la voix du responsable dans un émetteur.

Ils entendirent chacun des hommes à leur recherche rapporter leur bilan puis ce fut au tour de celui qui les avait torturés.

— N'gatif.

Nora soupira de soulagement. C'était Tom ! Tom qui avait pris le risque de les couvrir, s'excusant d'avoir dû leur infliger autant de mal, Tom qui revint leur glisser des vivres, Tom qui leur indiqua quand les recherches s'orientèrent vers d'autres secteurs. Sortir du bosquet avant la nuit serait trop risqué, mais au moins pouvaient-ils maintenant s'étirer.

— Quelle est la suite de ton plan ? chuchota Nora.

— Je n'ai toujours pas trouvé d'accès vers l'extérieur. Le mur d'enceinte est trop haut et trop bien surveillé, l'entrée verrouillée…

— Alors, on doit passer par le laboratoire et espérer que la zone des Cybhom nous mènera dehors. Il nous faut un badge puisque je ne pourrais pas utiliser le mien.

— C'est totalement inconscient, mais on n'a pas le choix. Je vais contacter Galiel, il pourra nous aider.

— Non. Ils savent qu'on les espionnait pour le compte des Réalistes. Galiel sera certainement impacté par vos liens, ce serait préférable de ne pas l'impliquer davantage.

Nora avait trouvé l'argument parfait pour convaincre Tipone de laisser son frère en dehors de leur tentative d'évasion. Elle n'osa pas lui révéler qu'il était partie prenante dans le processus de maintenance des Cybhom ni qu'il avait certainement connaissance du sort des bannis de la zone PériCyb. Tom restait leur unique option pour avoir une chance de s'enfuir. Ils attendirent longuement dans l'espoir de le voir revenir, en vain. La nuit était déjà bien entamée lorsqu'ils décidèrent de quitter leur abri. Prudemment, ils se faufilèrent d'arbre en arbre pour s'approcher du laboratoire.

— Nora, cache-toi ici, je vais tenter de trouver Tom.

— Tu ne crois pas qu'on ferait mieux de rester ensemble ?

— Non, j'irai plus vite tout seul. Tu ne risques rien tant qu'il fait nuit, mais ne m'attends pas plus de deux heures. Si je ne reviens pas, tu devras tenter quelque chose de ton côté.

— OK, sois prudent. À tout à l'heure.

Prudent, il devrait l'être pour traverser la zone tout en évitant les patrouilles qui ne devaient pas manquer. Outre l'option Tom, il savait qu'il trouverait un badge d'accès au central de sécurité. L'opération lui semblait trop périlleuse pour entraîner Nora, surtout qu'il espérait pouvoir parler à Galiel au retour.

D'abord, il longea le mur d'enceinte veillant à se camoufler aux abords des postes de surveillance. Il connaissait la végétation comme sa poche, ayant anticipé ce trajet des centaines de fois durant ses rondes. Sachant qu'il ne pouvait être vu, il s'appliquait à ne pas être entendu. Malheureusement, le temps sec de ces derniers jours jouait contre lui, la moindre brindille craquant bruyamment sous ses pas.

Pour se rapprocher du centre de la zone, il ne pouvait éviter de se retrouver à découvert. Même si la sécurité avait été renforcée, il constata que les parcours des équipes ne variaient pas. Il calcula le meilleur moment pour piquer un sprint, craignant à tout moment d'être repéré. Il atteignit le premier quartier résidentiel et s'accroupit contre une clôture pour reprendre son souffle. Ici, tout était calme. Quelques fenêtres étaient encore éclairées, mais il se doutait que les lieux ne seraient pas fouillés. La population était tellement docile qu'ils auraient été dénoncés immédiatement s'ils avaient voulu trouver refuge auprès de l'un d'entre eux. Tipone se faufila d'habitation en habitation jusqu'à atteindre la lisière de la forêt. Il put enfin se presser, courant à travers les arbres.

Soudain, il se figea, le vent lui apportait de nouveaux sons. Des patrouilles écumaient les environs. Il n'eut pas le temps de réfléchir davantage. Il repéra un platane particulièrement feuillu et l'escalada. Il s'arrêta sur une frêle branche, espérant être suffisamment camouflé lorsque le halo de puissantes lampes apparut. Chaque arbre était minutieusement inspecté, parfois par plusieurs personnes qui mettaient un temps infini avant de passer au suivant.

Tipone se sentit idiot. Comment avait-il pu imaginer pouvoir traverser la forêt librement ? Coincé dans cet arbre, son plan lui parut totalement inconsidéré. Le central de sécurité, tout comme le logement de Galiel, était bien trop loin pour qu'il espère les atteindre.

Les environs s'éclairèrent. Quelqu'un sondait son platane. Tipone s'appliqua à rester parfaitement immobile, ne pouvant qu'espérer que la densité du feuillage permettrait de le masquer. Il tentait de se remémorer la texture du sol, redoutant d'avoir laissé des traces. Le vent faisait bruisser les feuilles, l'empêchant de capter les discussions en contrebas. La fouille s'éternisait. De violentes crampes paralysaient ses jambes. Tout son corps contracté réclamait du mouvement, mais il devait tenir. Il redoutait que Nora soit découverte. Lui-même se sentait protégé par la présence de Galiel, mais s'il ne la revoyait jamais ? Le visage de Clarisa lui apparut subitement, sa douceur, sa gentillesse, ses sourires. Pour oublier la douleur, il se replongea dans les souvenirs de leurs étreintes : de la première, enivrante malgré le décor oppressant de la prison de Buru, à la dernière longuement savourée avant son départ du Maroc. Il s'était refusé à imaginer qu'elle l'oublierait, certain qu'elle pardonnerait ce silence imposé par le règlement de la mission. Que penserait-elle s'il ne rentrait pas ?

Les lueurs semblaient se disperser. Les sons s'affaiblirent jusqu'à s'évanouir dans la végétation. Tipone s'autorisa à changer de position. Ne sentant plus ses jambes, il frôla la chute. Puis lentement, il entreprit de descendre le long du platane. D'autres équipes arpentaient les environs. Il rebroussa chemin en redoublant de prudence.

La traversée du quartier résidentiel était interminable. Ses pas dans les escaliers métalliques résonnaient entre les immeubles. Il lui fallait éviter les détecteurs de mouvement qui auraient activé les lampadaires comme des projecteurs désignant l'homme à abattre. Arrivé près du mur d'enceinte, il manqua de se faire surprendre par une patrouille. Il se réfugia dans un étroit passage entre deux roches. Les gardes scrutèrent les alentours, à l'affut de la moindre présence. Tipone se contorsionna lentement pour se faufiler à l'abri de leur regard. Lorsqu'il put enfin s'extirper de sa cachette, il avait pour seul objectif de retrouver l'endroit où il avait laissé Nora. L'heure limite qu'il avait fixée était largement dépassée, mais il n'avait que cette destination en tête, il aviserait après.

Il atteignit le tas de bois à l'arrière du laboratoire, découvrant les branches qui avaient camouflé son amie. En inspectant les alentours, Tipone découvrit avec horreur de nombreuses traces de pas. Il s'affala à terre, désespéré. Nora avait dû être amenée au central de sécurité pour un interrogatoire musclé. La funeste sentence n'interviendrait probablement pas le jour même. Cela lui laissait une infime chance pour tenter de la sauver. Il était trop risqué de retourner là-bas tout seul. Tipone se redressa lentement, il lui fallait rejoindre Galiel sans être capturé lui aussi.

En longeant les arbres, il ne sut pourquoi son regard fut attiré vers l'entrée du laboratoire. Il crut déceler du mouvement, mais ses sens devaient lui jouer des tours. Craintif, il vérifiait en permanence autour de lui. Une nouvelle fois, il stoppa sur le laboratoire. Quelque chose avait réellement bougé. Tipone fixa son attention sur la porte. C'était à peine perceptible, mais régulièrement, elle s'entrouvrait.

Avec prudence, Tipone revint sur ses pas pour rejoindre le laboratoire. Étonnamment, la porte n'était pas verrouillée. Il avait à peine franchi le palier qu'une avalanche de cheveux déferla sur lui.

— J'ai cru que tu ne reviendrais jamais !

— Ils ne t'ont pas attrapée ? Comment as-tu fait ?

— C'est grâce à Tom. Dépêchons-nous d'aller chez les Cybhom. Si on ne réussit pas avant le lever du jour, on est foutu.

13

— C'est quoi l'urgence ? Un problème sur l'dét'nu ?

— Non, l'équipe médicale l'a pris en charge. Viens, An-Ting t'expliquera.

Régo avait tout juste eu le temps de prendre une douche avant l'appel de Tessa. En montant à ses côtés dans le tube antigravité, il observa sa collègue, absorbée par sa polytex. Les boucles d'oreilles larges et colorées, les longues tresses parsemées de perles, la robe fourreau qui lui avait valu des compliments de la part de Jov ne s'harmonisaient plus avec son air grave ou les grimaces déformant son visage. Les craintes de Régo furent confirmées en arrivant dans le bureau de l'épureur.

— Toujours rien ? On peut donc confirmer qu'on a perdu le contact avec Nora et Tipone. Cela signifie qu'il s'est passé quelque chose chez les Cybhom donc on active le plan de secours. Tessa, tu vérifies une dernière fois les signaux puis tu coupes toutes les communications. Régo, tu m'accompagnes.

L'autorité d'An-Ting ne laissait la place ni au doute ni à la moindre hésitation. Régo le suivit jusqu'au cent-vingtième étage de la tour d'où ils empruntèrent l'un après l'autre une escale préparée à leur intention.

— Cette maison est leur base de repli. Nous allons attendre Nora et Tipone ici.

— Pourquoi on n'irait pas les chercher ?

— C'est impossible d'entrer là-bas. Ils savent qu'ils doivent se débrouiller seuls.

— Il leur faut combien d'temps pour arriver ?

— Ce hameau est à quelques heures de marche de la communauté des Cybhom. Ils auraient pu être déjà là, car je n'ai plus de nouvelles depuis deux jours.

— Alors c'est grave ?

— Préoccupant, oui. Pour le moment, gardons espoir. Va te reposer, ils auront besoin de toi quand ils arriveront.

Régo ne trouvait pas le sommeil. Il était pourtant épuisé, mais il revivait en boucle les pires moments de l'intervention qui venait de se terminer. Il avait eu à administrer un calmant en ciblant la zone où ses amis évoluaient. La procédure demandait une extrême précision. S'il injectait le produit au mauvais endroit, il pouvait endommager irrémédiablement le cerveau du détenu et priver ses occupants d'oxygène. Tessa lui avait confié cette tâche délicate en toute confiance, mais avoir la vie d'autant de personnes entre ses mains lui avait fait porter une pression qu'il n'avait pas encore évacuée. Le sommeil empreint d'images de Nora en détresse ou de Nel prisonnier, Régo préféra se lever.

La maison qu'ils occupaient était spartiate : une escale, un couffin, un canapé et une réserve contenant des provisions non périssables. Malgré la faim qui le tiraillait, aucune ne lui faisait envie. Il s'installa discrètement derrière la fenêtre, réalisant qu'il ne savait pas où il se trouvait. Un instant, il se crut revenu en Italie. Les hommes en chemises ouvertes, les femmes en jupes longues parfois accompagnées d'enfants remuants lui rappelaient l'ambiance décontractée de Rome, mais l'architecture des bâtiments était différente.

— Nous sommes en Espagne, répondit An-Ting avant de se replonger dans son travail.

L'épureur n'avait jamais été loquace et Régo n'en sut pas d'avantage. Les heures d'attente à ses côtés lui parurent interminables. Il n'y avait rien à faire entre ces murs. Régo avait déjà passé en revue et optimisé la configuration du peu d'équipements à leur disposition. Même les grésillements de l'émetteur en charge des écoutes des Cybhom ne lui avaient pas tenu tête bien longtemps. La plupart du temps, il restait posté à la fenêtre, imaginant la vie des passants qui ne se doutaient pas de la tension présente à l'intérieur. Régo supportait mal l'angoisse, surtout lorsqu'il n'avait plus l'exutoire de la parole. Il triturait le moindre objet qui lui passait sous la main. Après avoir fait tomber plusieurs fois les rideaux, il jeta son dévolu sur les emballages de nourriture. Nombre de fois, il crut apercevoir Nora ou Tipone. Une longue silhouette, des reflets roux, un gabarit musclé, un couple pressé, faisaient naître un espoir immédiatement contrarié.

À chaque sortie du couffin, Régo se retrouvait déçu de ne pas avoir dormi assez longtemps. Il ronchonnait face aux longues heures qui s'égrenaient dans une monotonie insupportable. An-Ting lui avait expliqué son rôle auprès de Nora et Tipone. Il permettrait d'offrir un cadre familier et sécurisant aux deux évadés pour les aider à décharger les évènements. La réserve technique du cent-vingtième étage serait l'endroit propice à recevoir leurs premières impressions. An-Ting tenait à recueillir un maximum d'informations avant qu'ils ne réintègrent le quotidien de la tour de l'Espoir. Cette mission était ce qui faisait tenir Régo, tout en l'empêchant dans le même temps de se concentrer sur les lectures disponibles sur sa polytex.

La femme rousse qui revenait du verger, l'homme costaud accompagné par son chien, un couple qui se chamaillait, un autre inquiet, Régo ne se laissait plus berner par ces illusions. Il misait mentalement sur les prochains passants, jouant à durcir les règles de son jeu.

— Régo ! Ils sont là.

La serrure cliqueta puis lentement la porte s'ouvrit laissant apparaitre Tipone et Nora méconnaissables. Sales, amaigris, apeurés, ils semblaient sur leurs gardes. An-Ting leur fit prendre place dans l'escale, mais aucun des deux ne parvint à se transférer.

— Vous allez manger un morceau et vous reposez un peu avant de réessayer, imposa An-Ting.

— Vu votr'état et surtout votr'odeur, c'est indispensable !

Un éclair d'amusement traversa le visage des évadés. Nora passa la première dans le couffin où deux programmes de douche ne furent pas de trop pour ôter les traces de terre incrustées depuis des jours. Puis, elle s'installa face à Régo dévorant goulument les provisions qu'il trouvait insipides. Elle fixait la porte, puis la fenêtre, prête à bondir avant d'annoncer :

— Je veux partir d'ici.

— Très bien. Régo, tu te transfères d'abord et Nora te suivra. Dès que Tipone sort du couffin, on vous rejoint.

— C'est parti ! Nora, si t'as du mal pour l'transfert, t'auras qu'à penser à moi qui t'attends d'vant l'escale !

À son arrivée, Régo ouvrit grand les bras. Nora s'y précipita en sanglotant.

— Tu es rentrée. C'est fini.

Nora guettait l'escale, refusant de suivre Régo sans Tipone. Enfin tous réunis, An-Ting les installa dans l'annexe technique.

— Maintenant, racontez-nous. Régo, tu enregistres et...

— Je m'souviens. Aucun problème.

Enfermés dans cette pièce sombre et exiguë, Nora et Tipone se mirent à parler. Ils mentionnèrent les Cybhom, Galiel, un superviseur assassiné, des préoccupations totalement étrangères à Régo qui se concentrait sur ses tâches. Après avoir lancé l'enregistrement vidéo, il suivait les consignes d'An-Ting à la lettre, parcourant la liste des personnes qu'il devait informer du retour de ses camarades. Tessa, l'équipe médicale et pour finir Sindra et Jov. Il avait longuement hésité à envoyer un message à destination de Nel et Clarisa, mais il préférait respecter scrupuleusement les directives de l'épureur craignant sa réaction s'il prenait des initiatives.

— Le laboratoire n'était pas surveillé puisqu'ils avaient désactivé mon badge, racontait Nora. Tom m'a retrouvée au milieu de la nuit pour me donner le sien, en même temps qu'un plan d'évasion.

Nora éclata en sanglots. Pendant longtemps, elle n'avait pensé qu'à s'enfuir, quitter les Cybhom, rejoindre le point de ralliement. Maintenant qu'elle était en sécurité, elle s'inquiétait pour Tom, Tom qui leur avait sauvé la vie en risquant la sienne. Il lui avait ordonné de partir, certifiant qu'il avait tout prévu, mais l'historique du laboratoire montrerait que c'était son badge qui avait été utilisé cette nuit-là.

— On est passé par le sous-sol, poursuivit Nora en laissant couler ses larmes. Un long corridor nous a menés jusqu'à la zone des Cybhom, puis on a rejoint le domicile de la famille de Tom. Le jour pointait alors on n'a même pas réfléchi. On est entré alors que la maison dormait. Tipone a ouvert la trappe dissimulée sous un tapis du couloir... Tu peux continuer, s'il te plait.

— Chaque maison de Cybhom possède un accès souterrain vers l'extérieur. Cela crée un ensemble de ramifications dans le sous-sol, mais là encore Tom avait tout prévu. Dans le sac qu'il avait préparé, on a trouvé une lampe torche et un plan fléché. En un instant, on était dehors. Il avait également placé une carte des environs. On s'est précipité vers les falaises pour se cacher le temps qu'ils stoppent les recherches.

— C'était une brillante idée. Terriblement dangereux, mais sans ça on se faisait attraper. Ils nous ont traqués pendant si longtemps. On avait à peine atteint l'abri qu'il s'est mis à pleuvoir. Je suis certaine que ça nous a sauvés.

Perclus de faim et de fatigue, ils avaient perdu toute notion du temps. Les patrouilles disparues, les rochers asséchés, Tipone avait décidé de tenter l'escalade avant que leurs dernières forces ne leur échappent. En les imaginant accrochés sur la paroi verticale, diminués, sans aucune assurance, Régo les regardait admiratif. An-Ting écouta le récit jusqu'à leur arrivée à la base de repli, impassible.

— Merci à vous deux. Essayez de ne pas vous inquiéter pour Tom, il vous a aidé en connaissance de cause. Son plan était parfaitement organisé, il aura certainement anticipé les réactions de sa communauté afin de trouver le moyen de s'en prémunir.

An-Ting demanda encore de nombreux détails sur les découvertes de Nora dans l'espace de régénération des Cybhom avant de les laisser partir.

— Régo va vous emmener au contrôle médical. On se revoit demain, reposez-vous.

Régo était trop heureux de la surprise qui s'annonçait. Leur état de santé pouvait attendre un peu, il fit un détour par la promenade. Nora et Tipone étaient encore trop imprégnés par leur expérience pour réaliser qui était présent dans la tour.

— Tu ne peux pas te défiler Clarisa, avait dit Nel en lisant le message de Régo.

— J'en ai bien l'impression. Pourtant je n'ai qu'une envie après cet entraînement, c'est d'aller me reposer. Mais comment dire non au truc « méga méga urgent d'une importance capitale » qu'il veut raconter !

— Je suis curieux de savoir où il était passé ces derniers jours. Si tu es trop fatiguée, tu n'auras qu'à t'affaler sur un canapé en écoutant ses découvertes.

— Voire, sans les écouter. Je pourrais m'endormir debout.

Clarisa s'étirait en bâillant dans le tube multi-gravité. La fatigue s'accumulait et les tensions entre Jov et Sindra alourdissaient l'ambiance de travail. Jov avait été auditionné pour rupture de confidentialité. Il risquait de lourdes conséquences et n'adressait plus la parole à Sindra. Aussi, Clarisa s'imposait une vigilance constante, sentant l'obligation d'être irréprochable. Elle rejoignait la promenade à contrecœur, espérant trouver un prétexte pour s'éclipser rapidement. Nel n'était pas dupe. Alors qu'ils traversaient l'étroit couloir menant vers la magnifique vue sur Singapour, il la défia de rester plus de trente minutes.

— Tu places la barre trop haut ! Je ne sais pas si j'en serai capab…

En un instant, plus rien n'existait. Trois silhouettes se détachaient sur la baie vitrée. Elle aperçut d'abord la flamboyante chevelure de Nora et son cœur s'emballa en reconnaissant Tipone. Elle se jeta dans ses bras, le serrant de toutes ses forces. Elle n'arrivait plus à parler, trop émue. Elle ne pouvait que le regarder, lui sourire, caresser son visage épuisé, retrouver le goût de ses lèvres dont elle ne pouvait plus se détacher. Il lui sembla que le temps s'était arrêté et qu'il devrait ne jamais reprendre son cours.

14

La dernière étape de la formation d'épureur attendait Nel et Clarisa. Après les missions d'immersion, la phase d'observation et les interventions en binôme avec Sindra ou Jov, ils étaient cette fois en charge d'un plan de réhabilitation. De l'analyse, jusqu'à la définition du protocole de récupération en passant par la validation des modifications et l'organisation de la mission, tout reposait sur leurs épaules et la pression était énorme. Ils avaient chacun repris en main le cas du détenu qui leur avait valu de réussir la sélection.

— Je réalise qu'on ne savait vraiment rien…

— Quoi ?

— Mince, je te dérange. Excuse-moi Nel, je parle toute seule.

— Maintenant que j'ai perdu le fil, qu'est-ce que tu disais ?

— Je relis mes notes sur le dossier de Julian, mais la plupart de mes remarques sont complètement fausses.

— Pareil pour moi ! Tu avais quand même deviné qu'il fallait modifier les connexions cérébrales directement depuis l'intérieur. C'est épatant.

— Ou complètement fou !

— Je ne t'ai jamais demandé comment cette idée t'était venue.

— Je ne sais pas. J'étais obnubilée par ce détenu, tentant de déceler la vérité. Je ne réfléchissais plus clairement. Je notais tout ce qui me venait à l'esprit et c'est apparu. Que tout se jouait dans son cerveau et que le moyen le plus efficace de régler son problème serait de reprogrammer ses circuits neuronaux. J'étais dans un tel état de stress que je ne me suis même pas remise en question.

— Et tu as eu raison !

Alternant entre des entretiens dans la prison de Buru, des séances d'essai dans le simulateur et de longues heures d'étude à la bibliothèque, ils s'arrangeaient pour rejoindre Régo, Nora et Tipone pour la pause déjeuner.

— Vous continuez les portraits-robots ? demanda Nel.

— Oui, comme c'est lassant... Vous avez vraiment rencontré trop d'monde là-bas, se plaignit Régo. Y'avait bien la plantureuse Denise et la dernière chef d'Nora qu'étaient sympas, mais l'reste, j'en peux plus, qu'des hommes...

— On dirait que Tessa te manque, plaisanta Clarisa.

— C'est pas faux !

137

— Ou tu préfèrerais te trouver devant un détenu instable pour nous avoir à ta merci ?

— De quoi vous parlez ? réagit Tipone sans prendre le temps d'avaler.

Clarisa n'avait pas osé mentionner les remous intempestifs de l'intervention ni son vol plané pour secourir Jov. Heureusement, narrée par Régo, l'histoire devint une amusante anecdote. Tous riaient encore aux éclats lorsqu'il fut l'heure de reprendre le travail.

Installés à la bibliothèque, Nel et Clarisa préparaient leurs interventions respectives. Sachant maintenant qu'il était possible de modifier l'architecture d'un cerveau, Clarisa avait tout repris à la base. Délimiter l'étendue des modifications était un véritable défi, car des changements trop importants perturbaient les personnalités tout en s'avérant hautement risqués pour les épureurs. Elle partageait souvent ses réflexions avec Nel, qui l'écoutait toujours attentivement apportant des questions pertinentes qui lui permettaient d'y voir plus clair.

— Tu me le dirais si je t'embêtais ?

— Je te le dirais. Mais cela n'arrivera pas, tu ne m'embêtes jamais.

— J'aimerais bien m'entraîner avant la présentation.

— C'est prévu. Rappelle-toi qu'on répète devant Jov et Sindra avant de soumettre le plan d'action au comité éthique.

— Je n'ai pas oublié. J'aurais besoin de tester mon discours avant. Je ne veux surtout pas décevoir Jov.

— Bonne idée. Je te propose qu'on se fixe une deadline pour cette répétition la veille du rendez-vous. Ça nous laissera le temps de faire des améliorations.

— Deal !

Clarisa rendait visite à Julian quotidiennement. Au fil des jours, il soignait son allure, attachant soigneusement ses cheveux pour dégager son visage et depuis peu, arborant des chemises colorées en remplacement de ses tee-shirts trop grands. Devenir leader sur une mission nécessitait de préparer le détenu à de grands changements, tout en prenant garde à ne rien révéler du processus mis en œuvre. Clarisa détaillait maintenant les suites de l'intervention. La rééducation était essentielle pour établir de nouvelles connexions permettant d'éliminer les traumatismes du passé. L'implication et la motivation du détenu étaient les éléments clés de la réussite sur le long terme.

— Tu vas pouvoir choisir ton équipe de remédiation.

— Pourquoi ? Tu ne vas pas t'occuper de moi ?

— Pas totalement, le suivi requiert des compétences spécifiques que je n'ai pas. Rassure-toi, nous nous reverrons régulièrement. Je contrôlerai le bon déroulement et superviserai les adaptations si nécessaire.

Julian boudait, mais Clarisa avait anticipé cette réaction et fit défiler devant lui les présentations des personnels qualifiés. Julian ne s'attardait pas sur les descriptions, balayant en une seconde les profils dont la photo ne lui plaisait pas. Il jeta son dévolu sur une brune aux sourcils épais, précisant qu'elle ressemblait à Clarisa.

— Pour les autres, je te laisse choisir.

S'ensuivirent de longues heures de conversation, pendant lesquelles Julian déviait constamment du sujet avant que Clarisa n'obtienne enfin les compléments d'informations qu'elle était venue chercher. En sortant de la cellule, elle croisa Nel dans les couloirs de la prison.

— Je te croyais dans la tour. Tu ne m'avais pas dit que tu détaillais tranquillement ton plan d'intervention aujourd'hui ?

— Si, mais j'ai eu un doute. J'avais besoin d'accéder aux archives de la puce alors je suis venu. Tu as avancé ?

— Oui, heureusement. Je ne me rappelais plus à quel point il s'amusait à transformer la vérité…

— Le mien aussi fait de la résistance. Hier, il est resté muet à tripoter son dé pendant que je le questionnais dans le vide. C'est épuisant.

— Tu imagines s'ils avaient maintenu l'entraînement sportif… Je n'aurais jamais tenu.

— C'est vrai que tu as l'air fatiguée. Rentre vite alors, il est déjà tard.

— Quoi ? Mince, Tipone doit m'attendre. Je file. À demain Nel.

La présentation devant les épureurs arriva bien plus vite qu'ils ne l'auraient voulu.

— Tu as pu revoir le point d'implantation ? demanda Nel devant la porte.

— Oui, tu avais raison. J'ai trouvé une autre option. C'est un peu moins stable, mais on gagne du temps de trajet ce qui compense largement ce risque. Et toi, tu as terminé tes révisions ?

— Je crois. J'ai repris toutes tes remarques pour lever les points flous et fluidifier la présentation.

Le stress ne se trouvait pas que du côté de Nel et Clarisa. Les épureurs les écoutèrent attentivement avant de reprendre point par point les étapes de l'intervention, demandant des précisions, insistant sur les termes à employer, éprouvant la conception des plans proposés. Après plusieurs heures, ils furent enfin satisfaits, laissant Clarisa et Nel avec une montagne de travail avant le jugement par le comité éthique.

— Qu'est-ce que tu en as pensé ? demanda Jov tellement absorbé par l'analyse qu'il en oublia sa rancœur envers Sindra.

— Leurs propositions devraient être validées. Nelson possède un calme étonnant.

— C'est vrai. Il allie la sagesse et la force alors que Clarisa déborde d'intuition. Ils sont très complémentaires.

Ce qualificatif jeta un froid dans le semblant de conversation qu'ils avaient entamée, rappelant l'efficacité du binôme que Jov avait formé avec Nydie. Lui plein d'assurance et elle déterminée avaient réussi nombre de missions complexes en se poussant l'un et l'autre à se dépasser. Malgré le silence gêné de Sindra, Jov osa poser la question qui le tourmentait.

— Tu penses vraiment que c'est à cause de moi qu'elle a participé à cette intervention ?

— C'est donc ça ? Tu n'as jamais compris pourquoi Nydie s'était engagée dans ce fiasco ?

— Non. La dernière fois, tu avais l'air de dire que…

Sindra resta estomaquée, autant par la naïveté de Jov que par sa sincérité, mais il y avait eu trop de souffrances pour qu'elle l'épargne.

— Évidemment que tu es l'unique raison qui l'a poussée à s'imposer sur ce remodelage. Pourquoi l'aurait-elle fait autrement ?

— Je… Je ne sais pas. Je croyais… Je croyais qu'elle voulait relever un défi…

— Tu sais très bien que ce n'était pas son genre, comme ce n'était pas son genre d'intégrer une intervention sans être préparée. Elle n'avait pas besoin de prouver quoi que ce soit. C'était toujours toi qui l'entraînais dans des expériences périlleuses, et là encore…

Sindra respira profondément pour retenir ses émotions. Elle pensait avoir surmonté la douleur de la perte de son amie, mais passer autant de temps en présence de Jov l'ébranlait plus qu'elle ne l'avait anticipé. Jov, fébrile, ajouta pourtant :

— Là encore ?

— C'est encore toi qui l'as poussée.

142

— Je ne vois pas comment. La veille, on avait parlé de cette longue intervention et de ses dangers. On prévoyait de travailler sur un autre dossier tous les deux.

— Je sais. Alors à ton avis, pourquoi a-t-elle tellement insisté qu'elle a réussi à convaincre An-Ting de lui céder sa place ? Et tu sais que ce n'est pas facile de lui faire changer d'avis. Pourquoi a-t-elle eu le besoin de t'éviter au point de risquer sa vie ?

— Je ne sais pas…

Sindra leva les yeux au ciel. Ainsi, depuis tout ce temps il n'avait toujours pas compris. Nydie s'était éteinte et il n'éprouvait aucune culpabilité. Rien d'étonnant à ce qu'il ait continué ses jeux de séduction et ses remarques suffisantes. Ce n'était pas le signe d'une insensible arrogance comme elle le pensait, mais la marque d'un puissant déni. Sindra estima avoir révélé suffisamment d'informations, elle laisserait Jov découvrir la suite par lui-même.

— Tu sembles avoir oublié votre soirée, la veille de cette intervention. Le jour où ta mémoire sera revenue, on en reparlera.

Jov aurait préféré subir l'agressivité habituelle de Sindra. Le ton prévenant avec lequel elle s'était adressée à lui annonçait une vérité d'une rudesse qui lui serra le cœur.

15

Nora s'était de nouveau réfugiée sur la promenade. Blottie dans un recoin, elle déversait ses pleurs en fixant les vagues, ce qui finissait toujours par l'apaiser. Se replonger dans les évènements des derniers mois, dans la crainte d'être découverte, dans le déchirement de devoir mentir à Tom, dans l'angoisse de rester piégée chez les Cybhom était suffisamment éprouvant pour ne pas ajouter les inquiétudes de ses camarades. Il suffisait parfois d'une réflexion, d'une odeur pour faire ressurgir un souvenir qui l'envahissait d'émotions. Cette fois, c'était Tipone qui l'avait poussée à raccourcir le repas. Il évoquait souvent son frère, se plaignant de l'avoir de nouveau perdu tout en l'encensant. Sous les conseils d'An-Ting, Nora gardait pour elle sa dernière rencontre avec Galiel. Protéger Tipone était une chose, mais l'entendre dire qu'il considérait ce membre des Cybhom comme un potentiel sauveur lui avait rappelé les énormes risques endossés par Tom.

Elle aperçut Nel qui longeait la baie vitrée, visiblement à sa recherche. Elle eut beau se recroqueviller, il ne la manqua pas. Sans un mot, il s'assit simplement pour l'entourer de ses bras.

— Merci, Nel. Je vais bien. Tu devrais te préparer pour ta présentation, non ?

— Ne t'inquiète pas pour moi, je serai prêt demain. Tu veux m'en parler ?

— Ce n'est rien. Seulement, par moment c'est trop. Évoquer notre fuite me fait penser à Tom. Je m'inquiète pour lui.

— C'est normal. Tu vas avoir besoin de temps pour digérer la pression de cette mission. Je suis là si tu le souhaites.

— Merci. On devrait bientôt terminer le débriefing, je pourrais passer à autre chose.

— Quant à Tom, il faut lui faire confiance.

Nora se mit à rire.

— On dirait An-Ting ! Je ne sais pas pourquoi ils ont encore besoin de tester tes compétences, tu as déjà tout du discours d'un épureur !

— Si ce métier n'était que ça ! En tout cas, tu peux compter sur moi.

— C'est noté, mais ça va aller. Concentre-toi plutôt sur ta dernière évaluation.

Le comité éthique qui validait les plans d'intervention s'était rassemblé dans l'amphithéâtre. Tous les épureurs étaient présents arborant leurs tenues de présentation qui faisaient scintiller des éclats de lumière sur les murs. Clarisa et Nel étaient assis côte à côte, vêtus simplement de blanc. Dans l'assemblée, ils reconnurent les techniciens qui les accompagnaient incluant Tessa et Régo en grande conversation, ainsi que les membres des équipes médicales ou de rééducation. Jov et Sindra les avaient prévenus qu'ils présenteraient leurs cas les derniers, ainsi ils pourraient s'appuyer sur les prestations précédentes pour mesurer leurs réponses.

Les deux épureurs formateurs étaient quant à eux contraints à n'être que de simples observateurs des débats. Sans implication dans les premiers cas présentés, Jov partagea ses pensées qui tournaient en boucle depuis plusieurs jours.

— Je ne vois toujours pas ce que j'ai bien pu faire. La dernière soirée passée avec Nydie était normale. Elle m'a planté le lendemain en prenant la place d'An-Ting sans même me prévenir. Et puis, toi et moi avons participé en urgence à un remodelage. Lorsqu'on est sorti, elle était coincée dans les turbulences des neurones.

Jov s'arrêta, effleurant le diamant qu'il portait à l'oreille. Il était incapable de parler de la suite.

— Sindra, dis-moi pourquoi elle a insisté pour participer à cette intervention.

— Rappelle-toi encore cette soirée.

— Je la revois constamment depuis trois ans. On a dîné au bord de la mer, comme on le faisait après chacune de nos collaborations. Elle était drôle, fatiguée bien sûr, et pourtant rayonnante,

146

comme toujours. Je… Peut-être… Enfin, tu sais qu'on était très proches. Je suis un tactile alors… Je me souviens que j'ai failli l'embrasser, mais ce n'était pas nouveau.

— Et bien ça lui aurait sauvé la vie que tu te lances, ou que tu ailles dormir, ou tout autre chose que ce que tu as fait après.

— Après, je l'ai raccompagnée et on s'est simplement dit bonne nuit.

— Et ensuite ?

— Rien... Euh, si... Il me semble que j'ai croisé Cléo qui m'a proposé de boire un verre.

— Et vous avez passé la nuit ensemble.

— Qui t'a dit ça ? Cléo ?

— Non. Nydie.

Jov se décomposa. Jamais il ne lui était venu à l'esprit que Nydie ait pu être au courant de son aventure avec Cléo. L'infirmière lui faisait régulièrement des avances, auxquelles il succombait tout aussi régulièrement, mais ils avaient décidé de rester discrets en gardant pour eux leurs moments d'intimité. Ce soir-là, Jov avait hésité à accepter ce verre, sachant très bien où cela le mènerait. Il avait tenté d'effacer ces heures, regrettant tous les jours de ne pas avoir eu le bonheur de sentir Nydie se glisser contre lui.

— Comment l'a-t-elle su ? C'est Cléo ?

— Non. Ce baiser manqué l'a tenue éveillée toute la nuit. Elle s'était décidée à se dévoiler, à te dire qu'il était temps d'admettre qu'il y avait quelque chose de fort entre vous, qu'elle voulait partager plus. Mais en arrivant chez toi, elle a vu que tu n'étais pas seul.

Sindra parlait pendant que Jov se liquéfiait, mais elle ne pouvait plus retenir les souvenirs de cette conversation, la dernière qu'elle avait eue avec Nydie.

— Le plus douloureux pour elle, ça a été de constater que pendant qu'elle cogitait, incapable de s'endormir, excitée à la perspective de ce qui pouvait se construire entre vous, tu t'envoyais en l'air avec une autre. Alors oui, ce dont elle avait besoin c'était de l'action, pour t'oublier, pour oublier la douleur de s'être trompée sur toute la ligne.

Jov était devenu pâle, tassé sur sa chaise. Il se frottait les yeux tentant de masquer les larmes qu'il ne voulait pas laisser s'échapper, pas ici, pas maintenant.

— Elle ne s'était pas trompée. Je l'aimais… J'étais incapable de le lui dire. J'avais trop peur de la décevoir, de la perdre…

— J'ai toujours cru que tu jouais de l'intérêt qu'elle avait pour toi, que tu t'amusais à la séduire comme tu le fais constamment.

— Non, avec Nydie c'était différent. Je lui réservais du temps, tous les jours. Elle était magnétique, unique, je ne pouvais pas risquer d'abimer notre relation. J'espère qu'elle savait que je ne la voyais pas comme les autres. Je voulais qu'elle ne connaisse que le meilleur de moi.

— Tu réalises à quel point cette idée est tordue ? Comment construire une relation avec quelqu'un en cachant une partie de toi ?

Sindra ferma les yeux pour retrouver son calme, pour tenter de contrer des émotions qu'elle connaissait trop bien. Elle poursuivit pourtant la voix brisée.

— Alors elle avait vu juste… Elle avait identifié tes failles. Tu sais, elle te voulait entièrement, avec tes qualités et tes défauts. Elle t'aimait tellement.

— Moi aussi, je l'aimais. Je l'aime toujours.

Jov retira le diamant qu'il portait à l'oreille.

— C'est le sien, n'est-ce pas ?

— Oui, je le lui avais offert. Elle le portait constamment. En entrant chez elle après sa mort, je l'ai trouvé par terre. Je n'avais pas compris pourquoi elle l'avait ôté.

— Tu devrais le garder.

La présentation de Clarisa mit un terme à la conversation. Sindra observait Jov, ne suivant qu'à moitié les débats. Partager cette blessure lui avait permis de comprendre, mais il y avait autre chose qui était revenu la ronger, quelque chose qui ravivait une souffrance qu'elle pensait avoir digérée, une culpabilité qui avait pu rester enfouie tant que Jov gardait à ses yeux l'image du séducteur insensible. Clarisa se sortit des nombreuses préoccupations sur le plan qu'elle avait présenté, tout comme Nel amenant sereinement les justifications de ses choix tout en intégrant les améliorations proposées.

Sindra avait eu le temps de réfléchir. Elle avait suffisamment étudié son propre fonctionnement avec l'aide de Nydie d'abord, puis An-Ting, pour savoir qu'il lui faudrait aller plus loin et trouver une issue positive à ce drame. À l'issue de la réunion, elle retint Jov.

— J'aimerais que tu acceptes que je t'analyse.

— N'importe quoi !

— Nydie avait vu des failles en toi qu'elle croyait pouvoir guérir. Laisse-moi les trouver et t'aider à les surmonter.

— Pourquoi ferais-tu ça ? Je suis un idiot qui a blessé une femme exceptionnelle.

— Pour Nydie, parce qu'elle avait raison. Et pour moi, parce que je n'ai jamais cru aux excuses qu'elle te trouvait. Autrement, je ne l'aurais pas encouragée à t'oublier. J'aurais pu la dissuader de s'engager dans cette intervention.

— C'est inutile.

— Je te laisse réfléchir. Ma proposition n'a pas d'échéance.

Jov ne fit plus mention de cette idée. Assister Clarisa dans la préparation de son intervention, validée par le comité éthique, l'occupait tout en lui permettant d'éviter Sindra, ce qui lui convenait parfaitement. Suivant les directives de sa « leader », comme il s'amusait à l'appeler, il vérifiait la configuration des équipements auprès de Tessa et Régo.

Les détenus avaient été amenés la veille et placés en coma léger. Après leur transfert dans le centre de rééducation de l'île de Buru, ils avaient été endormis dans le cadre d'une opération qui simultanément préparait leur cerveau en calmant son activité et permettait de retirer la puce de traçage. Ce dernier élément suffisait parfois à obtenir l'approbation des détenus pour la procédure. Clarisa avait déjà vu Jov réaliser un transfert tout en soutenant un prisonnier inconscient, mais lorsque ce fut son tour, elle douta de sa réussite. Il n'était pas aisé de faire le vide dans son esprit, tout en maintenant le corps épais de Julian. À leur arrivée dans la tour de l'Espoir, l'équipe médicale le prit en charge. Les tests étant tous satisfaisants, son état stabilisé, l'intervention pouvait démarrer.

Clarisa avait proposé à Nel de la retrouver sur la promenade à l'aube du grand jour.

— Bien dormi Nel ?

— Plutôt bien oui, malgré le stress. J'essaie de relativiser en me disant que les risques sont limités. J'imagine que si je me plante, Sindra reprendra la main pour corriger mes erreurs.

— C'est vrai qu'on a un filet de sécurité avec eux. Mais on doit réussir, maintenant qu'on est arrivé là.

— Je ne m'inquiète pas pour toi.

— Moi si. Je suis une vraie boule de nerfs, et je sais que ce n'est pas une bonne chose d'attaquer l'intervention en étant si tendue.

— Tout ira bien.

— C'est ce que j'essaie de me dire, mais ça ne marche pas. C'est compliqué. Tipone est obnubilé

151

par son frère, il voudrait le retrouver. Je n'arrive pas à le convaincre de…

— Alors, laisse ça de côté. Aujourd'hui tu te focalises sur ton travail, sur Julian avec l'objectif de lui permettre de réintégrer la société en toute sécurité.

Nel lança sur sa polytex une des mélodies enjouées qu'il aimait écouter, invitant Clarisa à l'accompagner. Ils se défoulèrent en riant jusqu'à la dernière note avant d'emprunter le tube multi-gravité.

— Merci Nel. C'était exactement ce dont j'avais besoin. Bonne chance.

16

Les comptes rendus de Nora et Tipone concernant les Cybhom étaient à peine terminés qu'An-Ting enchaîna sur une nouvelle affectation.

— C'est une mission de contact pour laquelle vous serez chargés de préparer le voyage et la logistique.

Deux autres personnes support écoutaient avec attention le topo de l'épureur. Eux savaient vraisemblablement en quoi consistait ce type de mission dont le but était de décider de l'intégration d'une nouvelle communauté dans le système régi par les Réalistes. An-Ting détailla le processus de recrutement qui demandait un certain temps afin d'étudier les mœurs du nouveau groupe et le degré de compatibilité avec les règles qui leur seraient imposées.

Tout au long des explications, Nora se revoyait en Floride lorsqu'une équipe similaire, composée d'un Réaliste et de deux épureurs avait présenté le fonctionnement qu'ils proposaient. Elle n'avait pas imaginé à l'époque qu'ils étaient évalués. C'était son père qui avait mené les débats, sans qu'elle n'en connaisse la teneur. À ses yeux, rejoindre les Réalistes n'avait que des avantages. Cela leur permettait entre autres d'établir des liens avec d'autres groupes ou de bénéficier d'équipements d'une haute technicité. Nora avait visionné les démonstrations d'aéro pendant des heures. Pour elle qui n'avait jamais quitté son village, l'idée de traverser les océans tenait du rêve. Elle se souvenait d'autres organisations qui s'étaient présentées à eux. D'âpres discussions avaient ébranlé la communauté. Nombreux étaient ceux qui n'appréciaient pas le principe de fournir des ressources en échange de l'accès aux technologies. Possédant peu de moyens, leur groupe se développait principalement grâce à l'implication de chacun. Ainsi, accepter que certains partent dans les centres de fabrication, c'était sacrifier leur propre croissance. Toutes les personnes majeures avaient pris part à la prise de décision et c'est ce qui avait fait peser la balance du côté des Réalistes, la génération de Nora étant largement majoritaire dans leur communauté. Les plus jeunes aspiraient à une vie différente de celle de leurs parents et avaient adhéré au fonctionnement collaboratif des Réalistes plus qu'à tout autre système. Enthousiasmés par les nouveautés, ils s'étaient impliqués dans un maximum de projets. Le mystère qui entourait la sélection avait incité de nombreuses personnes à s'inscrire, mais seules les sœurs jumelles avaient été retenues. C'était avant que Mellie se casse une jambe dans une chute qu'elle regrettait d'autant plus amèrement maintenant que

Nora se trouvait impliquée dans les missions menées par les Réalistes. Nora se recentra sur la conversation alors qu'An-Ting justifiait la nécessité de sa présence.

— La première prise de contact avec eux relève de quelques mois. Il est apparu que cette large communauté serait très convoitée par les Cybhom. La poursuite des échanges nécessite à présent une part de négociation active. L'équipe support a pour objectif de gérer le matériel, cependant Nora et Tipone, vous aurez un rôle supplémentaire en identifiant ceux qui pourraient être reliés aux Cybhom. Vous serez beaucoup plus efficaces que les outils de détection. Néanmoins, il vous faudra rester prudent pour ne pas vous faire repérer.

Nora sentit monter l'anxiété. Elle n'avait aucune envie de se retrouver en face de ceux qui l'avaient recherchée pendant des heures dans l'optique de recycler ses organes. En quittant la réunion, elle remarqua que son inquiétude n'était rien face à la lassitude de Tipone.

— À peine est-on de retour qu'il nous faut partir... Tu sais combien de soirées j'ai passées avec Clarisa ? Dix. Dix soirées écourtées parce qu'elle est fatiguée, qu'elle ne pense qu'à réhabiliter son détenu et que son intervention passe avant tout.

— Je te comprends. Je ne m'attendais pas non plus à des déplacements si tôt.

— Encore une fois, on n'a aucune idée du temps qu'on restera sur place. Tu l'as entendu : « Tout dépendra de la collaboration de la communauté et des doutes que nous aurons sur eux. »

— Il a quand même précisé que cela se limiterait à quelques semaines.

— Espérons-le, mais je commence à regretter d'avoir accepté cette responsabilité. Le quotidien de Singapour me manque.

— Depuis que tu sais où est Galiel ?

— C'est vrai que j'ai retrouvé une ambiance familiale détendue maintenant qu'on est rassuré sur son sort.

— Tu te rappelles que tu peux demander à faire une pause dans tes fonctions auprès des Réalistes à tout moment.

— Oui, j'en ai déjà parlé avec Clarisa pour qu'on prenne du temps pour nous. Je relancerai le sujet après cette mission puisque notre présence semble indispensable.

Clarisa était loin de ces préoccupations. Suivie par Jov, elle venait d'arriver sur la zone d'intervention. L'épureur paraissait distrait, sans qu'elle ne puisse définir si c'était un test supplémentaire. Dans le doute, après l'avoir vu se tromper de chemin plusieurs fois, elle lui rappela régulièrement la direction à suivre. Maintenant qu'ils allaient procéder au détachement des couches de myéline et au retrait de certaines connexions, elle exposa de nouveau le déroulé des manipulations vérifiant qu'il intégrait chacune des tâches. Clarisa se concentrait au maximum sur les siennes pour s'abstenir de penser à Julian. Il était difficile de faire abstraction de l'impact de chacun de leurs gestes sur la vie de ce détenu pour lequel elle avait développé un attachement particulier.

Les liaisons problématiques retirées, il restait le plus délicat. Dans les prochaines heures, le cerveau du détenu entamerait une reprogrammation qu'il était nécessaire de guider. Pour cela, Clarisa et Jov devaient d'abord déposer les axones détachés au point de stockage du matériel. Ils reviendraient chargés de la lourde pâte à appliquer sur certaines connexions pour favoriser leurs propriétés conductrices.

— Jov, tu es prêt ?

— Oui, bien sûr. Allons-y.

Jov attrapa l'ensemble de ses sacs pour se diriger vers l'escale.

— Eh ! Pas par là ! On doit retourner sur la zone d'intervention.

— C'est vrai. Je n'ai pas besoin de tout ça. C'est parti.

— Tout va bien ?

— Oui, ne t'inquiète pas.

— Ben si. Je m'inquiète. Tu sais qu'on va être balancé dans tous les sens. Si tu n'es pas concentré, tu nous fais prendre des risques. Je ne veux pas avoir à te surveiller.

— Ce n'est rien. Je gère.

Clarisa força Jov à s'asseoir et sortit quelques vivres qu'ils grignotèrent. Jov assura une nouvelle fois qu'il maîtriserait la suite. Clarisa se contenta de lui sourire, mais son air insistant démontrait qu'elle n'était pas dupe.

— OK. Il y a un truc avec Sindra.

— Vous vous êtes encore emportés ? Décidément.

— Non, c'est plutôt l'inverse. Elle est devenue trop prévenante et ça me perturbe.

— Étonnant en effet. À quel sujet ?

Jov se lança, tout en restant très succinct. Il évoqua un traumatisme commun de leur passé qui se révélait sous un nouvel éclairage assez dévastateur.

— Pourquoi refuses-tu son aide ?

— J'ai quelques doutes sur ses intentions.

— Tu sais, elle ne m'a pas ménagée en critiques, mais tout était vrai. Je rejoins Nel sur sa perception de Sindra, elle semble extrêmement compétente. Je suis persuadée que tu peux lui faire confiance.

— C'est certain, mais…

— Tu as peur de ce que son analyse pourrait faire ressortir ?

— Peut-être… Effectivement, maintenant que tu le dis, c'est sûrement ça. J'ai déjà suffisamment de mal avec mon implication dans ces tragiques évènements.

— Je comprends. Alors, prends ton temps. Quand tu sentiras que tu en auras besoin, tu seras capable de faire face.

Jov retrouva son insolence.

— Tu es rassurée ? Je me suis assez confié ? Tu vois qu'il n'y a rien d'inquiétant. On va pouvoir y aller.

La seconde partie de l'intervention se teinta de légèreté. Jov était aussi survolté que les axones après application du fluide conducteur. Cette manipulation était délicate, car le signal s'amplifiait immédiatement provoquant des remous dans tous les éléments qui s'y rattachaient. Jov se prenait pour un dompteur immobilisant les axones tout en s'époumonant à leur lancer des ordres. Clarisa s'obligeait à ne pas prêter attention à ses pitreries. Le lissage du produit demandait une attention soutenue pour assurer une épaisseur régulière sur toute la longueur des connexions neuronales.

— J'ai terminé. Tu peux relâcher.

— Enfin. Allez bête hargneuse reprends ton chemin. Et le bon cette fois !

— Depuis quand leur parles-tu comme à des animaux ?

— Depuis toujours. Mais je ne le fais pas à haute voix avec tout le monde.

— Merci pour cet honneur.

Clarisa rabroua Jov plusieurs fois sur le trajet de retour, ne s'autorisant à relâcher la pression qu'après avoir terminé le transfert.

— Ah ! Enfin tu souris ! Je pensais qu'avoir partagé mes soucis avec toi m'avait fait perdre mes talents de comique.

— Pas du tout, tu étais hilarant. Je ne sais pas comment tu fais pour plaisanter tout en travaillant.

— C'est l'expérience des grands hommes !

— Un peu d'calme s'il vous plait.

Régo, occupé à défaire les émetteurs, s'en voyait avec les gesticulations de Jov.

— J'dois faire vite pour r'tourner auprès d'Tessa, expliqua-t-il.

— Pourquoi ? Nel a un soucis ?

— S'il n'en avait qu'un, ce s'rait bien. L'débouleur d'Sindra est tombé en panne, ils s'sont fait malmener dans la forêt d'dendrites et l'escale fait des siennes.

— Ils sont coincés ? interrogea Jov avec une pointe d'inquiétude.

— Pour l'moment oui. J'termine avec vous et on tente autr'chose.

Jov et Clarisa suivirent Régo jusqu'à la cellule d'intervention où Tessa bricolait l'escale. À deux, ils vérifièrent l'ensemble des circuits avant de réinitialiser l'appareil. Rapidement, la silhouette de Sindra se matérialisa avant de laisser apparaitre Nel hébété, mais heureux.

Alors que les techniciens entamaient le transfert des détenus dans le centre de rééducation, les épureurs remontaient dans la tour. Jov avait laissé Clarisa et Nel passer devant pour donner sa réponse à Sindra.

— J'ai bien réfléchi, mais je vais très bien. Je te remercie pour ta proposition.

— Ah bon ? Malgré tout ce que tu sais, tu ne constates même pas tes blocages ?

— Non, tout va bien.

— Regarde-les.

Sindra désignait Nel narrant à Clarisa ses péripéties auxquelles elle réagissait par des exclamations mêlées de rires.

— Quoi ?

— Tu ne veux pas vivre ça de nouveau ? Cette complicité naturelle que tu n'as pas partagée depuis le décès de Nydie, elle ne te manque pas ?

— Nydie me manque...

— Mais elle n'est plus là. Si tu veux avoir une chance de laisser ce douloureux passé derrière toi, laisse-moi t'analyser.

Jov resta silencieux, enviant soudainement la sollicitude de Clarisa envers Nel. Il n'avait pas voulu envisager de retrouver ce type de relation avec quelqu'un par fidélité envers Nydie et surtout par peur de se sentir de nouveau déchiré de l'intérieur. Sindra avait raison, une infime part de lui souhaitait se donner la possibilité d'éprouver ce bien-être à nouveau.

— D'accord, on essaie. Tu trouves mon problème et je m'engage à suivre tes conseils de rééducation.

— Très bien. Je vais me préparer à ce défi et on en reparle. Ne t'inquiète pas, je prends grand soin de mes cas d'étude !

17

Clarisa voulait graver cette soirée dans sa mémoire comme un ensemble d'instants parfaits. C'est pourquoi elle avait imposé à Tipone de ne pas évoquer la prochaine mission qui les éloignerait l'un de l'autre. Ce soir, l'esprit devait être à la fête, ce soir elle voulait savourer son entrée officielle dans l'équipe des épureurs !

L'annonce leur avait été faite quelques heures plus tôt par Jov, tout comme la surprise de la célébration qui les attendait. L'ensemble du personnel de la tour avait été convié, la plage était bondée de monde. Tous vinrent féliciter les nouveaux épureurs, certains semblants même intimidés de les rencontrer. À l'arrivée du buffet, Tipone entraîna Clarisa dans une balade au bord de la mer, la fraîcheur de l'eau atténuant la pesante humidité de l'air. Ils laissaient parfois planer des moments de silence, occultant les sujets interdits, remplaçant ces conversations difficiles par des étreintes, puis Clarisa initia leur retour.

Petit à petit, le son de la fête leur parvint. D'abord la musique, puis les éclats de rire, le brouhaha des conversations. Nel rayonnait au milieu des danseurs, faisant tournoyer Sindra dont la grâce se manifestait pour la première fois. En allant se servir au bar, ils croisèrent Jov qui plaisantait avec Tessa. La chanson terminée, Sindra vint se servir à boire.

— Tu t'es lassée de ton cavalier ? l'interpella Jov.

— Pas du tout, mais je partage ! En réalité, il voulait danser avec Nora.

— Quel succès ! Il va toutes les faire craquer.

— Serais-tu jaloux ?

— Admiratif serait plus approprié. Je n'ai jamais eu la fibre de la danse et c'est un atout indéniable. J'accepte avoir trouvé mon maître, il fera bien plus de dégâts que moi.

Clarisa s'interposa, espiègle.

— À la différence de toi, il n'amplifie pas ses qualités pour épater la galerie. Il s'est toujours dédié au métier d'épureur.

— Et maintenant qu'il l'est ! Il va peut-être élargir ses objectifs et se dérider un peu, n'est-ce pas ?

Le rire de Clarisa sonna faux. Elle s'inquiéta soudain de devoir gérer l'absence de Tipone sans le soutien de Nel. Jov avait raison, ils allaient désormais être amenés à travailler sur des cas différents et Nel serait moins présent auprès d'elle. Lorsque Nora vint se désaltérer, Clarisa rejoignit Nel avant qu'une autre ne se précipite sur lui.

— À mon tour !

— Enfin, je ne t'ai pas vue de la soirée.

Danser avec Nel était devenu naturel, Clarisa ne pensait plus aux pas ni à ses maladresses qui les faisaient sourire tous les deux. Nel parvenait toujours à rattraper ses erreurs, assurant la fluidité de leur duo. Elle se sentit emplie d'un immense bonheur, fière d'avoir réussi et heureuse de partager cette satisfaction avec son partenaire. Sans qu'elle s'en rende compte, les couples autour d'eux s'étaient arrêtés de danser pour les regarder. Les dernières notes du morceau furent recouvertes par de puissants applaudissements. Au milieu de la foule, Régo se démarquait par des hourras frénétiques qui surprenaient ses voisins.

Émergeant du cercle qui s'était formé autour d'eux, Sindra, Jov et la Réaliste Cotoumi s'approchèrent.

— Félicitations à tous les deux. Au nom de tous les Réalistes, je vous souhaite une longue et belle carrière à nos côtés. Maintenant, allez-vous changer.

Ils se rendirent dans une cabine en bois du bord de mer tandis que Cotoumi remerciait l'assemblée. Nel admira sa tenue d'épureur. Il enfila le pantalon blanc puis décrocha délicatement la veste qui scintillait, réfléchissant des éclats de lumière tout autour de lui. Ému devant son image d'homme accompli, il réalisa le chemin qu'il avait parcouru pour atteindre son but, heureux d'avoir surmonté les obstacles dressés en travers de sa route.

— Tu es prêt Nel ? demanda Clarisa depuis la cabine d'à côté.

— Oui !

Ils sortirent simultanément intimidés par la prestance de leur allure.

— Tu es beau ! s'exclama Clarisa.

— Tu es brillante !

Clarisa n'avait jamais paru aussi lumineuse, la robe blanche rehaussait son teint mat, les mèches échappées de son chignon soulignaient la douceur de ses traits et son sourire éclatait de bonheur. Une salve d'applaudissements les rappela à la réalité pour leur enjoindre de se rapprocher de Cotoumi.

— Les épureurs sont des personnes aux qualités exceptionnelles, intelligentes, altruistes, fortes, en qui nous plaçons toute notre confiance. Rares sont ceux qui possèdent de telles compétences et sont prêts à s'engager dans la construction de notre modèle de société. Les dernières sélections le prouvent. Nous avons décidé de ne pas baisser nos exigences et nous vous remercions de nous avoir donné raison. Parvenir à former un épureur, même si ses qualités ont été éprouvées, n'est pas une tâche facile. Jov n'est jamais passé inaperçu. Certains ont pu douter lorsqu'en sa qualité de dernier épureur recruté il s'est vu imposer ce rôle de formateur, surtout en l'absence d'An-Ting. Jov a su choisir la coéquipière adéquate et a fait preuve d'une régularité et d'un dévouement presque irréprochables. Je te remercie, ainsi que Sindra pour avoir accompagné Clarisa et Nelson vers la réussite.

Aux applaudissements se joignirent des rires mélangés à quelques sarcasmes et Jov ne fut pas en reste.

— Merci, Cotoumi. Cet éloge était criant de vérité. J'aimerais simplement ajouter que cette expérience m'a ramené à mon propre parcours. Les souvenirs de mon excellente formatrice m'ont inspiré pour tenter de combler mes défauts qu'apparemment tout le monde connaît bien. Il faut surtout souligner les compétences impressionnantes de nos deux sélectionnés. Ils sont tout aussi performants en solo qu'ensemble ce qui n'est pas donné à tous les épureurs. Clarisa et Nelson, vous voilà prêts à assurer vos fonctions en toute autonomie. C'était très enrichissant d'avoir eu la chance de suivre votre évolution jusqu'à cet accomplissement.

Pour masquer son émotion, Jov leur adressa une accolade, suivi par Sindra et Cotoumi. L'étreinte de la vieille femme était à la fois puissante et apaisante. Elle les invita à prendre la parole.

— Merci à tous, cette journée est un amoncèlement de joie ! commença Clarisa. Depuis mon premier jour dans la tour de l'Espoir, je vis une expérience inimaginable. L'univers que j'ai découvert au cours de cette formation est passionnant. J'ai eu mes périodes de doutes, de peurs, d'erreurs, mais grâce aux conseils, aux encouragements, à la confiance qui m'a été accordée, j'ai le sentiment de m'être dépassée. Alors merci à Jov de m'avoir épaulée et d'avoir cru en moi, merci à Sindra de m'avoir bousculée pour me pousser à m'améliorer et merci à Nel pour ton soutien indéfectible. Je me sens très chanceuse d'avoir pu partager cette aventure avec vous.

Nel fut beaucoup plus concis, écourtant les remerciements pour inviter tout le monde à reprendre la fête. Montrant l'exemple, il attrapa Clarisa et engagea quelques pas invitant à relancer la musique. Jov les suivit, enserrant Sindra par la taille.

— Pas trop déçue que notre collaboration se termine ?

— Bien sûr que non. Mais ce soulagement n'est pas pour tout de suite, je te rappelle que nous allons en entamer une nouvelle.

— Tu veux vraiment m'analyser ?

— Oui, d'ailleurs j'ai déjà récupéré ton dossier issu de la sélection.

— Jamais je ne me serais attendu à cette proposition venant de toi.

— Il faut croire qu'on ne connaît jamais vraiment les gens, à l'exception de ceux qu'on analyse. Je veux le faire pour toi, pour Nydie et pour moi. Elle était comme ma sœur et je ne l'ai pas comprise. Elle t'aimait, elle a cherché à te débloquer. Elle le voulait tellement qu'elle en a oublié le fonctionnement de la rééducation cérébrale. Je suis certaine qu'elle a essayé tout ce qu'elle pouvait.

— À aucun moment, je ne m'en suis douté. Je ne voulais pas lui faire de mal.

— Je sais tout ça maintenant et je suis persuadée qu'elle le savait également. Je ressens le besoin de prouver qu'elle avait raison, le besoin de trouver un sens à toute cette tristesse que l'on porte depuis son décès. Si je peux te permettre de supprimer tes blocages, en un sens je pourrais me réconcilier avec Nydie, me pardonner de ne pas l'avoir écoutée.

— Et c'est moi que tu traites de tordu !

— C'est vrai que je ne suis pas très rationnelle sur ce sujet, mais contrairement à toi je suis tout à fait consciente de mes problèmes.

— Comment envisages-tu les choses ?

— Très simplement. Tu me laisses libre de procéder à ma guise, en répondant à toutes mes questions et sans chercher à savoir où j'en suis.

— J'aurais dû me douter de cette réponse. Je ne veux pas que tu impliques d'autres personnes.

— Tu reviens déjà sur mes conditions ? Ne brulons pas les étapes. Le travail préliminaire sera long d'autant plus que tu pars en mission bientôt.

Au petit matin, Tipone et Clarisa revenaient d'une longue marche, discutant cette fois de l'échéance qui allait les séparer de nouveau. Ils croisèrent Régo, Nora et Nel assis sur la plage.

— Quelle nuit ! s'extasia Régo. Voilà nos deux épureurs rassemblés. Il était plutôt pas mal notr'groupe d'entraînement finalement, hein Clarisa !

— C'est vrai. Et avec un brillant technicien en prime. Je me demande parfois où serait Sélène si elle avait réussi la deuxième phase.

— Certainement avec nous. Tout va bien pour elle. Aux dernières nouvelles, elle accédait à plus d'responsabilités dans un centre d'fabrication.

— Tu es en contact avec Sélène ?

— Bien sûr. Tu crois qu'j'laisserais une beauté pareille sortir d'ma vie ?

— Pourtant elle t'a clairement dit que tu n'avais aucune chance.

— Merci d'me l'rapp'ler. C'est pas important, j'veux quand même garder un lien avec elle. Comme avec Nora.

— Qu'est-ce que tu veux dire ?

— Avec toi non plus, j'ai aucune chance. N'empêche que j't'apprécies beaucoup. Sans parler d'l'intouchable Clarisa.

— C'est chouette de ta part Régo. Moi qui croyais que tu t'attachais à toutes celles qui passaient autour de toi.

— Pas du tout. J'tiens à cette connexion particulière qu'j'ai avec chacune. Et p'tet qu'un jour j'tomb'rai sur quelqu'un qui succomb'ra à mes techniques de drague, mais j'vous abandonn'rai pas pour autant.

— Je ne te laisserai pas t'éloigner de toute façon !

— Moi non plus !

Dans un même élan, Clarisa et Nora entourèrent Régo pour l'embrasser sur la joue.

18

Cela faisait longtemps que Clarisa n'avait pas été autant désœuvrée. Deux semaines de repos leur avaient été accordées avant de se voir attribuer un nouveau cas d'étude. Elle se retrouvait seule, un peu perdue. Tipone était très occupé, Jov préparait lui aussi cette mission et Nel était parti en Guyane pour quelques jours. Elle avait préféré rester à Singapour pour ne pas manquer le moindre instant qu'elle pourrait partager avec Tipone, même s'ils étaient tous les deux attristés par l'approche d'une nouvelle séparation. Les journées s'étiraient en développant la crainte de son absence.

Lorsque Sindra l'avait contactée, elle avait immédiatement accepté de la rencontrer, surprise par la sollicitation et encore plus par le lieu choisi, dans un jardin isolé de la ville. Ce n'était rien face à la stupéfaction devant son improbable proposition. Épauler Sindra pour analyser Jov en secret, c'était un projet inimaginable et néanmoins stimulant. Rapidement, les idées s'étaient enchaînées, Clarisa anticipant la suite des évènements, échafaudant des plans pour se rapprocher de l'épureur. Avec Tipone, ils avaient déjà discuté de la possibilité qu'elle l'accompagne avant d'admettre que rien ne pouvait justifier la présence d'un épureur supplémentaire. Cependant, avec cette nouvelle optique, Clarisa réévaluait des arguments, persuadée que ce serait une opportunité parfaite.

La veille du départ, Clarisa et Tipone dinaient sur la promenade en compagnie de Nora et Régo qui racontait comment il avait sauvé un transfert.

— J'sais pas comment j'l'ai vu, l'escale avait pourtant été vérifiée. En passant à côté, un truc m'a alerté. Le mode arrivée était activé, mais ça clochait. L'écran était éteint. J'suis entré vérifier l'tableau d'bord qui n'répondait plus. On a pu alerter l'voyageur pour qu'il change d'escale d'accueil juste à temps.

— Qu'est-ce qu'il se serait passé autrement ? s'inquiéta Clarisa.

— Dans l'meilleur des cas, l'transfert échoue. Dans l'pire, si l'transfert a été initié, j'préfère pas y penser. C'est jamais arrivé s'lon Tessa. Elle m'appelle le héros de l'escale !

— Ah ! Il se passe quelque chose entre vous ! ajouta Nora.

— Non, pas du tout. Elle est trop sophistiquée pour moi. J'sais que j'l'intéresse pas. Mais comme j'vous l'avais dit, ça viendra bien un jour !

Un appel sur la polytex de Nora vint perturber la légèreté du repas. Elle se figea, laissant s'installer un silence pesant. Secouée par la nouvelle, elle dut encaisser le choc avant de pouvoir en parler.

171

— C'est mon père. Il a eu un accident. C'est grave. Il faut que j'y aille. Mais, je ne sais pas comment… On part en mission demain.

— Oublie la mission. Ils s'débrouill'ront. T'sais quoi, j'vais t'accompagner en Floride. J'rest'rai pas, mais j'temmène. D'accord ?

Nora était bloquée, les mots de sa sœur résonnaient en elle. Mellie avait mentionné une décharge électrique, un état critique. Elle d'habitude si posée n'avait pas pu masquer son angoisse devant l'incertitude. Tout s'embrouillait dans l'esprit de Nora. Elle se laissa guider par Régo jusqu'au tube antigravité, l'observa s'activer autour des appareils de la salle de transfert et même enclencher son départ assurant qu'il resterait avec elle.

De son côté, Tipone était allé informer Jov.

— Bien sûr que Nora peut annuler sa participation à la mission. On ne pourra pas la remplacer, mais on va revoir l'organisation.

— Puisque Nora et moi devions alterner notre participation aux réunions pour identifier des Cybhom, cela veut dire que je serai occupé à plein temps. Il nous faudrait quelqu'un en plus pour la logistique, non ?

— C'est vrai. Je vais voir ça.

— Si personne n'est disponible, je pensais à Clarisa.

— Pour gérer les repas, les comptes rendus et le matériel ? Alors qu'elle va bientôt prendre ses fonctions d'épureur ? Je ne pense pas que ça l'intéresse.

— Détrompe-toi. Elle aimerait savoir comment vous procédez pour statuer sur l'entrée des communautés dans le système des Réalistes.

— C'est inattendu. J'en parle avec An-Ting. On vous tient au courant demain matin. Qu'elle se prépare au cas où.

— Sans problème !

Clarisa ne dormit pas de la nuit, incapable de gérer l'incertitude, oscillant entre l'euphorie de partir avec Tipone et l'appréhension de son absence prolongée. Ne voulant pas le réveiller par ses mouvements incessants, elle sortit dans le quartier. En devenant épureur, Clarisa s'était vue attribuer une maison à quelques encablures de la tour. Elle avait passé la majeure partie de son temps libre à aménager les trois pièces, prenant en compte les souhaits de Tipone pour que tous les deux se sentent chez eux. D'autres personnels de la tour logeaient dans les environs, notamment Nel qui avait tout juste entreposé quelques affaires chez lui. Clarisa lui laissa un message pour l'avertir de son éventuel départ et lui souhaiter un bon démarrage.

Au petit matin, ils reçurent l'appel tant attendu de Jov.

— Clarisa, on t'emmène. Tu géreras uniquement la logistique, l'approvisionnement, le journal de bord. Tipone te briefera sur tes fonctions. Pas d'initiative, pas de commentaires, et surtout personne ne doit savoir que tu es épureur.

173

Clarisa accepta toutes ces conditions, trop heureuse de rester avec Tipone et particulièrement enthousiaste de découvrir la ville de Paris dont les décors avaient passionné sa mère. En sortant pour rejoindre le poste des aéros, le couple croisa Sindra.

— Clarisa. J'ai appris que tu partais. On pourrait faire le point sur le suivi de ton détenu rapidement ?

— Bien sûr. Tipone, je te rejoins dans cinq minutes. Désolée Sindra, j'avais oublié Julian.

— Tout ira bien, Nelson pourra prendre la suite dès son retour. Je voulais te parler de ta participation à cette mission. Nous en avons longuement discuté avec Jov et An-Ting, ils ont fini par se ranger à mon avis qui est de te laisser le choix de tes engagements.

— Merci.

— Je suis sceptique sur l'intérêt que cela peut avoir pour toi, mais peu importe. Le fait est que tu pars pour plusieurs semaines, que tu auras sûrement du temps libre tout en étant très proche de Jov.

— Cela fait partie de mes projets d'entamer son analyse.

— J'imagine bien. Tiens, j'ai recopié mes premières notes dans ce carnet avec différentes directions qui me semblent importantes à approfondir. Jov ne sait pas que je t'ai recrutée pour ce travail et je préfère qu'il ne l'apprenne pas, d'autant plus qu'il bloque sur certains sujets. Tu devras faire preuve de subtilité, autant pour l'amener à se livrer que pour cacher ce que nous faisons. J'espère que tu n'en as pas parlé à Tipone.

— Bien sûr que non.

— Très bien. Continue l'analyse, ne laisse aucune trace sur ta polytex et on fera le point ensemble à ton retour.

Clarisa rangea le carnet dans son sac avec précaution, impatiente d'initier ce voyage.

À son arrivée dans la salle des escales, Nel était épuisé. Il avait accepté toutes les invitations et nombreuses étaient les soirées qui s'étaient éternisées jusqu'au petit matin. Il avait encore quelques heures devant lui avant de retrouver Régo fraîchement rentré de Floride. Il se rendit dans sa maison, encore vide, pour se reposer, se confectionnant un lit d'appoint sur lequel il s'écroula. À son réveil, il fit le tour du propriétaire, envisageant les fournitures dont il avait besoin, lorsqu'il tomba sur le mot de Clarisa scotché sur la porte. Comme à chaque fois qu'elle s'absentait avec Tipone, il eut un pincement au cœur. Il ne pouvait nier qu'elle lui manquait. Il se fit une raison, ralliant les conseils de Régo. Lorsqu'il n'y avait aucune option possible, ce n'était pas la peine d'insister et cela faisait trop longtemps qu'il se contentait des miettes de proximité qu'ils partageaient du fait de leur fonction. Son absence pouvait être l'occasion de décrocher complètement, ce que confirma Régo le soir même.

— T'sais y'en a pas mal qui s'intéressent à toi, mais tu sembles trop distant, inaccessible.

Maintenant qu't'as fini ta formation, t'auras p'tet l'esprit plus libre.

— C'est déjà le cas, je me suis beaucoup amusé en Guyane. Un jour il faudra que je t'emmène à une fête là-bas, tu adorerais !

— J'en suis certain !

Pour sa première réunion avec l'ensemble des épureurs, Nel regrettait l'absence de Clarisa. N'ayant encore aucune affinité avec ses collègues, il devait garder ses remarques pour lui. Il prit des notes sur les différents points, agrémentant l'ensemble de ses commentaires. Sindra menait les débats s'appuyant sur les détails des cas discutés qui défilaient derrière elle. Nel n'avait jamais soupçonné qu'elle tenait le rôle de responsable de l'équipe, il se trouvait d'autant plus chanceux d'avoir bénéficié de ses conseils pendant sa formation. Après les bilans sur les analyses en cours vint la planification des interventions précédemment validées par le comité éthique. Chaque épureur chargé d'un dossier présentait son cas ainsi que le plan de remodelage. Naturellement, les équipes se formaient selon les disponibilités de chacun. Sindra avait prévenu Nel qu'il aurait à choisir un nouveau cas d'étude sur lequel il était préférable qu'il se concentre à plein temps. Certainement influencé par le retour de Nora le soir même, il s'était décidé pour le détenu qu'elle avait suivi durant la sélection.

Nel aimait l'indépendance de cette phase, il alternait l'étude des données issues du dossier ou de la puce du détenu avec des entretiens dans la prison de Buru. Parfois, il discutait de ses réflexions avec Nora qui amenait de nouvelles perspectives sur les problématiques de cet homme.

— J'essaie de dresser un portrait des femmes qu'il vise, mais ce n'est pas évident.

— Tu ne crois pas qu'il saute sur toutes celles qui se trouvent à sa portée.

— Non. En retraçant son parcours, il a eu de nombreuses occasions de passer à l'action, même avec des filles qui consentaient à être en relation avec lui. On dirait plutôt qu'il se lance des défis, comme s'il cherchait à dominer des femmes qu'il admire.

— Un vrai taré…

— Surtout, n'hésite pas à me dire si tu préfères qu'on change de sujet.

— Au contraire. Même si c'est toujours difficile de me replonger dans cette attaque ou celle chez les Cybhom, je vois bien que je les attire ces mecs dérangés alors ça m'intéresse de comprendre pourquoi. Tu as quoi d'autre sur ce prédateur ?

— Le mot est bien choisi. Il démontre un aspect collectionneur dans la façon dont il parle de ses victimes, et une certaine fierté. C'est comme s'il se constituait un tableau de chasse tout en montant en puissance. Chacune lui donne confiance et le pousse à aller plus loin, à viser celles qui lui paraissent encore plus inaccessibles, comme Tessa ou toi.

— Quelle satisfaction d'être entrée dans sa liste !

— Justement non, il n'y est pas arrivé avec vous deux. Enfin, de son point de vue. Cette frustration le fragilise ce qui est finalement très utile.

— Je me souviens qu'il me comparait beaucoup avec ces quatre femmes qu'il a assassinées. Certaines remarques me perturbaient trop pour que je les note, mais tu pourrais réécouter les enregistrements de mes entretiens, ou ceux de ses rencontres avec Tessa.

— Excellente idée ! Je peux même aller plus loin en étudiant son comportement avec le personnel féminin de la prison pour comprendre pourquoi il vous a ciblé toutes les deux. Merci !

— Mais de rien. Si tu peux réparer ce dégénéré, c'est avec grand plaisir !

19

Les réunions se tenaient à quelques encablures de leur campement, dans le majestueux palais royal sur lequel Tipone ne tarissait pas d'éloge. Malheureusement, les services de sécurité en refusaient l'entrée poussant Clarisa à explorer d'autres quartiers. Depuis qu'elle avait découvert l'île de la Cité, complètement désertée, car régulièrement envahie par les eaux, elle ne passait pas une journée sans la visiter. Elle avait d'abord longuement contemplé les vestiges de la cathédrale avant d'oser s'y aventurer. Désormais, elle poussait ses explorations dans tous les recoins, envoûtée par la beauté des lieux. Accéder aux deux tours avait nécessité de nombreuses tentatives. Elle avait plusieurs fois rebroussé chemin craignant de se mettre en danger en passant entre les blocs de pierre. L'ensemble étant d'une stabilité à toute épreuve, elle s'était finalement tracé un itinéraire lui permettant d'apprécier la vue sans crainte. Ses efforts avaient été largement récompensés par un décor surprenant où les majestueux palais royaux contrastaient avec les immeubles effondrés envahis par la végétation.

Parfois, elle se contentait de s'asseoir sur le parvis pour se plonger dans le carnet confié par Sindra. Aucune occasion d'interroger Jov ne s'était présentée jusqu'à maintenant. Étant chargé de la sécurité de la Réaliste Cotoumi, il ne la quittait pas, mais celle-ci repartirait bientôt. Clarisa avait défini un moyen d'aborder les thèmes proposés par Sindra affinant ses questions au fil de la lecture. Il n'était pas rare qu'elle se laisse emporter par ses réflexions, cherchant comment obtenir des détails personnels de la part de Jov sans se faire démasquer, s'étonnant elle-même de se prendre à ce jeu particulier. Oubliant l'heure, elle dévalait ensuite les escaliers de la cathédrale, courait pour traverser la Seine par le pont neuf, tellement abimé qu'elle se demandait d'où il pouvait bien tenir son nom, pour ne pas faire attendre Tipone. Ils parlaient peu de leurs journées, lui contraint par Jov de maintenir la confidentialité des réunions, et elle gardant le secret sur l'analyse qui occupait son temps libre. Ils marchaient main dans la main, commentant les scènes quotidiennes dont ils étaient témoins. Ils avaient une prédilection pour les quais qui semblaient un lieu de liberté très apprécié par la jeunesse de la communauté. Certains jouaient de la musique qui occasionnait quelques danses, d'autres discutaient ou lançaient des parties d'un jeu de ballon auquel Clarisa ne comprenait rien. Tous rentraient à la même heure, sans jamais déroger à cette habitude. Les bords de Seine devenaient alors leur domaine accueillant leur bonheur d'être ensemble.

Un matin, en montant dans les hauteurs de la cathédrale, Clarisa entendit une litanie résonner dans les épais murs. Elle partit à la recherche de l'enfant qui venait errer dans ces lieux. La voix lui parvenait, de plus en plus intense puis s'arrêta net lorsqu'elle arriva à la hauteur du jeune garçon. D'abord stupéfait, il sembla prêt à s'enfuir, mais Clarisa le retint.

— Qu'est-ce que tu chantais ?

— Tu ne connais pas ? Mais d'où tu viens ?

— À la fois d'assez loin et d'assez près d'ici.

— Ça ne veut rien dire.

La pertinence de la remarque provenant d'un si petit bout d'homme amusa Clarisa. Elle s'expliqua évoquant sa communauté d'origine au Maroc et son actuel lieu de résidence à Singapour. L'enfant n'ayant aucune notion de géographie, elle dessina un planisphère grossier dans les poussières agglutinées par terre. Visiblement, c'était la première fois qu'il entendait parler d'un monde existant autour de Paris. Les yeux écarquillés, il la bombarda de questions. Ne voulant pas le perturber davantage, Clarisa resta très évasive, mais la curiosité de l'enfant n'avait pas de limites. Il remettait en cause tous ses propos insistant pourtant pour avoir toujours plus de détails. Au fil de la conversation, Clarisa éclaircit le quotidien du garçon qui se portait volontaire dès qu'un paquet devait être transporté à travers la ville comme aujourd'hui. Craignant que son détour ne soit repéré, il dut cependant prendre congé avant d'avoir pu étancher sa soif de découverte, lui faisant promettre de ne pas dévoiler leur rencontre.

Les jours suivants, Clarisa espéra revoir le jeune garçon, mais il ne réapparut pas, ni dans la cathédrale ni lors de ses recherches à travers la ville. Cette rencontre l'amena à établir le moyen d'aborder les problématiques de Jov. Seulement, l'épureur se trouvait rarement seul, animant régulièrement les soirées dans le campement. Clarisa demanda à Tipone d'abandonner leur promenade nocturne pour se joindre à l'équipe, espérant trouver une opportunité de parler avec l'épureur. Lassé par les incessantes conversations de ceux qu'il écoutait à longueur de journée, Tipone partit se coucher rapidement. Clarisa participa aux échanges puis lorsque Jov prit congé, elle sortit derrière lui.

— Est-ce que je pourrais te parler ?

— Ça dépend. J'ai comme l'impression que ton intérêt pour cette communauté dépasse le cadre que je t'ai imposé, mais quand tu prends ce ton-là, je sais bien que tu me poseras tes questions quand même.

— Bien vu… C'est juste une minuscule transgression.

— Allez, vas-y.

— En fait, j'aimerais savoir si vous tenez compte de l'éducation des enfants.

— C'est évident oui. Pour le moment, leur système répond aux critères sur ce domaine.

— Tu es sûr ? Ils me semblent trop sages.

— Et tu estimes que ce n'est pas une bonne chose ?

— Si, mais pas à ce point-là. Jov, tu savais qu'ils n'ont aucune connaissance du monde qui existe en dehors de leur communauté ?

— Pourtant nous avons été invités à les rencontrer.

— Mais les enfants nous craignent et se tiennent éloignés.

— Certains diraient que c'est une manière de les protéger.

— Quand d'autres peuvent y voir un moyen de les contrôler. Je me rappelle avoir appris très tôt l'histoire du cataclysme et la philosophie de reconstruction des Réalistes. C'était mon cours préféré !

— Ils nous ont assuré qu'ils l'intégreraient à leurs enseignements. Je n'ai pas eu cette expérience et cela ne m'a pas empêché de devenir épureur.

— Comment as-tu décidé de postuler s'ils n'en parlaient pas chez toi ?

— C'est un peu long à expliquer.

— J'ai le temps. J'accepte même la version courte !

— Tu ne lâches jamais l'affaire, hein ? Allons-y pour la variante synthétique. J'ai grandi en Albanie, dans la région des lacs dans une communauté très stricte. Par un heureux hasard, j'ai intégré un groupe de reconnaissance qui tentait d'établir des accords commerciaux. Au cours de notre périple, nous avons atteint Corfou qui est un haut lieu d'implantation des Réalistes, comme tu le sais. Sans entrer dans les détails, j'ai ensuite quitté l'Albanie pour revenir sur cette île. Peu après mon arrivée, l'appel à la sélection était diffusé et j'ai tenté ma chance.

— Tu veux dire que tu n'avais jamais entendu parler des épureurs et que tu t'es engagé dans ces épreuves ? Pourquoi ?

— Tu m'en demandes beaucoup ! Je ne me souviens pas. À l'époque j'ignorais même où était situé Singapour, ou comment rejoindre cet endroit. C'était mon premier voyage en aéro. J'ai vu une opportunité et je l'ai saisie !

— Tu fuyais l'Albanie ?

— En quelque sorte. Je ne me sentais pas à ma place là-bas, la vie était dure. Je crois que c'est plutôt le manque de perspectives qui m'a poussé à partir. Et puis, tu sais que les appels à la sélection sont portés par les épureurs en charge du processus, en l'occurrence An-Ting et Nydie, dont tu as peut-être entendu parler. Il y avait quelque chose dans leur discours qui m'a… je ne sais pas le décrire… qui m'a comme attiré.

Avant de rejoindre Tipone, Clarisa prit soin de noter tous les détails jusqu'alors inconnus dans le carnet. Sindra avait rapporté les informations issues du dossier de candidature de Jov, mais seul le lieu de résidence de cette période était mentionné. Découvrir qu'il était originaire d'une autre région dont les mœurs étaient éloignées de celles des Réalistes apportait un nouvel éclairage. Clarisa espérait parvenir à creuser les raisons qui avaient amené Jov à abandonner tout lien avec l'Albanie pour rallier Corfou puis Singapour.

Dans la tour de l'Espoir, Nel avait revêtu sa tenue de présentation pour justifier son plan d'intervention devant le comité éthique présidé par Sindra. Nora l'attendait dehors avec appréhension. Suite à leurs longues conversations, elle s'était fortement impliquée dans la perspective de guérison de son détenu. Elle ne savait pas tout des modalités d'une éventuelle réhabilitation qui incluait des éléments connus des seuls épureurs. Elle espérait qu'il soit envisageable de protéger d'autres femmes de ce type d'agissements, et cela passait par la réussite de son ami. Nel la rejoignit le sourire aux lèvres.

— C'est validé, avec quelques améliorations par rapport à mon plan initial. L'intervention sera planifiée lors de la prochaine revue hebdomadaire.

— Bravo Nel ! Allons l'annoncer à Régo.

Ils montèrent jusqu'au sommet de la tour, dans la coupole où Régo travaillait depuis quelques jours.

— J'adore c'bureau, ça va être dur de d'voir l'quitter, mais j'ai fini d'tout passer en r'vue, j'peux pas justifier d'rester là.

— Quelle vue exceptionnelle ! s'exclama Nora. J'étais surprise que tu nous demandes de te rejoindre, tu es sûr qu'on a le droit d'être là ?

— Bien évidemment qu'non ! Mais fallait qu'j'vous montre ! En vérité, ça m'arrang'rait qu'vous gardiez la place un p'tit moment. J'ai un aller-retour à faire et comme la procédure d'fermeture est super lourde, j'vous ai fait v'nir pour éviter d'la répéter deux fois.

— Aucun problème. Surtout, prends ton temps !

Nora et Nel firent un rapide tour du lieu, mais rien ne les attirait plus que la vitre qui offrait une vue panoramique sur la baie de Singapour. Le soleil embrasait l'horizon projetant des éclats de lumière rosée sur les nuages. Ils s'avancèrent vers le meilleur point de vue pour admirer ce spectacle, laissant leurs mains s'effleurer. Ils se tournèrent l'un vers l'autre et sans savoir lequel initia leur rapprochement, ils s'embrassèrent.

20

Régo ne mit pas longtemps avant de détecter l'évolution de la relation de ses amis. S'il se réjouit sincèrement pour Nel en privé, il n'en était pas de même lorsqu'ils se retrouvaient tous les trois.

— Nel, j'vais t'la piquer toute la journée, mais sois pas jaloux. Elle n'y peut rien face à c'charisme !

— Tu sais que j'aurais pu te rejoindre directement à la réserve, Régo.

— Ah bon ? J'pensais qu't'aimerais que j't'accompagne.

— Que c'est touchant !

— C'est tout moi !

La traversée du pont aux dix statues fut ponctuée par les plaisanteries de Régo qui se masquait les yeux lorsqu'ils s'embrassaient ou s'immisçait grossièrement dans leurs conversations, comme s'il cherchait sa place dans cette configuration.

— Nel, on se voit ce soir ?

— Oui, mais je finirai tard. On réalise le bilan pour évaluer une possible libération de mon tout premier détenu, et comme Clarisa n'est pas là, je participerai également à la réunion concernant le sien.

— Alors, Nora, la journée est à nous !

— Pour contrôler les équipements de ma prochaine mission, c'est plutôt ennuyant…

— Tu verras qu'j'peux tout rendre passionnant !

— Tant que ça reste rapide. Tout doit être prêt demain.

— Tu m'connais, j'm'adapte à toutes les contraintes. Bon, j'vous laisse faire vos trucs cinq minutes et on y va.

À Paris, la mission touchait à sa fin. La décision n'avait pas eu besoin d'être longtemps débattue. Cotoumi s'était contentée de lister les divergences entre le fonctionnement de la communauté et les principes des Réalistes pour démontrer qu'une collaboration était inenvisageable.

— Je leur annoncerai demain puis je quitterai la ville dans la foulée, annonça la Réaliste.

— Bien. Tipone se chargera de préparer l'aéro. Clarisa, on va mettre en place le plan de secours.

— Le plan de secours ?

— Cela consiste à installer discrètement une escale pour avoir une solution de repli. Il faut un emplacement à l'abri des regards et situé à l'extérieur pour alimenter la batterie solaire. Tu vois un lieu adéquat ?

— Peut-être la cathédrale. Je pense être la seule à oser m'aventurer jusqu'en haut des tours.

— Parfait. On ira tous les deux cette nuit.

Jov réveilla Clarisa quelques heures plus tard alors que toute la communauté était en plein sommeil. Il avait réparti le matériel dans différents sacs.

— Il y a une escale là-dedans ? chuchota Clarisa lourdement chargée.

— Pas telle que tu les connais. Les techniciens ont conçu ce kit beaucoup moins performant que les appareils de la tour. Il ne fonctionne que dans un sens, mais c'est suffisant pour quelques transferts.

— Vous avez déjà utilisé ce système pour rentrer ?

— Très rarement. Rassure-toi, c'était uniquement par nécessité de gagner du temps pour arriver à la tour de l'Espoir.

— C'est vrai qu'entre le rangement du campement et le trajet, il nous faudra une bonne semaine avant de rejoindre Singapour.

— Ne me dis pas que tu en as déjà assez de préparer les repas et rédiger les rapports !

— C'est bon. J'admets que tu avais raison. Je préfère de loin le travail d'épureur.

Ils n'étaient pas si éloignés de l'exercice des interventions à naviguer dans les ruelles désertes, écrasés par le poids du matériel. Rapidement habitué à la pénombre, Jov suivait Clarisa en direction de l'île de la Cité. Elle s'essoufflait, mais il n'était pas question de trainer, surtout lorsqu'il fallut traverser le pont neuf à découvert. Enfin entre les murs de la cathédrale, ils empruntèrent l'interminable escalier en colimaçon permettant d'accéder au premier palier. Clarisa visait la tour opposée, plus facile d'accès malgré les nombreuses pierres qui encombraient les marches. Elle avait perdu toute notion du temps éreintée par le chargement qui pesait sur ses épaules, mais Jov semblait pressé. En un instant, il avait déballé les premières pièces de l'escale. Clarisa se demanda comment ils pourraient réussir l'exploit de tout assembler en pleine nuit. Heureusement, Jov était expérimenté et extrêmement méthodique.

— Bien vu, c'est un emplacement idéal pour monter l'escale. D'autant plus que si tout se passe bien, on la récupérera facilement avec l'aéro sans éveiller les soupçons.

— Et dans le cas contraire ?

— Il faut espérer qu'ils ne la trouvent pas. Les techniciens pourront la désactiver à distance, mais cette technologie de transfert nous appartient en exclusivité. Les Réalistes n'aimeraient pas que d'autres se l'approprient. Ne t'inquiète pas, c'est juste une mesure de sécurité pour éviter un désastre absolu.

— Comment ça ?

— Avec les communautés que nous refusons, les contacts peuvent se détériorer rapidement. Certaines pourraient vouloir faire pression sur les Réalistes en gardant des épureurs en réserve, on va s'en protéger.

Clarisa se concentra sur le plan de montage, préparant des pièces dans les escaliers où elle pouvait allumer sa lampe sans risquer de se faire repérer. Jov travaillait à l'aveugle sur le sommet de la tour, visiblement confiant.

— La structure est en place, annonça-t-il fièrement en la rejoignant. La dernière partie est la plus délicate.

Ils effectuèrent les branchements pour raccorder la batterie solaire au système de contrôle, très rudimentaire en comparaison des appareils installés dans la tour. Jov vérifia plusieurs fois les circuits, les serrages de vis puis connecta délicatement le cœur du système. L'aube naissante facilita l'assemblage final puis Jov amorça leur retour.

— Après quelques heures de chargement, l'escale sera opérationnelle.

— Comment peut-on en être sûr ?

— C'est un type d'escale particulier, configuré pour transférer en permanence tout ce qui la traverse, si possible bien entendu.

— Donc le tournevis que tu as laissé…

— Fait partie du test de fonctionnement. Cotoumi préviendra la tour que l'ambiance est tendue. Ils affecteront quelqu'un à la surveillance d'une escale liée à celle-ci et enverront un message avec la photo de l'objet reçu pour que l'on sache qu'elle est active. Encore une fois, on ne s'emballe pas, dans quelques jours nous partirons en aéro comme prévu.

Clarisa tenta de profiter du retour au campement pour soutirer de nouvelles confidences. Elle aborda l'Albanie à travers les similarités avec la communauté de Paris, mais les détails donnés par Jov étaient tout sauf personnels. Il décrivait l'organisation en place et certaines de ses expériences comme des anecdotes dont il aurait été le spectateur. Clarisa réussit seulement à apprendre qu'il avait grandi avec un père autoritaire, une mère absente et une sœur qu'il adorait. Rien ne parvenait à expliquer qu'il ait pu tourner le dos à cet environnement sans jamais l'évoquer.

Le départ de Cotoumi s'organisa dans la précipitation, ce que Clarisa apprit en voyant l'aéro décoller dans l'après-midi alors qu'elle était venue vérifier que le tournevis laissé dans l'escale avait disparu. L'activité battait son plein lorsqu'elle arriva au campement.

— Ils ont très mal pris le refus, expliqua Tipone occupé à démonter la tente de la Réaliste. Ils n'ont cessé de contrer toutes les justifications données par Cotoumi, comme si elle se trompait sur toute la ligne. On s'active pour partir au plus vite.

— On a fait rentrer le plus de monde possible dans le premier aéro, précisa Jov. Demain, on leur détaillera des préconisations d'évolution pendant que tu termineras le rangement. On ne restera pas une minute de plus ici.

— C'est noté. Tipone, tu ne crois pas qu'on pourrait dormir tous les quatre dans la tente principale cette nuit ?

— Bonne idée, je vais t'aider à déplacer les affaires.

À la nuit tombée, il ne restait plus que l'équipement indispensable jusqu'au lendemain. Clarisa et Tipone s'affalèrent sur un couffin en attendant le retour des épureurs invités à un diner avec les responsables de la communauté.

— Et voilà notre dernier repas de mission. J'ai fait simple, annonça Clarisa en servant Tipone.

— Je trouve ce plat plutôt élaboré si on le compare avec ta spécialité de semoule aux tomates séchées !

— Moque-toi donc… Respecter les contraintes de cette mission m'a demandé beaucoup d'efforts.

— Je sais bien, excuse-moi. Je voulais te remercier d'être venue, je réalise que ce n'était absolument pas intéressant pour toi. Je pense qu'il nous faudra trouver le moyen de gérer la distance induite par nos engagements.

— Certainement. J'ai adoré être près de toi, mais je ne pourrais pas te suivre dans tous tes déplacements.

— Et je ne te le demanderais pas. Tu es bien plus heureuse quand tu te préoccupes des modifications de cerveaux que de la cuisine.

An-Ting et Jov rentrèrent escortés par deux membres de la communauté qui inspectèrent la tente notant le campement de fortune et les paquets prêts à embarquer.

— Qu'est-ce qu'ils ont ? interrogea Tipone dès qu'ils furent partis.

— Je ne sais pas, mais je ne le sens pas. Tu en penses quoi An-Ting ?

— T'inquiètes pas Jov. Ils sont à cran, mais ils vont sûrement nous laisser partir.

— On ne peut pas se contenter d'un sûrement. En cas de doute, il ne faut pas attendre. Je te propose qu'on laisse tout ça ici et on file immédiatement avec l'aéro.

— Il faut prendre en compte l'intérêt des Réalistes. Si on s'enfuit maintenant, on perd une grande opportunité.

— Non. Tipone n'a décelé aucun Cybhom. Arrête avec ce projet. À un moment donné, il faut savoir sauver sa peau.

Le débat entre les épureurs s'éternisait. Clarisa jetait rapidement les derniers effets personnels dans un sac alors que Tipone ouvrait une caisse.

— Pourquoi déballes-tu ça ? On n'a pas besoin de ces outils.

— On pourrait avoir besoin de celui-ci.

Et devant Clarisa stupéfaite, Tipone démonta un marteau, des tournevis et autres pinces extirpant des manches creux différents éléments.

— Qu'est-ce que c'est ?

— Un immobilisateur. Est-ce que tu peux trouver quatre casques ?

— Quoi ?

— Clarisa, c'est juste dans l'éventualité où l'on ait besoin de se défendre. Le rayon de l'appareil immobilise tout ce qui est autour de lui. Les casques nous protégeront de ces ondes.

Tipone distribua le matériel avant de remonter une arme qui horrifia Clarisa, abasourdie de voir un instrument de guerre entre les mains de celui qui la serrait quelques instants auparavant. Elle pensait que les fusils avaient disparu depuis les désastreux évènements du cataclysme.

— Tu sais t'en servir ? Tu serais capable de tuer des gens ?

— J'ai appris à tirer, oui. Pour le reste, je ne pense pas.

— Tu n'auras pas à le faire. C'est moi qui vous protégerais, annonça An-Ting en chargeant l'arme. Allons rejoindre l'aéro puisque Jov…

Il stoppa net sa phrase alors qu'un ordre venant de l'extérieur leur intimait de sortir. La voix imposante n'attendit pas un instant avant de renouveler sa demande menaçant de mettre le feu à la tente.

Jov obtempéra, soulevant un pan de l'entrée d'une main tout en gardant l'autre derrière son dos pour faire signe à An-Ting.

— Ils sont une vingtaine, murmura ce dernier. On peut s'en sortir. Ils ne soupçonnent pas qu'on puisse être préparés. Il faudra se servir de cet effet de surprise. Vous comprenez qu'il n'est plus question de rejoindre l'aéro, il est certainement surveillé.

— On doit aller à la cathédrale, confirma Clarisa.

— Oui. À mon signal, vous courrez jusque là-bas. Dès que vous y serez, vous partirez avec l'escale. On n'attend personne.

Tipone serra Clarisa contre lui. Toutefois, l'étreinte ne parvint pas à diminuer leur inquiétude. Dehors, Jov jouait l'innocent en lançant des plaisanteries sur le physique baraqué de l'équipe venue les chercher. Mais leurs limites furent très vite atteintes et une torche embrasa la tente.

— Allons-y ! lança vigoureusement An-Ting.

21

Clarisa fonça hors de la tente dans les crépitements du brasier qui s'étendait aux branches les plus proches. Des cris hargneux s'élevaient tandis que des mains l'agrippaient violemment avant de relâcher subitement leur emprise. Le rayon de l'immobilisateur leur permit de s'extirper du groupe qui les avait encerclés, mais son effet était limité et déjà des détonations retentissaient derrière eux. Tipone la devançait tout en l'encourageant à aller plus vite. Ils rejoignirent les quais, dévalèrent les escaliers en espérant pouvoir se cacher de leurs poursuivants. Il faisait nuit noire, mais de puissantes lampes éclairaient les alentours à l'affut de leur présence. Rester de ce côté de la Seine, là où le cœur de la communauté était installé était trop risqué. Il leur fallait rejoindre l'autre rive sans s'exposer. Tout en longeant au plus près les épais murs de pierre, Clarisa passa en tête indiquant la passerelle à deux étages qui pourrait les camoufler. À mi-chemin, ils ralentirent. Les sources lumineuses se multipliaient, ne leur laissant aucune chance de traverser sans risque la portion à découvert. Tous les quatre s'aplatirent au sol pour parcourir les quelques mètres les séparant de l'entrée du passage inférieur. Arrivés de l'autre côté, les cris se firent plus lointains. Clarisa se demanda s'il ne serait pas préférable de se cacher, mais An-Ting avait été très clair, aussi elle orienta leur course vers l'île de la Cité. Dans cette partie de la ville, les rues étaient désertes et les bâtiments éventrés leur permettaient d'avancer à l'abri des projecteurs scrutateurs.

— Ils vont avoir le temps de se rassembler, regretta Jov alors qu'ils progressaient dans les ruines d'un ancien musée.

— Oui, je vous couvrirai, rassura An-Ting. L'immobilisateur nous aidera.

— Ce truc a un champ d'action limité. S'ils sont trop nombreux, cela ne suffira pas.

— Je me débrouillerai, tu le sais bien. L'objectif est de vous ramener à la tour. Clarisa tu sais où tu vas ?

Avant d'avoir pu répondre, Clarisa nota les lueurs qui traversaient les ponts depuis l'autre rive.

— Ils arrivent ! Ils vont nous encercler.

— Alors, on accélère, ordonna Jov.

Clarisa obtempéra, tentant d'anticiper leur parcours. Il était hors de question de retourner sur les quais où ils seraient trop visibles. L'objectif était de prendre le maximum d'avance sur leurs poursuivants en espérant que cela suffirait. Les vociférations semblaient se rapprocher. Une peur panique l'envahissait à chaque croisement. Est-ce qu'ils allaient se retrouver piégés par une patrouille ? L'île de la Cité était en vue, Clarisa décomptait les ponts avant leur objectif, persuadée que l'endroit serait surveillé. Ils ne pouvaient éviter l'immense zone à découvert, où tous les bâtiments avaient été mis à terre. Ils furent repérés dès les premiers mètres, braqués par des projecteurs qui ne les quittaient plus. Clarisa ne se retournait jamais, entendant la course de Tipone et des épureurs, persuadée qu'ils restaient volontairement derrière elle. Des tirs les encadraient explosant au sol sans jamais les toucher. Il paraissait évident qu'il n'était pas question de les tuer. Clarisa accéléra encore. Il fallait oublier le point de côté qui s'était déclaré bien trop tôt, l'essoufflement, la peur et continuer, le plus rapidement possible. Plus qu'une centaine de mètres avant d'atteindre le pont qui menait directement à la cathédrale.

Une lampe éblouit Clarisa, puis une seconde et encore une autre. Elle hésita à garder la même direction qui semblait une impasse. Elle jeta un coup d'œil en arrière pour constater qu'une nuée de lueurs les poursuivaient.

— Ne t'arrête pas ! hurla An-Ting. Je m'en occupe.

Impossible de leur échapper, il en arrivait de tous les côtés. Les tirs avaient cessé, car aucune issue ne se présentait face au maillage qui se resserrait autour d'eux. Les ordres et les menaces leur parvenaient clairement sans les faire ralentir. Subitement, tout s'apaisa. Ils traversèrent un couloir de lumière apercevant des visages hargneux pétrifiés. Plus loin, d'autres torches mouvantes les attendaient sur le pont. An-Ting activa l'immobilisateur à plusieurs reprises, Clarisa vérifiant à chaque fois la tenue de son casque protecteur. Même si la portée n'était pas très importante, l'effet suffisait à leur faire gagner quelques mètres. Leur objectif était maintenant trop évident, ils entendirent les ordres appelant les troupes à se concentrer sur la cathédrale. Le parvis fut rapidement éclairé comme en plein jour, mais là encore, la proximité des hommes de l'autre camp les protégeait des tirs. Ceux qui bloquaient la porte de l'imposant bâtiment ne furent pas épargnés par la paralysie, leur permettant de se faufiler à l'intérieur.

Clarisa toujours en tête, ils accédèrent à l'escalier. Les pierres qui obstruaient les marches les ralentissaient. Les voix qui résonnaient derrière eux se rapprochaient. Dans la précipitation, Clarisa s'égratigna les jambes, mais elle prêtait plutôt attention à l'avancée des trois hommes qu'elle guidait. Ils arrivaient au palier, l'escale se trouvant sur l'autre tour. Le temps de traverser la coursive, leurs poursuivants dégorgèrent depuis les escaliers face à eux. Jov fonça dans le tas tandis que l'immobilisateur les sauvait encore une fois. Cela ne dura pas. À peine s'étaient-ils engagés dans les hauteurs de la tour qu'un tir explosa le précieux appareil tout en blessant An-Ting.

— Arrête… de te… retourner, ordonna Jov.

Clarisa obtempéra, consciente que cela ne faisait que les ralentir. Il restait un bloc à escalader, une cinquantaine de marches, puis enjamber les décombres du sommet délabré et ils trouveraient l'escale. Éreintée, sur le point de s'écrouler, elle se répétait ces étapes pour s'encourager. Le bloc franchi, An-Ting les somma d'accélérer. Il fallait espérer que l'obstacle ralentirait leurs assaillants pour leur permettre de gagner du terrain. Combien de temps cela prendrait-il avant qu'ils ne parviennent à se transférer tous les quatre ?

L'écho des coups de feu glaça Clarisa alors qu'elle apercevait l'escale. Elle s'arrêta pliée en deux.

— Vas-y... Jov... Je... J'y arriverai... pas comme ça.

Derrière eux, personne. Des tirs réguliers remontaient des escaliers mêlés à des hurlements. Elle reconnut la voix d'An-Ting ordonner à Tipone de partir, le refus de celui-ci puis des roulements de pierre et des cris de terreur. An-Ting s'écria qu'ils arrivaient.

— Clarisa, va dans l'escale maintenant.

Jov l'avait rattrapée pour l'entraîner vers l'appareil, mais elle se débattait. Elle voulait voir Tipone, vérifier qu'il les rejoignait, s'assurer qu'il atteindrait l'escale. À chacun de ses appels, un écho lui répondait lui intimant de partir. Ils ne devaient pas être loin, plus que quelques marches avant qu'elle ne l'aperçoive. Ensuite, Clarisa pourrait se transférer. Jov avait beau crier, la retenir, elle s'échappait constamment. Aucune ombre ne se dessinait. Des éclats de voix, de nouveaux coups de feu. Clarisa appela encore Tipone, puis plus rien.

Clarisa se réveilla embrumée, geignant. Elle entrouvrit les yeux, mais l'éblouissement et une puissante douleur sur la nuque les refermèrent aussitôt. Les souvenirs de la course poursuite se dessinèrent de plus en plus précis et avec eux, la peur. Où se trouvait-elle ? Elle maintint les paupières closes tandis qu'elle reprenait conscience de son corps. Ses jambes lourdes avec à certains endroits, la peau à vif, son dos confortablement lové sur un matelas moelleux, son souffle reprenant un rythme plus lent. Elle tenta de se concentrer sur les sons : des chuchotements, des frottements, mais rien qui aurait pu l'éclairer. Des bruits de pas. Quelqu'un s'approchait. Ils étaient deux. Clarisa n'osait pas ouvrir les yeux. Elle craignait de faire face à la hargne de ceux qui l'avaient pourchassée.

Les pas s'arrêtèrent à sa hauteur. Une main chaude se posa sur la sienne qu'elle sentit soudain glacée.

— Salut Clarisa. Tu t'réveilles y parait. J'suis avec Nora, on t'attend.

C'était Régo ! Elle était revenue dans la tour. Ils avaient donc réussi et Tipone devait être tout près. Clarisa était engourdie. Toutes ses tentatives de mouvement lui demandaient un effort irréalisable. Après avoir essayé en vain de parler, de mouvoir ses doigts dans ceux de Régo, de tourner la tête, elle concentra toute son énergie sur ses paupières qui s'étant déjà entrouvertes pouvaient renouveler ce geste. La lumière l'aveugla douloureusement encore une fois, mais elle ignora la souffrance, poussant encore plus loin, s'efforçant de ne pas perdre ses minces progrès. Lentement, elle commença à discerner les formes avec plus de clarté.

Clarisa se trouvait dans un box au sein de l'étage médical. Les sourires accueillants de Nora et Régo firent place à des regards gênés lorsque retrouvant l'usage de la parole, elle s'enquit de Tipone. Régo changea de sujet pour revenir sur elle, soucieux de son état. Il aperçut Jov et poussa un soupir de soulagement.

— Il va tout t'raconter.

— Enfin de retour ! Comment te sens-tu ?

— Pas très bien. J'ai mal. Qu'est-ce qu'il s'est passé ? Je n'ai aucun souvenir du transfert.

— Pas étonnant. Tu étais inconsciente.

Avant d'en dire plus, Jov alla consulter le médecin. L'auscultation conclut à un état rassurant. Il n'était pas nécessaire de retarder les nouvelles.

— Bon, on y va. Tu te souviens qu'on est arrivés tout en haut, mais que tu refusais de partir ?

— Oui. Je voulais juste apercevoir Tipone avant de m'engager. Il arrivait et puis il y a eu des tirs… Après, je ne sais plus.

— Il fallait qu'on s'en aille. Tu ne réalisais pas que la seule chose à faire, c'était d'entrer dans l'escale pour rejoindre la tour. C'était trop dangereux de rester là. Attendre n'aurait rien changé.

— Changé quoi ?

— Tipone et An-Ting sont là-bas. Je suis certain qu'ils ne risquent rien. Tu as bien vu qu'ils voulaient nous garder vivants.

Clarisa accusa le coup. Inconsciemment, elle savait déjà que Tipone était prisonnier, mais elle ne pouvait envisager les implications de cette révélation.

— Comment m'as-tu ramenée ?

— Avec le même principe que pour les détenus de Buru. Une petite manip et tu étais évanouie.

— Pourquoi n'es-tu pas retourné les chercher ?

Jov s'assit au bord de son lit.

— C'était impossible. Avec ce type d'escale, le transfert ne fonctionne que dans un sens. Les techniciens ont désactivé l'appareil avant que nos assaillants n'atteignent la tour. C'était trop dangereux de le maintenir actif. An-Ting est préparé à ce genre de situation, ils vont s'en sortir.

Jov resta un long moment au chevet de Clarisa, revenant sur les évènements, sur les signes d'alerte qui avaient provoqué le départ anticipé de Cotoumi, sur le repas tendu qui l'avait amené à vouloir partir au plus vite, sur la course poursuite en plein cœur de Paris jusqu'à la cathédrale. Clarisa enchaînait les questions. Tant de détails lui avaient échappé. À côté, Nora et Régo écoutaient attentivement, ne pouvant réprimer des exclamations devant la menace qui avait pesé sur Jov et Clarisa. Il s'en était fallu de peu qu'ils soient capturés, ou pire encore.

Clarisa ne pouvait se résoudre à ignorer ce qu'il était advenu de Tipone. Pourtant Jov avait anéanti son projet de mener une opération de sauvetage, arguant qu'il était peu probable que leurs amis soient gardés à Paris. De plus, organiser une attaque contre une communauté était contraire aux principes des Réalistes. L'unique option était d'espérer un retour rapide de Tipone et An-Ting, en ayant confiance dans leurs ressources. Jov parti, Nora s'éclipsa également.

— Tiens-moi au courant, lui enjoignit Régo qui hésitait à laisser Clarisa.

— Qu'est-ce qu'il se passe ?

— Rien. Enfin si, mais ça va aller. Nel est en intervention. Son dét'nu est dans l'coma. Il d'vrait arriver bientôt, mais pas dans sa meilleure forme.

C'en était trop. Clarisa était sur le point de craquer. Elle se retint difficilement, tout en insistant pour que Régo s'occupe de Nel maintenant qu'elle était hors de danger. À peine eut-il quitté le box qu'elle laissa exploser sa tristesse, sa colère et ses angoisses. Perdre Tipone et savoir Nel en péril lui aussi, c'était plus que ce qu'elle pouvait supporter. Recroquevillée sur le lit, secouée par de vifs sanglots, un immense sentiment de solitude s'empara d'elle.

22

Clarisa fut rapidement autorisée à quitter le centre médical. Pour éviter de se confronter à l'absence de Tipone, elle dédaigna sa maison pour une chambre au sein de la tour. Dès que ce fut autorisé, elle rendit visite à Nel, en convalescence chez lui après les turbulences de sa dernière intervention. Malgré ses antécédents de blessure, elle ne l'avait jamais vu aussi amoché.

— Ce n'est pas si grave, assura-t-il devant son air horrifié.

— Tu t'es bien regardé ?

— Oui. Je suis hideux.

— Tu as surtout l'air d'avoir pris un coup de vieux. Tu arrives à te déplacer ?

— Bien sûr ! Avec les béquilles et des heures devant moi, j'accède à la terrasse sans problème !

Clarisa ne savait dire s'il prenait réellement son état à la légère ou s'il s'efforçait de la divertir. Elle avait lu le compte rendu de l'intervention, autant intéressée par les difficultés rencontrées par Nel que par les problématiques du détenu qui n'était autre que Julian dont elle estimait être responsable. Les cas étaient rares, mais à la suite de la première intervention, il était entré en crise régulièrement. Cela se matérialisait par des absences dont la fréquence avait rapidement augmenté. Ce problème nécessitait des renforcements préparés dans l'urgence par Nel. À peine avait-il entamé les réparations des connexions abimées que Julian était tombé dans le coma. Bien que la perte totale de conscience facilite les manipulations, il mettait les organismes des épureurs à rude épreuve en raison des anomalies d'oxygénation dans certaines zones. Les techniciens, assistés d'une équipe médicale avaient d'abord tenté d'amener le prisonnier dans un état de sommeil profond. L'opération ayant échoué, il avait fallu cartographier les impacts cérébraux afin de définir un itinéraire sécurisé pour rejoindre l'escale. Nel et son assistant avaient triplé leur temps de mission, tout en empruntant des passages périlleux.

— Suspendu dans le vide, t'aurais adoré ! Ça ressemblait beaucoup à ton sauvetage de Jov, mais en bien plus long.

— Comment t'es-tu blessé ?

— Je suis tombé en manquant un saut. Heureusement, c'était tout près de l'escale. Aron a tout laissé en plan pour m'aider à avancer et Sindra est venue lui prêter main-forte.

Clarisa ne manqua pas de la remercier lorsqu'elles se retrouvèrent quelques heures plus tard dans un jardin de l'île.

— C'est normal. Quand les techniciens nous alertent sur des épureurs en détresse, on se prépare à intervenir. Nelson a eu de la chance. Parfois, il est trop dangereux de les rejoindre. Sinon, j'ai lu tes notes concernant Jov, c'est intéressant.

— Il reste des éléments à creuser. Par exemple, je ne comprends pas pourquoi il n'a plus de contact avec sa sœur.

— J'aimerais que tu continues. J'en ai parlé à Jov qui avait quelque part deviné que tes questions n'étaient pas anodines. Tu as établi un lien de confiance avec lui, ce qui est loin d'être mon cas. C'est dans son intérêt que tu poursuives les investigations.

Clarisa n'avait pas besoin d'arguments complémentaires pour accepter la proposition. Tout ce qui pouvait occulter de son esprit l'absence de Tipone était le bienvenu. Elle avait déjà postulé pour le suivi de Julian, sans compter les interventions programmées les jours suivants. Aussi, ses rencontres avec Jov se déroulaient chez lui dès l'aube. Il se prêtait patiemment à l'approfondissement de son passé. Clarisa poussait chaque jour un peu plus loin, s'attendant à essuyer un refus brutal comme Jov savait si bien le faire. Il avait bien prétexté une ou deux fois avoir une réunion matinale pour s'éclipser, mais il revenait le lendemain l'air coupable, dévoilant de nouvelles vérités. Les rapports avec Sindra étaient devenus quotidiens.

— Alors il a tiré un trait sur sa sœur parce qu'elle est partie ?

— On dirait bien. Leur père semblait extrêmement rigide, voire violent. J'ai l'impression qu'elle l'a fui sans pouvoir emmener Jov.

— Comme l'a fait leur mère quelques années auparavant ?

— Oui, mais il bloque encore là-dessus. C'est visiblement douloureux pour lui de revenir sur cette période qu'il avait effacée depuis longtemps.

— Certainement. Tu fais du bon travail. En entamant l'analyse, j'espérais qu'il se livrerait, sans certitude.

— Je suis la première surprise.

— Il s'en veut toujours de t'avoir ramenée de force en laissant Tipone et An-Ting. Il passe un temps fou sur les documents de cette mission.

En effet, Jov ne chômait pas. Épaulé par Tessa, il revenait sur les évènements parisiens épluchant les notes à la recherche d'indices sur les intentions de cette communauté. Ne voulant négliger aucune piste, il avait confié à Nora le soin de passer en revue les enregistrements des réunions. Consciencieusement, elle scrutait les visages à la recherche d'une trace des Cybhom. An-Ting avait toujours soupçonné un lien entre les deux groupes, mais ce ne fut qu'après plusieurs heures que son attention se figea.

— Cet homme-là. Il vient des Cybhom. Il n'était pas présent à votre arrivée, seulement sur les dernières réunions.

— Qui est-ce ?

— Un haut responsable des opérations de rajeunissement.

— Tipone ne le connaissait pas ?

— Non. Je ne l'ai croisé qu'une seule fois dans un lieu ultra-sécurisé du laboratoire.

Jov se tut. S'ils avaient su qui était cet homme dès son apparition, tout se serait déroulé différemment. Nora devina ses pensées.

— Je suis désolée… J'aurais dû venir avec vous.

— Tu ne pouvais pas savoir.

— Si j'étais allée sur place…

— C'est inutile de vouloir refaire le passé. Maintenant, nous savons avec certitude que Tipone et An-Ting sont détenus par les Cybhom. Continue tes recherches, je reviens.

Établir une connexion entre les deux communautés était ce qu'il redoutait le plus. An-Ting en était convaincu depuis des semaines, mais il aurait aimé que cette intuition soit erronée. Comment les secourir dans l'enceinte protégée des Cybhom ? Et surtout, que préparaient-ils en projetant de les capturer ? Cette communauté avait déjà réussi le tour de force d'infiltrer l'équipe des épureurs, et même si leur espion avait été démasqué, Jov pleurait encore les conséquences de leur intrusion. Pourquoi s'en prenaient-ils à eux ? En rejoignant Tessa, secondée par Régo, il alla droit au but.

— Ce sont les Cybhom.

— Fais chier ! s'exclama Tessa. On peut arrêter d'essayer de localiser An-Ting à Paris.

— Tu crois qu'ils ont trouvé son implant ?

— C'est peu probable. Il porte deux puces. La première respecte les procédures standards, ils l'auront certainement retirée. Je pense qu'ils auront manqué la seconde, beaucoup plus originale.

— Donc, s'ils les ont ramenés en Espagne, on p'rrait rediriger l'canal de l'émetteur qui se trouve là-bas.

— Pourquoi pas. C'est un peu risqué.

— Oui, il faudra amplifier l'signal, ça va g'nérer des interférences. Au pire, ils l'détect'ront.

— De toute façon, je ne vois pas d'autre solution. Tu en penses quoi Jov ?

— Allez-y. Ce qui compte c'est d'avoir de leurs nouvelles.

— OK. Régo, tu t'occupes de la connexion avec l'émetteur pendant que j'aligne la fréquence avec celle de la puce. On lancera la réception juste un instant. Prépare aussi l'enregistrement.

Ils s'activèrent, échangeant dans un jargon que Jov ne comprenait pas, puis Tessa initia la transmission. Le hurlement d'An-Ting les pétrifia avant que l'arrêt programmé de la communication ne rétablisse le silence.

— Repasse-le, exigea Jov froidement.

Aussi insupportable que fût la souffrance dans la voix d'An-Ting, il fallait en savoir plus. Ils écoutèrent en boucle l'enregistrement, apportant chacun à leur tour leur perception de l'état de l'épureur. An-Ting était de toute évidence torturé, affaibli, mais également résistant et optimiste.

— Comment peux-tu dire ça ? interrogea Jov après le qualificatif employé par Tessa.

— Je ne décèle aucune peur. C'est qu'il tient bon. Il a de l'espoir.

— L'espoir de quoi ? De continuer à souffrir ? Il sait très bien qu'on ne peut pas aller les récupérer. Putain !

Jov ne se maîtrisait plus, laissant sa colère se déchaîner face à cet énorme gâchis. Il cogna le poing contre le mur en continuant de jurer. Le déchaînement de violence s'éternisait, aussi Tessa s'interposa face à Jov.

— Arrête. Tu te fais du mal pour rien. On trouvera une solution.

— Quelle solution, hein ? Qu'est-ce que tu comptes faire ?

— Hey, douc'ment. Tessa n'y est pour rien, intervint Régo inquiet par la rage qui se dégageait de l'épureur.

Jov retrouva ses esprits, réalisant à qui il s'en prenait. Il se força à s'asseoir, prenant le temps de longues respirations avant de retrouver son calme.

— Excusez-moi. Merde ! J'avais dit à An-Ting que c'était une mauvaise idée.

— Et tu sais bien que rien ne l'aurait fait changer d'avis. Il est obsédé par les Cybhom depuis trop longtemps.

— J'aurais dû l'empêcher d'organiser sa propre capture. C'était du suicide.

— Ou un sacrifice nécessaire. Il a atteint son objectif : infiltrer leur centre tout en gardant un lien avec nous. Malheureusement, Tipone a été entraîné malgré lui.

Régo était abasourdi par ces échanges. Ainsi An-Ting avait envisagé d'être fait prisonnier par les

Cybhom. Tessa lui expliqua le travail de fond de l'épureur qui à plusieurs reprises avait organisé des missions d'espionnage de cette communauté. Après le retour de Nora et Tipone, il avait estimé qu'il fallait y retourner. L'organisation de la mission de rencontre à Paris avait pour but de les appâter en rendant vulnérables de hauts responsables. La protection de Cotoumi, qui avait elle aussi accepté les risques, avait été renforcée, mais depuis le début, An-Ting espérait l'issue actuelle, regrettée par Jov.

Jov qui n'avait pas caché son désaccord était resté vigilant tout au long de la mission, prêt à tout annuler avant de se persuader qu'An-Ting se trompait et que ce n'était qu'une communauté comme une autre. Il s'en voulait de ne pas avoir vu le désastre arriver.

Dépité, il tenta de faire bonne figure le reste de la journée, retrouvant Nora qui avait repéré un autre membre des Cybhom, révisant les échanges houleux des réunions qu'il aurait dû prendre plus au sérieux. En quittant la tour, il partit courir au nord de Singapour, dans cet espace naturel que Nydie lui avait fait découvrir et qui était devenu son refuge. Ce lieu où il parvenait à retrouver ses esprits en traversant les fougères et les immenses arbres hébergeant des singes, habitués à être spectateurs de ses défoulements.

Le sentiment de culpabilité ne l'avait pas quitté le lendemain tandis qu'il se préparait à son entretien quotidien avec Clarisa. Il fut surpris qu'elle soit accompagnée par Sindra.

— Si je suis là, tu dois te douter qu'on a terminé l'analyse.

— Enfin une bonne nouvelle. Alors, quel est votre plan de rééducation ?

— Aucun, on part sur une intervention.

Sindra avait décidé de ne pas prendre de détour, mais elle ne s'attendait pas à la réaction apathique de Jov.

— Je suis si perturbé que ça ?

— Tu devais t'en douter non ?

Clarisa s'interposa doucement.

— Les mécanismes qu'on a identifiés sont anciens et par là même bien ancrés. D'autres possibilités prendraient plus de temps. On s'est dit qu'une intervention serait plus efficace.

Jov insista pour connaître le détail des modifications, refusant d'aborder la problématique de fond.

— Maintenant que tu sais ce qu'on va changer dans ton cerveau, parlons du côté pratique, poursuivit Sindra. J'envisage que nous allions à Buru quelques jours, sous couvert d'investigations autour des détenus fraîchement arrivés. Je me débrouillerai pour le travail et personne ne saura que nous utilisons la station médicale. Elle est plus rudimentaire que les cellules d'intervention de la tour, mais suffisante pour ce remodelage relativement simple. Clarisa et moi pourrons nous en occuper sans difficulté.

Jov acquiesça en silence ce qui ne lui ressemblait pas, mais convenait à Sindra, lui évitant de justifier les risques liés à la seule alternative viable pour ne pas être détectés.

— Tessa a parlé de prendre des congés. Je lui demanderai de nous accompagner.

— Non. Pas Tessa. Choisis un autre technicien. Je ne veux pas la mêler à ça.

— Je ne vois pas qui d'autre.

— C'est hors de question. D'ailleurs, c'est de la folie pure. Vous risquez votre place. Je préfère tout annuler.

23

Le refus de Jov avait déstabilisé Clarisa. Ayant anticipé un départ de quelques jours, elle ne pouvait prendre part aux interventions en cours. Elle espérait presque un problème chez Julian, mais le renforcement de secours avait été efficace, la laissant désœuvrée. Il lui était difficile de remplir ce temps libre. Elle avait été contrainte de retourner chez elle où l'absence de Tipone se faisait sentir constamment, par un vase qu'il lui avait offert, une odeur qui s'évadait d'un linge, et tous ces meubles qu'ils avaient choisis ensemble. Il lui était insupportable de côtoyer l'affection grandissante entre Nel et Nora alors qu'elle ne savait pas si Tipone était toujours en vie. Elle en était réduite à guetter le départ matinal de Nora avant de rendre visite à son ami toujours en convalescence.

— Les médecins sont optimistes, je devrais pouvoir reprendre les interventions dans quelques semaines. En attendant, ils me conseillent la marche, tu m'accompagnes ?

— Bien sûr. Tu es certain que c'est raisonnable ?

— On verra bien.

Nel grimaça en se mettant debout puis traversa la pièce à petits pas, refusant les béquilles. Clarisa se tenait près de lui, prête à le soutenir au moindre signe de faiblesse. L'optimisme de Nel l'avait toujours épatée. Elle enviait sa volonté, particulièrement dans de rudes périodes comme celle qu'elle traversait. Le cas de Julian, les paysages de Paris, des souvenirs d'enfance, leurs conversations étaient inépuisables contrairement à Nel qui s'essouffla rapidement.

— Assez… pour aujourd'hui… C'est l'heure… de la sieste.

— Va t'allonger. Je t'apporte à boire.

— Merci. Quel éclopé !

— Pas du tout, tu as fait le tour du quartier en moins d'une heure !

— Profites-en pour te moquer de moi ! Je me rattraperai pendant notre prochaine intervention ensemble.

— Je n'en doute pas. Même parcours demain ?

— Avec plaisir. Tu ne viens pas ce soir ? Régo sera là.

— Non. J'ai des choses à faire.

— Clarisa… Ça va ?

— Pas toujours. Je tiendrai ne t'inquiète pas. Cette promenade m'a changé les idées. Merci. Repose-toi bien.

Il s'en était fallu de peu que Clarisa pleure devant Nel. Elle marcha jusqu'à la côte, retenant tant bien que mal ses larmes jusqu'à être hors de vue. Cachée dans le recoin d'un rocher sur la plage préférée de

Tipone, elle laissa éclater les émotions contenues. Tristesse, peur, rage se mêlaient dans un tourbillon épuisant qui secouait tout son corps. Son inquiétude grandissante la tourmentait encore et encore provoquant une alternance d'espoir et de douleur qui lui était bien trop familière.

Au même moment, Sindra profitait d'un trajet sur le pont aux dix statues en compagnie de Jov pour revenir à la charge.

— Je trouverai un autre technicien. Qu'est-ce que tu veux de plus ?

— Je veux que tu arrêtes avec cette idée.

— Alors là, tu me connais mal.

— Sindra, tu sais comme moi que ce que tu proposes est interdit. Il faudrait passer par le comité éthique.

— Impossible. Si le comité apprend que tu as besoin d'une intervention, tu perdras ta place d'épureur.

— Et si on se fait prendre, on sera radié tous les trois, sans compter le pauvre technicien que tu veux entraîner là-dedans. D'ailleurs, est-ce que ton précieux compagnon est au courant ?

— Bien sûr que non ! Tu imagines les conséquences si l'on apprenait qu'un Réaliste avait couvert une violation éthique. Soit il tenterait de me dissuader par tous les moyens, soit il tomberait. Je ne veux pas l'impliquer là-dedans. D'ailleurs, Dean ne comprendrait pas. Après tout ce que j'ai pu dire sur toi…

— J'avoue que moi non plus je ne comprends pas. Jamais je ne t'aurais crue capable de transgresser ces règles.

— Je suis capable de beaucoup de choses que tu ne soupçonnes pas. Le débat n'est pas là. Tu as besoin d'une intervention. Tu ne devrais pas douter des conclusions puisqu'il me semble que tu admires les capacités d'analyse de Clarisa.

— Bien joué d'utiliser cette carte. Je ne m'attendais pas non plus à ce que tu l'impliques là-dedans. Tu sais qu'elle m'a donné votre carnet secret hier ?

— Non, elle ne m'en a pas parlé. Tu l'as lu ?

— Oui. C'est intéressant de revivre mon histoire à travers vos yeux. C'est aussi très déstabilisant.

— Et ?

— Et, j'ai encore du mal à intégrer votre point de vue.

— Concernant le départ de ta mère puis celui de ta sœur ?

— Oui. Elles sont parties sans moi, sans me donner de nouvelle, sans chercher à me revoir. Elles m'ont laissé avec un homme dur, violent. Pourtant, on dirait que vous les défendez. C'est normal que je sois en colère contre elles, non ?

— Tout le problème vient de là. Tu regardes encore ces évènements à travers l'enfant puis l'adolescent que tu étais à ce moment-là. C'est forcément douloureux parce que tu n'avais pas toutes les clés pour comprendre les problématiques qu'elles vivaient. Elles n'avaient pas la volonté de t'abandonner. Pour survivre, elles devaient échapper à ton père. Tu peux leur reprocher de ne pas t'avoir emmené et je suppose qu'elles ont cherché à le faire. La version que l'on présente et qui te dérange peut-être, c'est que ta fuite de l'attachement par crainte de revivre ce type de séparation ou de te comporter comme ton père n'est pas fondée.

— En bref, je délire.

— Pas du tout. Ta réaction est tout à fait compréhensible, mais un autre axe de lecture t'a échappé. La réalité est qu'en partant d'Albanie, ta mère puis ta sœur t'ont montré que c'était possible. Elles n'ont pas choisi de t'abandonner. Au contraire, elles ont choisi de vivre, refusant de s'éteindre à petit feu devant toi et te donnant la possibilité de t'évader à ton tour. Ce que tu as fait. Si tu réfléchis bien, tu constateras que sans leur départ tu ne serais jamais devenu épureur. Est-ce que tu comprends que tu as grandi avec des traumatismes enfouis, avec une histoire incomplète qui font que tes schémas cérébraux sont erronés ?

— Bien sûr, c'est la base de nos interventions. J'ai occulté cette partie de ma vie sans réaliser qu'elle m'impactait toujours. Vous avez raison.

— Bravo. Tu as levé le déni, c'est une grande étape. Tu me diras quand tu seras prêt pour la prochaine. On se tient à ta disposition.

Jov avait eu une conversation similaire avec Clarisa la veille, mais le déclic s'était opéré sous les mots de Sindra. Subitement, il s'était souvenu de l'impact de l'appel à candidatures porté par An-

Ting et Nydie, de cette bienveillance qui lui était inconnue et qui l'avait poussé à s'engager dans la sélection sans se préoccuper de ce qu'il laissait derrière lui. Il ne réfléchit pas longtemps avant de rattraper Sindra.

— Je suis prêt, mais je persiste à penser que c'est de la folie.

— Pas plus que de laisser un épureur perturbé opérer en plein cœur d'un cerveau.

— Je ne sais pas. Je me contrôle plutôt bien.

— Jusqu'au moment où tu n'y arriveras plus. J'ai entendu parler de ton récent combat contre un mur. Puisque tu es partant, je vais organiser la mission et je te tiens au courant.

— Tu n'impliques pas Tessa, on est d'accord ?

— Promis. Autre chose ?

— Pour la suite ? La rééducation, tu penses à qui ?

— Je m'en chargerai, sauf si cela te pose un problème.

— Non, c'est parfait. C'est une perspective de grands moments à passer ensemble.

— Effectivement. J'ai hâte !

Dès l'annonce de Sindra, Clarisa s'était empressée de préparer l'intervention de Jov. Elle avait immédiatement remodelé l'excuse justifiant son absence et s'était engagée à trouver le technicien qui leur manquait.

— C'est quoi c'délire ? Tu veux qu'chapeaute tout seul une mission interdite ? s'exclama Régo pris par surprise au lever du lit.

— Je ne vois que toi qui puisses assurer ce rôle.

— Bien sûr, l'seul qui soit assez stupide pour t'suivre…

— Pas du tout. Je te signale que c'est ma vie que je mets entre tes mains et jamais je ne la confierai à un incompétent. Sindra était certaine de pouvoir travailler avec Tessa, mais Jov s'y oppose. Les autres, je ne les connais pas suffisamment pour leur faire confiance.

— P'tain Clarisa. Tu réalises c'que tu me d'mandes ?

En vérité, Régo était flatté et enchanté de cette occasion de reprendre la casquette de technicien d'intervention. D'autant plus que l'analyse des enregistrements d'An-Ting l'éprouvait et l'ennuyait à la fois. Il avait facilement inventé une raison plausible pour quitter la tour quelques jours. Malgré tout, défendre son mensonge devant Nel et Tessa l'avait gêné, d'autant plus qu'il mourait d'envie de mentionner la surprenante intervention qu'il allait superviser en solo. Tessa avait objecté à son départ pour une célébration familiale, mais pour Nel, habitué de la dictature paternelle de son ami, il n'y avait eu aucune remarque, plutôt des encouragements. N'étant pas encore en état de reprendre du service dans l'équipe des épureurs, Nel avait offert de le remplacer, heureux de se rendre utile. Il avait déchanté après la première écoute.

— On s'connecte, jamais au même moment. Ensuite, on décrypte.

— Depuis combien de temps l'avez-vous retrouvé ?

— Quelques s'maines.

— Tu l'entends hurler comme ça tous les jours ? Depuis des semaines ?

— Quasiment, oui. Parfois ça r'ssemble plutôt à des gémiss'ments. On applique des filtres pour rel'ver les bruits ambiants, on analyse sa voix pour s'assurer d'son état de santé. Il n'a jamais faibli jusqu'à maint'nant.

— Et Tipone ?

— On suppose qu'c'est pareil. Une fois, on l'a entendu lui aussi. C'travail reste confidentiel, Cotoumi est méfiante. Personne n'doit savoir qu'on est en lien avec eux. D'accord ?

— Donc ni Nora ni Clarisa ?

— C'est ça. T'imagines dans quel état elles s'trouv'raient.

— C'est un secret difficile à garder. Je ne vois plus trop Clarisa et il me semble qu'elle va à Buru prochainement, ça va simplifier les choses. Mais je vais avoir du mal à le cacher à Nora, elle les croit morts…

— Désolé, t'as pas l'choix.

Régo comprenait parfaitement les scrupules de Nel. Depuis son arrivée à la prison de Buru, il côtoyait Clarisa à longueur de journée constatant l'inquiétude qui l'habitait et qu'elle masquait habilement la plupart du temps. Il la connaissait trop bien pour ne pas noter ses regards vides, ses sourcils froncés ou cette mine triste qui reprenaient place dès qu'elle était inoccupée. De son côté, il avait beaucoup à faire. L'intervention aurait lieu dès que possible. Il devait donc se familiariser avec les équipements à sa disposition dans la prison de Buru au plus vite. Il ne manquait jamais une pause avec Clarisa, redoublant d'anecdotes, de lieux à lui faire découvrir ou se rendant ridicule pour la faire sourire et rattrapait le temps perdu la nuit. Le sommeil fractionné ne l'effrayait pas. De toute façon, il ne parvenait pas à dormir préoccupé par l'aspect rudimentaire des moyens mis à sa disposition. Clarisa avait beau lui avoir présenté les grandes lignes des manipulations à réaliser qu'il analysait comme du remodelage essentiellement basique, il envisageait constamment les pires scénarios.

Clarisa et Régo passaient en revue une dernière fois le matériel ainsi que le déroulement des phases de la mission quand Sindra et Jov les rejoignirent.

— C'est donc toi qu'elles ont choisi pour assurer nos arrières ! plaisanta l'épureur. Alors, allons-y !

24

Régo branchait les électrodes de contrôle sur Jov, tandis que Sindra et Clarisa s'équipaient.

— Tu te rends compte Régo. Ces deux-là rien que pour moi ! Même dans mes rêves les plus fous je n'aurais jamais cru ça possible.

— Chanceux. Elles n'parlent que d'toi !

— Bien sûr. Elles n'en reviennent pas d'accéder aux méandres de mon être.

— Quand on croit avoir atteint le summum de la lourdeur, tu arrives toujours à aller plus loin, se moqua Clarisa.

— Absolument pas. Je me suis retenu de mentionner votre excitation à l'idée de partager mon intimité !

— Tu n'étais pas obligé de me donner raison…

— Fais attention Jov, renchérit Sindra. On pourrait vouloir corriger ton humour déplacé.

— Voilà bien une menace sans aucune crédibilité. Tu sais que tu ne pourrais pas t'en passer.

L'euphorie n'avait pas quitté Jov jusqu'à son endormissement. Personne n'était dupe de cette tactique de refoulement de stress qu'ils avaient tous adoptée. Le moindre problème pouvait avoir des conséquences irrémédiables sans le support médical habituellement prévu pour toute mission des épureurs. Dans le pire des cas, Sindra avait ordonné à Régo de contacter les médecins de la prison ou Tessa pour secourir Jov. Ils étaient tous conscients que cela signerait la disparition des deux épureurs en intervention. Il était hors de question d'en arriver là.

Régo vérifia scrupuleusement le matériel, opérant des contrôles en sus de la procédure standard. Il avait la boule au ventre, se demandant quelle folie lui avait pris d'accepter cette supervision. Il était le plus jeune et le moins expérimenté des techniciens, mais apparemment le seul disposant d'un excès de témérité pour s'estimer capable d'assurer ce rôle essentiel à lui tout seul.

Régo avait ponctué ses gestes de plaisanteries jusqu'au départ de Clarisa et Sindra, mais il se mettait maintenant à douter de tout. L'escale à leur disposition était beaucoup plus rudimentaire que les derniers modèles en marche dans la zone souterraine, sa polytex devait faire office de moniteur sans toutefois assurer l'ensemble des fonctionnalités qui lui étaient familières, et surtout, il aurait à rester vigilant deux jours entiers sans pouvoir compter sur le relais d'un autre technicien. Autant les épureurs, toujours en action, étaient habitués à gérer leur fatigue, autant lui craignait de s'endormir devant la monotonie de son écran. Par sécurité, il avait programmé des alarmes régulières, surtout pendant le long trajet des épureurs jusqu'à la zone d'intervention. Pour autant, il ne s'endormit pas une seconde, bien trop préoccupé par les différents scénarios désastreux qui s'imposaient dès qu'il relâchait son attention.

Et s'il leur arrivait quelque chose ? Entre ces murs, à quelle bouée de sauvetage se raccrocher ? Dans la tour, les techniciens s'épaulaient en cas de problème, des épureurs pouvaient entrer en urgence pour secourir des blessés, et il était possible en dernière extrémité de procéder à une évacuation d'urgence en implantant une nouvelle escale. Tant de mesures inenvisageables ici. Personne ne devait apprendre l'existence de cette mission sous peine de leur faire perdre leur place à tous les quatre. L'escale de secours était exclue puisqu'en ajoutant un appareil dans une zone instable, elle mettait le sujet en danger de mort cérébrale. Cette option avait directement été rejetée par Sindra et Clarisa.

Régo en était réduit à attendre espérant une issue positive tout en se raccrochant au franchissement des différentes étapes de l'intervention. Il scrutait en permanence les données vitales de Clarisa et Sindra maudissant les interférences de la prison qui brouillaient les communications. Pour l'instant, tout se passait comme prévu. Les deux épureurs avaient atteint le premier lieu de modification. Il les imaginait, telles des puces dans un enchevêtrement de fils, occupées à en couper certains pour en consolider d'autres, se demandant comment elles pouvaient y arriver.

Curieux de tout, il avait imploré Nel et Clarisa de lui faire découvrir un programme d'entraînement du simulateur quelques semaines auparavant. Pour lever leurs objections, il avait prétexté que puisque personne ne le leur avait interdit, c'était certainement autorisé. L'expérience l'avait beaucoup amusé. Il était tombé deux fois, mais sans gravité. Puis Nel s'était connecté à lui par sécurité alors que Clarisa jouait au guide en se moquant de leur duo maladroit. Les structures créées par la sphère étaient visqueuses et mouvantes défiant la stabilité à chaque instant et pourtant, Nel n'avait pas choisi le niveau le plus réaliste. Clarisa et Sindra pouvaient glisser à tout moment sans aucun filet de sécurité.

Régo ne pouvait faire aucune pause. Régulièrement, il lui fallait réinitialiser les appareils de mesure qui se déconnectaient lors de certains mouvements. Dans la prison, ils ne pouvaient utiliser les combinaisons qui épousaient parfaitement le corps de chaque épureur, intégrant les capteurs face aux organes à surveiller. Il aurait été trop visible de les emprunter, aussi Sindra avait imposé les anciens équipements fixés sur des harnais. Régo doutait de la fiabilité de tout ce matériel désuet. Il se plongeait dans les manuels testant différentes options visant à optimiser leur fonctionnement.

Cela faisait maintenant vingt-quatre heures que la mission avait commencé. Il tenait à coup de café en constante production. Refusant de quitter son poste un instant, il grignotait ses réserves de snacks, croquant parfois dans une pomme lorsque les barres énergétiques l'écœuraient. La fatigue se faisait également sentir chez les deux épureurs qui s'égaraient dans leurs déplacements. C'était le moment où il prenait le relais, indiquant la direction à prendre et les repères pour progresser vers la seconde zone d'intervention. Régo suivait leurs conversations, décomptant les détachements d'axones qui alourdissaient considérablement la charge des sacs. La communication coupa. Régo la relança immédiatement. Il ne restait plus que quelques fignolages avant d'entamer le trajet de retour. Il y eut une nouvelle interférence que Régo signala en retrouvant les voix de Sindra et Clarisa qui indiquaient qu'elles étaient prêtes à rejoindre l'escale. À leur ton, Régo, maintenant rompu à ce genre d'exercice, décela leur satisfaction. Tout s'était déroulé comme prévu, elles n'avaient rien manqué. Pendant le trajet de retour, l'essoufflement des deux femmes se laissait entendre lors de chaque difficulté.

— Courage, dans quelqu's heures, vous pourrez vous r'poser. Suivez tout droit en remontant légèrement.

Pas de réponse. Cela signifiait que la transmission était de nouveau défectueuse.

— Je reprends. Tout droit en montant. Puis vous irez sur la droite, j'vous dirai quand.

— La com est brouillée. Tu peux vérifier ?

— Je n'fais qu'ça Sindra.

Régo répétait les consignes en boucle tout en maudissant le matériel obsolète. La progression de Sindra et Clarisa n'en était que plus lente. Il opta pour une autre stratégie, en envisageant un itinéraire plus long, mais qui ne nécessitait pas un guidage trop précis.

— Régo, c'est trop dense par ici. On va bifurquer.

— D'accord Sindra. J'vous laisse avancer et j'cherche un autre passage.

— C'est noté. Rapide si possible, on s'épuise avec les rebuts de Jov sur le dos.

— J'imagine !

— Merde, Clarisa…

Régo perdit de nouveau le signal en même temps que la position des deux épureurs. Il envisagea cette coupure avec calme persuadé qu'elle était due à un dysfonctionnement. Cependant, il n'arrivait pas à rétablir le contact. Une heure passa, puis une autre. Régo persistait dans ses tentatives de reconnexion, mais aucun son ne lui parvenait. L'inquiétude montait, d'autant plus qu'il n'avait jamais entendu Sindra jurer auparavant, même au plus fort de ses disputes avec Jov. Qu'est-ce qui avait pu la faire déraper ?

Il fixait Jov, dont les constantes étaient heureusement toujours stables, en alternance avec l'escale comme si cela avait le pouvoir de faire apparaitre l'une des deux épureurs. Elles ne devraient pas tarder à arriver. Régo doutait qu'elles aient trouvé l'itinéraire le plus rapide. Sans les scanners que les épureurs avaient l'habitude d'utiliser, Sindra et Clarisa n'avaient que le signal de l'escale pour s'orienter dans la bonne direction. Elles s'étaient certainement retrouvées confrontées à des impasses ou des structures impraticables avec leur lourd chargement. Régo arpentait la pièce, s'assurant de la stabilité de Jov, vérifiant les réglages de l'escale, testant la connexion. L'attente s'éternisait. Que leur était-il arrivé ? Étaient-elles perdues ? Blessées ? Reviendraient-elles ? Il dut s'asseoir pour reprendre son souffle. Il s'en voulait terriblement de s'être cru capable de superviser une telle intervention, certain que n'importe quel autre technicien ne les aurait pas perdues.

Jov devait être réveillé au plus tôt pour enclencher la reprogrammation cérébrale ou les manipulations des épureurs n'auraient servi à rien. Cependant, Régo ne pouvait se résoudre à initier la prochaine phase. La limite fixée avant de lancer la procédure de réveil s'approchait. Il croyait parfois qu'une ébauche d'hologramme se dessinait dans l'escale, mais ses sens lui jouaient des tours. Les minutes s'égrenaient, trop vite. Il s'imaginait annoncer à Jov le désastre de l'intervention avant d'abandonner tout ce qui le passionnait. Il ne pourrait pas faire face à la suite, surtout pas à Nel lorsqu'il apprendrait ce qui était arrivé à Clarisa par sa faute.

Plus que dix minutes et toujours personne. Régo n'avait qu'une commande à activer pour démarrer le programme de réveil, mais il s'en sentait incapable. Cinq minutes. Impossible de condamner

Sindra et Clarisa. Lorsque les neurones se remettraient en action, l'environnement autour des deux épureurs serait trop instable pour assurer leur sécurité. Il lui fallait gagner du temps. Deux minutes. Régo passa en revue les étapes de réveil. Sa seule option était de les raccourcir. C'était possible. Il étudia précisément chaque paramètre. La procédure standard prévoyait des marges de sécurité qu'il réduisit au maximum, comptant sur la solide constitution de Jov pour encaisser les chocs. Petit à petit, Régo gagnait quelques secondes par ci, une minute par là, tout en préparant des palliatifs aux difficultés de rétablissement que Jov allait endurer à la suite de ce réveil trop brutal. Cependant, il était persuadé que l'épureur approuverait ses choix. Un appel le fit sursauter.

— Salut Nel, fais vite j'suis hyper occupé.

— Il faut que tu reviennes à la tour tout de suite.

— OK, j'arrive dès que j'peux.

— Super. Je vais chercher Clarisa à Buru et on se retrouve au service médical.

Paniqué Régo jeta un œil sur la polytex de Clarisa constatant que Nel avait tenté de la joindre à maintes reprises.

— Attends-moi, j't'accompagn'rai à la prison.

— Non, c'est urgent. Le temps que tu arrives d'Italie, on sera déjà revenus. Je dois chercher à prévenir Sindra et Jov. Je ne sais pas ce qu'ils font, mais aucun ne répond.

— Tu peux m'dire c'qui s'passe ?

— Tipone et An-Ting sont revenus.

25

Régo resta sidéré par le timing parfait qui venait de se dérouler. Il avait à peine eu le temps de s'affoler que Clarisa se matérialisait dans l'escale. Elle était dans un état épouvantable, des cernes immenses, les cheveux en bataille, des ecchymoses sur les bras. Il lui ôta son harnais tout en la pressant d'ordres.

— Faut qu'tu contactes Nel immédiatement. Il veut v'nir à Buru. Il peut pas t'voir comme ça. Dis-lui qu't'as eu son message et qu'tu l'rejoins à la tour

— Quoi ? Pourquoi ?

— Une urgence, il t'dira. Écoute-moi. Tu l'appelles, tu t'changes et tu l'retrouves le plus vite possible.

Clarisa obéit, trop épuisée pour pouvoir s'opposer à la fermeté de Régo. Elle avait quitté la pièce lorsque Sindra apparut à son tour. Régo révéla la nouvelle sans lui laisser le temps de souffler.

— Voilà qui va compliquer la suite. Jov ne pourra pas rester caché. Où en est-il ?

— En train d'subir un réveil accéléré.

— Bravo et merci. Clarisa était certaine que tu parviendrais à prolonger notre immersion au maximum.

— J'ai fait mon possible. Qu'est-c'qui vous est arrivé ?

— Clarisa s'est fait emporter et on s'est perdues de vue. Plus de peur que de mal, c'est le principal. Maintenant, je m'occupe de Jov.

— J'espère qu'il tiendra, j'ai réduit toutes les marges.

— Ne t'inquiète pas, il va souffrir, mais il est solide. Vas-y, je me suis déjà préparée à subir ses plaintes.

Régo avait eu beau protester pour rester en soutien, Sindra n'en démordit pas. Elle s'occuperait seule de vérifier les fonctions cérébrales de Jov et de lancer le remodelage tout en le préparant à des contacts précoces. Régo était épaté par la confiance qui émanait d'elle alors que tout cela lui semblait insurmontable. Il n'avait encore jamais participé aux étapes qui suivaient une intervention, mais il savait que les détenus étaient isolés, préservés de toute forme de perturbation pour protéger les zones qui venaient d'être transformées. Le cerveau devait construire de nouvelles connexions en repartant d'un cadre stable et il ne voyait pas comment Jov pourrait y parvenir en se confrontant à des blessés torturés pendant des semaines.

Pourtant, une heure plus tard, il était là, soutenu par Sindra. Après avoir géré leur transfert, Régo descendit avec eux dans le tube multi-gravité. Il leur donna brièvement des nouvelles des deux hommes revenus dans un état déplorable.

— On va commencer par voir An-Ting, annonça Sindra. Tu te rappelles des consignes Jov ?

— Oui. Je me concentre sur le fait qu'il soit revenu vivant. Je fais abstraction des traces de blessures et je l'imagine remis sur pied.

— C'est ça. Commence maintenant à le visualiser tel que tu le connais.

— OK. Je le vois sérieux, stable et obsédé par les Cybhom.

— Parfait ! Je suis à côté de toi. À la moindre difficulté, tu me serres le bras comme on l'a pratiqué.

— Pour te transférer ce qui ne va pas, j'ai compris. An-Ting va trouver ça bizarre.

— Il s'en remettra, t'inquiète pas.

À peine entré, Jov s'accrocha à Sindra. An-Ting était méconnaissable. Son corps était immergé dans un caisson de cicatrisation, son visage était gonflé, tuméfié par les coups. Il peinait à parler, mais Jov se raccrocha au soulagement qu'il lisait dans son regard. Sindra, qui ne sentait plus son bras sous la forte poigne de Jov, écourta la visite promettant de revenir le lendemain. Alors qu'ils se dirigeaient vers la cellule médicale suivante où se trouvait Tipone, Régo les retint.

— Ils sont d'jà très nombreux ici. C'est p't être pas essentiel qu'vous l'voyez aujourd'hui ?

Sindra acquiesça soulagée. Le premier choc avait été éprouvant, il n'était pas nécessaire d'en rajouter.

D'autant plus que Tipone était toujours inconscient.

Régo n'avait pas menti. La pièce était surchargée. Deux assistants médicaux s'activaient pour faire des bilans complets sous les yeux de Nora, pleurant dans les bras de Nel, d'un homme qui les harcelait de questions et de Clarisa. Clarisa qui faisait tellement de peine, figée au bord du lit, des torrents de larmes dégoulinant sur ses joues. Tipone était dans un état désastreux. Chaque nouveau bilan noircissait le tableau, sans compter les plaies qui suintaient et qui pourtant étaient loin d'être une priorité. Il souffrait visiblement de multiples fractures, mais la détresse était aussi interne. La sauvagerie avec laquelle il avait été frappé n'avait laissé aucun organe intact. Les appareils d'assistance venaient s'ajouter les uns après les autres autour de lui. Tipone serait maintenu dans le coma avant qu'il ne soit possible de se prononcer sur les éventuelles perspectives de guérison. L'équipe médicale allait procéder à des analyses poussées en vue d'établir un protocole de rétablissement.

— Il va s'en sortir. Il en a vu d'autres, n'est-ce pas Nora ?

Nora avait sursauté face à celui qui avait brisé le triste silence de ces annonces.

— Vous vous connaissez ? s'étonna Régo.

— Je suis Galiel, le frère de Tipone. C'est moi qui les ai ramenés ici.

Nora n'avait pas supporté les remerciements qui s'en étaient suivi, devant son ami torturé qui gisait devant eux. Elle s'était réfugiée près d'An-Ting. Même s'il parlait difficilement, elle avait besoin qu'il lui raconte. Que voulaient les Cybhom ? Comment avaient-ils pu s'échapper de la zone PériCyb ?

— C'est très flou… Tout d'un coup, Galiel est entré. Il m'a fait avaler une boisson qui m'a redonné de l'énergie. Je ne me souviens pas d'être sorti de ma cellule. Je tenais à peine debout. C'est quand il m'a dit que Tipone était à l'agonie et qu'il faudrait le porter que j'ai retrouvé des forces. Il n'était pas loin, j'ai toujours pu entendre ses cris. En le voyant, je ne pensais pas qu'il était encore vivant. On l'a attrapé, chacun d'un côté. Il n'a pas réagi. J'ai l'impression que ça nous a pris une éternité de sortir de ces longs couloirs. J'avais peur constamment, mais on n'a croisé personne. Un minuscule aéro nous attendait. Ensuite, j'ai sombré. Lorsque je me suis réveillé, on apercevait la tour.

— Comment est-ce possible ? Il n'y a pas d'aéro là-bas. Tu es certain que vous étiez retenus dans la zone PériCyb ?

— Oui. D'ailleurs, le fait que Galiel nous ait secourus est une preuve en elle-même, non ?

— C'est bizarre. Tom n'en revenait pas de l'existence de ce moyen de transport. Il voulait sans cesse que je lui décrive les sensations qu'on éprouve en plein vol.

— À propos de Tom, je pense que tu apprécieras de savoir qu'il est vivant.

— Tu l'as vu ? Il va bien ?

— Oui et non. Il ne sort pas de la prison et fait les basses besognes. Il n'a pas prononcé un mot, mais j'ai pu lui faire savoir que tu allais bien et qu'on le remerciait.

Nora prétexta vouloir laisser An-Ting se reposer pour sortir. Il lui fallait quitter la tour en urgence, crier, pleurer. C'était trop. Tipone entre la vie et la mort, Clarisa défaite, Tom prisonnier des Cybhom. Tout ce qu'elle aurait pu éviter si les évènements s'étaient enchaînés autrement, si elle avait été là. C'était trop de craintes, trop de douleur, trop de culpabilité.

Elle ne réapparut qu'en milieu de soirée.

— Tu te sens mieux ? demanda Nel en la prenant à part.

— Oui. J'avais besoin d'être seule. Ne t'inquiète pas, ça va.

Nel voyait qu'elle masquait ses tourments, mais il était compliqué de renvoyer les autres chez eux. Galiel entretenait la conversation, interrogeant chacun sur ses activités, puis à la demande de Clarisa, il raconta le sauvetage de Tipone.

— J'ai mis des semaines à tout planifier, c'était horrible. Tous les jours, j'avais peur pour Tipone. Tous les jours, je craignais qu'An-Ting ne soit trop blessé pour m'aider. Et puis, voyant qu'ils s'affaiblissaient tous les deux, j'ai décidé d'en parler à Tom.

— Tom ? Ton ami qui bégayait ? s'enquit Clarisa auprès de Nora.

— Oui. C'est déjà lui qui nous a permis de nous échapper de la zone PériCyb. Il est exceptionnel.

— En même temps, moi aussi je vous aurais aidés si vous me l'aviez demandé, reprit Galiel. Tipone est mon petit frère, je ne peux pas supporter qu'on lui fasse du mal. Dès que j'ai appris qu'il était prisonnier, j'ai tout fait pour l'en sortir. Avec Tom, la situation s'est débloquée. Il s'est arrangé pour neutraliser les gardes. Je suis d'abord allé chercher An-Ting. Il était tellement faible le pauvre, je crois qu'il n'avait pas mangé depuis des jours. Il s'est jeté sur la boisson que je lui avais préparée : un mélange de ma composition pour se booster en un instant. Heureusement, il tenait debout. Je ne pensais pas que Tipone était si meurtri. Il était là, étendu sur le sol, sans réponse. J'ai eu peur de le casser en le soulevant. An-Ting a pu le soutenir malgré son état. Il fallait encore sortir de la prison en espérant que Tom tiendrait suffisamment longtemps. C'était vraiment risqué. On n'avançait pas avec mon frère inconscient et An-Ting qui boitait. J'accélérais au maximum, mais ces couloirs étaient interminables.

Nora pensait que cette histoire l'était tout autant, mais les autres semblaient captivés alors elle se tut. Tout en elle bouillonnait. Des questions à n'en plus finir se mêlaient tandis qu'elle imaginait les captifs dans les couloirs du laboratoire ou de tout autre endroit sécurisé de la zone PériCyb. Galiel arriva à la dernière étape de leur fuite.

— C'était la première fois que je montais dans un aéro. Les Cybhom ne les fabriquaient que depuis quelques jours, pourtant j'ai réussi à le manœuvrer du premier coup. J'aurais bien demandé à An-Ting de m'aider, mais il s'est endormi tout de suite.

— Et tu n'as pas emmené Tom ?

— Tom, c'est un solitaire. Il a préféré s'enfuir de son côté. Sa première trahison en vous donnant accès à la zone des Cybhom a été très mal prise. Il a dû se dire qu'il serait plus en sécurité loin des Réalistes.

— Tu sais où il est ? Comment le contacter ?

— Non. T'inquiètes pas, il est plein de ressources.

Au contraire, rien ne rassurait Nora dans ce qu'elle venait d'apprendre. Les évènements de la journée l'avaient profondément meurtrie. Elle remercia Nel d'avoir lu son désarroi et d'initier le départ de leurs visiteurs.

— Clarisa, tu veux que je te raccompagne ? proposa-t-il.

— Je vais rester avec elle, intervint Galiel. Tu ferais mieux de t'occuper de Nora.

— J'la ramène aussi, ajouta Régo pour le soulager.

Nel les regarda s'éloigner en craignant que Clarisa ne s'écroule. Elle semblait amaigrie, perdue, vidée de toute énergie. Il allait bientôt pouvoir reprendre du service, il s'arrangerait pour veiller sur elle lors des prochaines interventions. À l'intérieur, Nora était assise sur le canapé, les genoux pliés, le regard dans le vide. Nel l'enlaça.

— Je n'aime pas Galiel, lâcha-t-elle.

— C'est assez évident, tu étais un peu agressive avec lui. Tu ne crois pas que tu l'associes trop aux Cybhom ?

— C'est normal. Il est l'un d'entre eux. Et puis, il y a un truc qui me gêne chez lui depuis le début.

— Tu le connaissais à peine, non ? Il vient de trahir son entourage ainsi qu'une idéologie à laquelle il croyait pour sauver son frère. Sans lui, Tipone et An-Ting seraient toujours là-bas et on ne les aurait sûrement jamais revus. Donne-lui une chance.

— Tu as probablement raison. J'ai besoin de prendre du recul sur tout ça. Je retournerai en parler avec An-Ting. Quelle journée difficile, Clarisa m'a fait tellement de peine.

— À moi aussi. Elle semblait déjà éprouvée en revenant de la prison. Ajouter à cela la surprise de retrouver Tipone et le choc de le voir en si piteux état.

— C'est horrible. Tu sais, j'aimerais un moment oublier tout ça et profiter de la chance de t'avoir près de moi.

— C'est si joliment amené, répondit Nel en l'embrassant.

26

Tipone sortit du coma artificiel après quelques jours. Son état désormais stable, l'équipe médicale comptait sur ses capacités de récupération. Clarisa se raccrochait au moindre signe d'amélioration. Ce fut d'abord un imperceptible mouvement des paupières, des froncements au niveau des lèvres, puis une légère pression des doigts. En parallèle à ses multiples visites quotidiennes, elle travaillait sur le plan de réhabilitation du détenu que Tipone avait étudié lors de la sélection. Clarisa se rappelait leurs conversations à ce sujet dans la prison de Buru, étonnée qu'elle puisse avoir de si bons souvenirs des moments d'intimité partagés dans ce contexte. L'homme avait commis des crimes abominables, s'attaquant à des enfants qui avaient eu le malheur de lui ressembler. Fouiller son passé pour constater les traumatismes qu'il avait lui-même subis n'avait pas laissé Clarisa indemne. Elle se remémorait les conseils rassurants de Sindra. Les premiers cas étaient les plus éprouvants. Chaque nouveau succès permettait de créer une forme de détachement. Dès lors, même si la pression restait grande en raison de l'impact des modifications cérébrales sur la vie de ces prisonniers, certaines habitudes rendaient le travail plus facile.

Clarisa ne se doutait pas que malgré son expérience, Sindra expérimentait l'une des périodes les plus ardues de sa carrière. Habituellement, l'implication des épureurs s'arrêtait une fois l'intervention terminée. Ils passaient la main à l'équipe de rééducation, n'assurant plus qu'un suivi de principe. Avec Jov, Sindra prenait tout en charge, toute seule et certaines phases du processus de guérison lui pesaient. Elle ne s'était jamais rendu compte de l'énergie nécessaire pour amener le patient sur le chemin attendu. Jov était un cas d'école, suivant à la lettre chacune des étapes détaillées dans le manuel de formation qu'elle avait déniché. Après la fatigue et les migraines était arrivée l'euphorie, plutôt amusante en soi, puis elle avait fait place à un état apathique et pessimiste qui nécessitait des encouragements permanents. Jov avait du travail quotidiennement, non pas celui qu'elle avait prétexté lui donner pour qu'ils restent ensemble à Buru alors qu'elle se surchargeait de dossiers, mais les fastidieux exercices de rééducation cérébrale destinés à assurer la permanence des modifications.

— J'arrête pour aujourd'hui, soupira Jov en début d'après-midi.

— Non, tu n'as pas fini. Prends une pause si tu veux avant de recommencer.

— J'ai trop mal à la tête.

— Je sais mon grand. C'est bon signe, ce sont tes neurones qui se connectent, correctement cette fois.

— T'en as pas marre de me materner ?

— Si, je t'assure que j'en ai plus qu'assez, mais je suis persévérante. Tu devras l'être aussi, je n'ai pas pris tous ces risques pour rien.

Régulièrement, il cherchait à pousser toujours plus loin pour la faire abandonner.

— Qu'est-ce qu'il en pense Dean que l'on passe nos journées et nos nuits ensemble ?

— Je crois qu'il est conscient que ce n'est pas une partie de plaisir.

— Non, mais réellement ? Il ne se demande pas ce qu'on fait tous les deux ? Il ne veut pas savoir pourquoi on ne se quitte plus, pourquoi on dort ici ? Et toi, tu ne crois pas qu'il profite de ton absence ?

— Ne t'abaisse pas à vouloir me blesser, ta mesquinerie ne m'atteindra pas. Dean et moi, on est francs, libres et confiants, mais c'est le genre de relation qui t'est inconnue.

— Sauf que tu lui mens à propos de moi.

— Plus maintenant. Il sait tout. Je comprends que ça t'étonne. Depuis le début, j'avais prévu de le lui dire, seulement après l'intervention. C'était plus facile pour lui d'être mis devant le fait accompli. La confiance tu vois !

— Alors tu vas être sur mon dos jusqu'au bout ?

— Tu as vraiment besoin que je réponde à cette question ?

Vexé, Jov s'était replongé dans ses pages d'écriture visant à conscientiser les évènements en toute objectivité. Il préférait grandement les séances de sport intense, destinées à évacuer les tensions, à ces douloureux retours sur le passé. Réécrire lui-même son histoire, abordant le point de vue des différents protagonistes l'entraînait dans des souffrances qu'il aurait aimé éviter.

Sindra regrettait de devoir en arriver là, d'autant plus que ce genre de confrontation amplifiait sa fatigue déjà extrême. Là encore les consignes étaient très explicites, il fallait rester ferme jusqu'à la fin du programme d'entraînement. L'isolement du patient poussé dans ses retranchements était l'unique moyen de tirer tous les bénéfices de l'intervention. Il était hors de question que Jov garde des séquelles par sa faute. Pour se motiver, elle décomptait les jours avant d'en avoir terminé et de pouvoir partir avec Dean rejoindre leurs enfants qui grandissaient si loin de la tour.

Malgré son planning surchargé, Sindra rendait visite à An-Ting tous les matins, pendant que Jov se lançait dans un jogging à travers la forêt en contrebas de la prison. An-Ting se rétablissait rapidement. Ils discutaient des prochains cas à traiter lorsque quelqu'un entrebâilla la porte.

— Excusez-moi, je repasserai plus tard.

— Entre Nora. Qu'est-ce qu'il y a ?

An-Ting ne lui avait laissé aucune opportunité de se défiler. Bien entendu qu'il se passait quelque chose pour qu'elle vienne le voir si tôt.

— C'est à propos des Cybhom…

— Viens t'asseoir, engagea Sindra. J'allais partir. An-Ting, je repasse te voir demain.

— Je préfèrerais que tu restes si tu as le temps. Nora, cela ne t'embête pas ?

— Non…

— Parfait, dis-moi ce qui te tracasse.

— C'est compliqué… Voilà, je ne peux pas m'empêcher de penser à tout ce qui se serait passé autrement si j'avais pris part à la mission comme prévu.

— Crois-tu que cela aurait changé quelque chose ?

— Oui. Si j'étais venue, j'aurais reconnu les Cybhom. On se serait échappés. Vous n'auriez pas subi la détention, la torture. Vous ne seriez pas dans cet état, Tipone ne serait pas presque mort… Je suis désolée…

Nora était soulagée d'avoir réussi à demander pardon sans s'apitoyer. Elle savait qu'elle aurait besoin de faire de même face à Tipone, mais ne se sentait pas encore capable de tenir le coup.

— Tu n'es pas la seule à porter cette culpabilité. Tu ne devrais pas. Certes, les évènements auraient pu être différents si tu étais venue, mais pas forcément dans le bon sens. En se sachant démasqués, ils auraient pu tout aussi bien nous tuer tous à Paris. Le fond du problème n'est pas lié à toi. Le fond du problème ce sont les Cybhom.

Sindra comprenait maintenant pourquoi An-Ting lui avait demandé de rester. Ce discours était autant adressé à elle qu'à Nora, pourtant rien ne pouvait effacer ses propres tourments.

— Regarde bien les faits Nora, poursuivit l'épureur. Ce sont eux qui cherchent à nuire aux Réalistes depuis des années, ce sont eux qui nous ont espionnés, eux qui nous ont capturés à Paris, eux qui nous ont torturés sans relâche avec une haine inimaginable. Toi, tu es comme nous tous ici. Tu penses que tout être humain mérite la liberté et tu as choisi de t'opposer à leur philosophie pour protéger la tienne. Inévitablement, c'est douloureux d'être confronté au mal dont ils sont capables, mais tu n'en es aucunement responsable.

Sans s'en rendre compte, Nora pleurait. De fines larmes s'écoulaient lentement à mesure qu'elle intégrait les paroles d'An-Ting. Ces mots lui faisaient prendre la mesure de ce qu'elle avait elle-même enduré en vivant une telle proximité avec les Cybhom.

— Ce serait plus facile de les ignorer, poursuivit An-Ting, mais on n'a pas le choix. C'est évident qu'ils ne s'arrêteront pas là. L'unique moyen de les contrer, c'est de prendre des risques. Peut-être que je vous ai mal préparés, Tipone et toi, à ce qui pouvait vous attendre. J'ai tenté de vous protéger, mais je me suis trompé.

— Tu nous avais pourtant prévenus de nous méfier, de ne faire confiance à personne.

— Oui, mais j'aurais dû tout vous dire, vous parler de l'espion qui avait intégré les épureurs, prêt à tout pour sa communauté. Nous avons déjà contré plusieurs tentatives d'intrusion. Je suis persuadé que notre protection ne pourra être assurée qu'en sachant ce qu'ils préparent.

— An-Ting, je pourrais…

— On en a déjà parlé Sindra. Il est hors de question d'envisager une autre stratégie. Nous devons les connaître pour mieux nous défendre. C'est pour ça que je les ai envoyés là-bas, c'est pour ça que j'ai organisé ma capture en sachant parfaitement ce qui m'attendait.

— Tu te sacrifies inutilement, murmura Sindra.

— Non, je me sacrifie pour protéger ce en quoi je crois, ceux à qui je tiens. Tu sais très bien que j'aurais dû mourir à la place de Nydie. C'était moi qui devais pratiquer cette intervention. Les circonstances m'ont permis de rester en vie, et je ferai tout pour éviter d'autres pertes.

Nora voyait An-Ting sous un autre angle, comprenant désormais sa sévérité. L'épureur avait transformé son fardeau en mission et elle ne pouvait que l'admirer d'avoir ce courage. La conversation l'avait apaisée, tout en réveillant des soupçons concernant Galiel. Même s'il avait ramené An-Ting et Tipone, il la perturbait depuis leur première rencontre. Ainsi, non seulement elle décida de se méfier, mais aussi de le surveiller.

Nora entreprit de noter quotidiennement les faits et gestes de Galiel, sans omettre un détail. Cette tâche était d'autant plus facile qu'il accompagnait régulièrement Clarisa, s'invitant à leurs soirées. Quelques verres étaient souvent nécessaires pour détendre l'atmosphère et voir se dessiner un semblant d'apaisement sur le visage de Clarisa. Nora se demandait comment Nel arrivait à préparer avec elle leur prochaine intervention, ce qui n'était pas sans l'inquiéter. Tipone avait maintenant retrouvé l'usage de la parole, mais soit il restait mutique, soit il se plaignait des douleurs qui ne lui laissaient aucun répit. Galiel adoptait le même comportement, tantôt absent, tantôt empli de regrets à propos de ses choix de jeunesse.

— C'était stimulant de découvrir les Cybhom, de donner le meilleur de soi dans l'espoir de cette récompense ultime qu'est la longévité. J'étais passionné par les possibilités infinies offertes par leurs perspectives. J'ai été leurré et je m'en veux. Je ne comprends pas que les mêmes qui prônent la perfection morale soient capables de torturer leurs semblables.

Ces tirades qui lui étaient familières en fin de soirées épuisaient la conversation. Régo tentait toujours de finir sur une note optimiste, proposant des alternatives au constant soutien dévolu à Tipone.

— Demain, je peux m'arranger pour agrandir ma pause déjeuner, tu aimerais que je t'emmène visiter la tour ?

— Certainement. Tipone m'a dit que tu en connaissais les moindres recoins. Il a l'habitude de dormir en milieu de journée.

— Parfait. Je viendrais te chercher.

Nora suivit de près le compte rendu de la visite qui ne présentait aucun caractère particulier. Régo avait montré les étages de production d'énergie, les tubes de gravité, l'amphithéâtre, mais Galiel n'avait pas approché des lieux stratégiques de la tour. Il était d'une prévenance extrême avec Clarisa, la soulageant des tâches quotidiennes afin qu'elle passe plus de temps avec Tipone. Il logeait maintenant chez elle, préférant le confort de la maison au couffin qui lui avait été proposé dans l'espace médical.

Pas plus de reproches à lui faire du côté de sa collaboration. À peine remis sur pied, An-Ting avait repris la suite de l'enquête sur les Cybhom. Il convoquait régulièrement Galiel pour vérifier un détail, établir un plan, affiner les portraits-robots et celui-ci ne se défilait jamais. Nora assistait à la plupart des entretiens, tout en préparant une mission d'accompagnement. Cette fois, il était question de finaliser l'entrée d'une petite communauté dans le système des Réalistes. La visite était une pure formalité visant à répondre en personne aux dernières interrogations. Nora attendait avec impatience de quitter l'ambiance pesante de la tour, de voir d'autres paysages et de passer des moments privilégiés en compagnie de Cotoumi dont elle appréciait la sagesse. Elle espérait pouvoir prendre du recul sur Galiel, car elle ne parvenait pas à se départir d'une certaine forme de malaise en sa présence qui commençait à friser la paranoïa.

27

Nel se sentit soulagé du départ de Nora, non pas qu'elle l'ennuyait, au contraire elle lui manquait déjà, mais il avait tant à faire qu'il appréciait de trouver du temps supplémentaire dans ses journées. Clarisa l'instruisait du plan d'intervention qui permettrait d'offrir une réhabilitation à ce détenu qui avait étranglé six enfants. Ils revoyaient les détails ensemble, mais Nel vérifiait scrupuleusement les notes de Clarisa qui s'était trompée sur la cartographie d'une zone ou avait noté la manipulation inverse de celle qu'elle exposait. De plus, Sindra lui avait demandé de la seconder pour rédiger les synthèses des recommandations concernant les nouveaux cas admis à Buru. Nel n'avait pas su refuser, même s'il s'étonnait de ce surplus de travail alors que Jov était censé l'assister. Lorsqu'il en avait terminé, il se forçait à faire un tour chez Clarisa sans jamais s'attarder. Les discussions tournaient en rond : l'état peu encourageant de Tipone, l'engouement de Galiel pour l'architecture de la tour et l'apathie de son amie qui lui pesait déjà pendant la journée.

Clarisa était minée par la lenteur des progrès de Tipone. Elle restait près de lui dès qu'elle le pouvait pour le soutenir, l'encourager, lui montrer que même si l'évolution semblait minime, elle allait dans le bon sens. Il pouvait parler distinctement et manger seul depuis quelques jours. Envisager un rétablissement complet était évidemment une vision à long terme, mais c'était possible. Clarisa ne pouvait pas se laisser gagner par la lassitude de Tipone, car si elle baissait les bras, comment pourrait-il continuer lui qui endurait tant de douleurs ? L'équipe médicale se relayait à longueur de journée, enchaînant les soins tant physiques que psychologiques, autant d'activités dont Galiel se faisait le rapporteur quotidiennement.

— La masseuse d'aujourd'hui c'est une nouvelle, toute mignonne. Elle aura tout fait pour le dérider, mais Tipone a perdu son sens de l'humour.

— Ça s'comprend. En même temps, ça n'a jamais été lui l'plus drôle d'entre nous, n'est-c'pas !

Clarisa décocha un demi-sourire, Régo faisait tant d'efforts pour dynamiser leurs soirées qu'elle s'en voulait de ne pas avoir la force d'être plus enjouée. Elle se confia à Nel lors de la dernière mise au point avant l'intervention.

— Qu'est-ce que je peux faire pour qu'il s'accroche ? Il est revenu, il est vivant, il a même retrouvé son frère, mais il n'est plus là.

— Tu sais très bien que pour surmonter ce traumatisme, cela doit venir de lui. En plus du soutien que tu as cité, il t'a toi. Il lui manque le déclic qui l'amènera à se dépasser. Si tu veux te faire remplacer pour passer plus de temps avec lui, n'hésite pas.

— Ce n'est pas ce que je voulais dire.

— Non, bien sûr. Visiblement, son état te perturbe. Je t'avoue que ça m'inquiète en vue de l'intervention.

— Et ben, arrête. Je te demandais des conseils pour aider Tipone à trouver de la motivation. Je ne pensais pas que tu mettrais en doute mes capacités. Je suis tout à fait opérationnelle.

Clarisa le planta là pour rejoindre Tipone, vexée de la tournure prise par la conversation. À chaque fois qu'elle poussait cette porte, elle appréhendait une nouvelle déception tout en espérant un changement positif. Galiel l'accueillit avec un sourire, mais Tipone avait toujours cet air abimé qui lui déchirait le cœur.

— Alors, comment s'est passée ta journée d'épureur ? entama Galiel.

— Bien, on est prêt pour demain.

— Ça a l'air sympa ces petits voyages. Surtout quand tu es accompagnée par Nel, non ?

— Ce n'est pas le terme que j'emploierai. C'est un travail éprouvant.

— Mais tous les deux vous faites une bonne équipe ?

— Oui, on se connaît bien maintenant. Parlons d'autre chose. Tipone, comment te sens-tu aujourd'hui ?

— Ce sujet-là n'est pas plus intéressant que le précédent. Je suis fatigué, j'ai mal et je ne peux pas bouger. J'en ai marre.

Clarisa lui caressa le front tandis que Galiel tentait de l'encourager.

— Ne dis pas ça. Regarde la chance que tu as d'être ici avec tout ce monde autour de toi. Tu dois rester positif. Je vais vous laisser. Profite donc de Clarisa.

Restée seule avec Tipone, Clarisa l'embrassa doucement en évitant soigneusement les dernières marques sur son visage. Les traces de coups s'étaient effacées progressivement, mais les cicatrices intérieures ne guérissaient pas à la même vitesse. Clarisa reconnaissait les caractéristiques d'une dépression post-traumatique, accompagnée par une peur permanente qui seraient longues à surmonter. Elle était prête à rester à ses côtés, à lui redonner lentement le goût de vivre, à le laisser aller à son rythme. Elle guettait les signes de progrès tout en sachant que le processus de rétablissement dépendait des individus. Elle ne pouvait que montrer qu'elle était là, l'entourer de douceur et, comme l'avait dit Nel, laisser Tipone faire le reste.

Clarisa resta à son chevet jusqu'à ce qu'il s'endorme. En quittant la tour, elle tentait de voir le bon côté des choses, mais ni la beauté du ciel constellé d'étoiles, ni les reflets de la lune projetés sur la tour, ni le son régulier des vagues n'apaisèrent la tristesse qu'elle retenait depuis des heures. Elle s'arrêta face à l'une des statues, se concentrant sur les pierres qui tournoyaient. Rien n'y fit, elle éclata en sanglots, désespérant de retrouver un jour celui qu'elle aimait. Incapable de faire face à la sollicitude de Galiel ou à la suspicion de Nel, elle évita de se montrer et s'enferma dans sa chambre.

La nuit s'éternisait sans que Clarisa trouve le sommeil, doutant de la pertinence de s'absenter en laissant Tipone si mal en point. L'aube naissait à peine alors qu'elle traversait le pont pour le revoir. Il était déjà réveillé, ne dormant que le temps alloué par l'unique prise d'antidouleur quotidienne qu'il s'autorisait. Clarisa avait eu beau tenter de le convaincre d'augmenter la dose, il persistait à la limiter, préférant souffrir plutôt que ressentir cet état de décalage provoqué par les traitements plus forts.

— Tu ne devrais même pas te poser la question, grogna Tipone. Je ne vais pas t'empêcher de travailler, quand même.

— Bien sûr, mais ce n'est peut-être pas le bon moment. Si tu veux que je reste.

— Et ça changerait quoi ? Je ne me remettrais pas plus vite et en plus je m'en voudrais de te faire manquer une intervention.

La conversation n'avait mené à rien, Tipone était resté irrité et l'arrivée de Galiel n'avait pas permis de dissiper son amertume. Clarisa rejoignit Nel devant le mur qui se déroba au contact de leurs codems. À mesure qu'elle descendait, elle se concentrait sur son environnement en s'aidant des récentes remarques de Régo. Il avait longuement étudié ce sous-sol secret s'extasiant sur les prouesses techniques déployées pour gérer la pression et la stabilité du bloc d'intervention. L'espace était totalement isolé de la surface. Que ce soit une tempête, un incendie ou tout autre risque encouru dans la tour, rien ne pouvait les atteindre dans la section qui accueillait les missions des épureurs. L'oxygène était puisé par filtration de la mer qui servait également aux besoins en alimentation en eau de la plateforme. Arrivée devant la cellule, Clarisa s'était recentrée sur sa mission. Suivant le protocole, elle vérifia ses équipements puis ceux de Nel avant d'emprunter l'escale.

Nel, comme à son habitude, eut besoin de quelques secondes pour appréhender sa taille minuscule avant de prendre la tête de leur binôme. Grâce aux nombreux entraînements de la formation, leur organisation était bien rodée. Ils s'accordaient une pause dès que le rythme de progression faiblissait, ce qui était souvent le fait de Clarisa. Parfois, s'asseoir pour grignoter un morceau suffisait tandis que d'autres fois, ils dormaient en alternance pour s'assurer un regain d'énergie. Rapidement, ils perdaient toute notion du temps. Seule l'approche de leur objectif comptait.

— On arrive dans la zone, annonça Nel.

— C'est noté. Regarde là-bas. C'est un bon endroit pour le matériel.

— Tu as raison, c'est parfait.

Nel était toujours impressionné par la rapidité de Clarisa pour scanner les alentours et repérer un lieu suffisamment stable pour entreposer leur chargement. Pour lui, tout se ressemblait dans les méandres d'axones et de neurones qu'il distinguait à peine sous l'éclairage bleuté qu'ils portaient, mais elle était capable de discerner les espaces les mieux raccordés pour assurer la sécurité de leurs vivres. Une fois leurs sacs harnachés, ils accrochèrent sur leur combinaison la besace contenant le strict nécessaire pour le retrait des premiers axones. Ainsi allégés, ils progressaient plus rapidement, surtout Clarisa qui s'amusa à le dépasser, profitant de sa fine silhouette pour optimiser sa trajectoire dans des passages impraticables pour lui. Bientôt, il la perdit de vue. Nel progressa jusqu'à la zone d'intervention, pensant que Clarisa s'amuserait à le surprendre, mais aucun signe d'elle.

Le protocole voulait qu'il informe le technicien de service, cependant il préféra la joindre directement.

— Je me suis trompée de direction, je suis désolée.

— Ce n'est pas grave. Je t'attends.

— J'essaie de revenir depuis un moment. Le réseau est moins dense par ici, je n'arrête pas de faire demi-tour et de me retrouver coincée.

— OK, alors je viens te chercher en enregistrant mon trajet comme ça on saura par où passer.

Nel rebroussa chemin, bifurquant en direction de la position de Clarisa ce qui ne manqua pas d'alerter le technicien superviseur. Il fut soulagé de ne pas avoir à chercher une excuse en reconnaissant la voix de Régo.

— Pourquoi tu t'éloignes d'la zone d'intervention.

— Je vais chercher Clarisa.

— Non. Si elle a un problème, elle n'a qu'à m'app'ler. J'la guiderai.

— Régo, si elle le fait, ce sera noté dans le rapport et il y aura une enquête. Elle n'a pas besoin de ça en ce moment.

— Tu m'd'mandes vraiment d'enfreindre le protocole ?

— Plutôt de prétendre que tu n'as rien vu.

— J'veux pas Nel. S'il vous arrive un truc, ça va m'retomber d'ssus.

— Jamais. J'assume cette responsabilité. N'hésite pas à ressortir cette conversation, comme ça tu ne risques rien. Je vais y arriver Régo.

L'absence de réponse signifiait que Régo avait capitulé. Nel redoubla d'attention tout en escaladant des axones de plus en plus fins. Plus il avançait, plus le décor se vidait. Il aperçut enfin le halo de lumière qui entourait Clarisa.

— Merci d'être venu. Je ne sais pas comment j'ai pu me planter à ce point-là.

Nel ne répondit pas. Il activa le système de guidage pour revenir sur ses pas, en espérant que les structures n'aient pas bougé entre temps. De retour sans encombre sur la zone d'intervention, il adressa un simple merci à Régo avant de lancer les premières manipulations. Occupé par le retrait des axones, les allers-retours vers leurs affaires et la consolidation des différentes connexions, Nel resta silencieux. C'est sur le trajet du retour que Clarisa tenta de désamorcer la tension qui s'était établie entre eux.

— Je suis désolée Nel, j'aurais dû te suivre. J'ai abusé, je ne recommencerai pas.

— Je peux comprendre Clarisa. Je peux comprendre que tu sois préoccupée, fatiguée, sous pression, mais à ce moment-là, tu ne t'engages pas sur une intervention. Tu sais très bien ce qui se serait passé si tu avais été avec un autre que moi, ou si le technicien n'avait pas été Régo.

— Oui. Sindra m'aurait suspendue et réévaluée. Je te remercie sincèrement et je m'excuserai auprès de Régo. Je ne devrais pas lui imposer de contourner les règles.

— C'est étonnant de sa part qu'il soit si scrupuleux à les suivre. Tessa a une bonne influence pour le rendre si sage.

— C'est certainement Tessa…

Nel reprit le chemin à pas lents, ils étaient lourdement chargés et la fatigue se faisait sentir. Lorsqu'ils arrivèrent en vue de l'escale, il déposa son imposant sac. Il avait attendu d'être certain qu'ils ne risquaient plus rien avant de dévoiler sa récente résolution.

— Clarisa, je ne te couvrirai plus. Peu importe tes raisons. Si tu n'es pas en état de te concentrer sur une intervention, je ne t'aiderai plus.

— D'accord. J'ai apprécié ton soutien, mais je ne t'ai jamais demandé de…

— Je sais, coupa Nel. Je le faisais naturellement. Je voulais juste te prévenir que j'arrête.

Clarisa acquiesça, plus émue qu'elle ne l'aurait voulu. Nel ne put s'empêcher de l'enserrer, cachant ainsi sa déception. Cette annonce murement réfléchie lui avait beaucoup couté, mais avec le niveau d'exigence de leur travail et les risques qu'elle leur faisait courir, il ne pouvait plus continuer à la protéger.

28

Troublée par ses récentes erreurs et par les mots de Nel, Clarisa avait en plus été blessée par la froideur de ses retrouvailles avec Tipone. Il lui avait à peine adressé la parole, fixant le ciel l'air absent tandis que Galiel narrait les infimes progrès advenus pendant son absence. Ce dernier avait redoublé d'attention toute la soirée, préparant le repas et l'écoutant patiemment déballer ses inquiétudes.

— Je l'ai trouvé un peu brutal ce soir, mais il ira mieux demain matin, tu verras, encourageait Galiel devant son air morose.

— Je l'espère. C'est bête, mais j'ai maintenant peur de ses réactions. Il me semble de plus en plus abattu.

— Tu te trompes. Ses blessures cicatrisent. Les médecins ne sont plus du tout inquiets à ce sujet, même s'ils envisagent une longue période de rééducation et de possibles séquelles.

— Le problème principal est son manque de motivation. Il lui en faudra tellement pour surmonter les difficultés qui l'attendent.

— On sera là. Toi et moi, on le soutiendra.

— Merci Galiel.

— Merci à toi. Il a de la chance de t'avoir trouvée. On va faire une bonne équipe ne t'inquiète pas. D'ailleurs, si tu le souhaites, je t'accompagnerai ces prochains jours.

La présence de Galiel soulageait Clarisa gênée par le malaise dans sa relation avec Tipone. La diversion apportée par son frère limitait la distance qu'elle sentait s'installer entre eux.

Le retour de Nora fut également un appel d'air salvateur. Tout en elle rayonnait de bien-être. De brillants reflets dans sa chevelure, son teint hâlé, son sourire rendaient son enthousiasme communicatif. Une soirée en sa compagnie avait suffi pour revivifier Clarisa. Elle espérait beaucoup de sa présence auprès de Tipone.

— C'était une mission fantastique ! Les paysages étaient fabuleux et franchement j'ai très peu travaillé. J'ai passé des heures à me promener sur leur île, à me baigner dans les rivières, à discuter avec les habitants. Tous les jours, j'avais un guide différent heureux de me parler de sa région, de ses coutumes. Et les repas, je n'en parle même pas. J'ai découvert des saveurs inimaginables. La meilleure nouvelle dans tout ça, c'est qu'il faudra y retourner. Cotoumi m'a déjà donné la responsabilité d'organiser la prochaine mission. J'adorerais t'emmener !

Un mince sourire affleura aux lèvres de Tipone sans pour autant changer l'abattement dans son regard. Nora n'en tint pas compte, persuadée que l'idée ferait son chemin pour apporter des perspectives auxquelles il pourrait s'accrocher.

— Cotoumi ? C'est la personne âgée que tu accompagnais hier ? C'est une Réaliste ? demanda Galiel qui avait écouté Nora attentivement.

— Oui.

— Je ne l'aurais pas imaginée comme ça.

Nora ne daigna pas répondre à cette remarque qu'elle trouva déplacée. Elle se promit de revenir voir Tipone quand il serait seul, espérant renouer le contact avec lui. Cet air absent qu'il affichait en permanence lui était familier. Il s'était trouvé dans le même état chez les Cybhom, désespéré par l'ennui sans perspective de fuite. Ici, c'était différent. Il était chez lui, bénéficiant du soutien inconditionnel de Clarisa. Ses perspectives étaient variées, peu importe sa situation physique, et Nora voulait lui faire entrevoir l'éventail de ses possibilités.

En attendant le moment adéquat, elle rejoignit An-Ting dans son bureau. Il avait immédiatement repris du service sur le sujet des Cybhom et réclamait son aide pour définir précisément les mouvements des protagonistes de Paris. Elle interrompit de nouveau un entretien entre l'épureur et Sindra.

— Pile à l'heure Nora. J'ai préparé de nouveaux enregistrements à visionner. Bon voyage Sindra !

— Tu es certain que tu n'auras pas besoin de moi ? Je peux voir avec Dean pour rester plus longtemps.

— J'en suis sûr. Profite de ta famille comme tu l'avais prévu.

— Je reste joignable si nécessaire.

— Je sais bien. Ne t'inquiète pas, j'ai toutes les informations qui me manquaient.

Il restait une dernière étape à Sindra avant de quitter la tour pour ces retrouvailles tant attendues avec ses enfants. Un espèce de malaise ne la quittait pas, comme si elle abandonnait tout le monde au mauvais moment. Pourtant, elle ne fuyait pas, ce voyage étant prévu depuis des mois. En empruntant l'escale qui la menait à Buru, Sindra se raisonna, plus personne ne se trouvait à proximité des Cybhom, et An-Ting lui avait promis de ne rien déclencher sans son accord. Elle n'avait plus qu'à valider le dernier contrôle de Jov avant de partir l'esprit tranquille.

— Alors ? Tu m'estimes réparé maintenant ?

— Tout à l'air bon.

— Encore heureux. J'ai suivi tes instructions à la lettre. Je n'ai jamais été aussi rigoureux.

— Voilà un premier signe de changement positif ! Même si je l'attribue plutôt à ma capacité de persuasion. À part être devenu plus studieux, tu sens d'autres évolutions ?

— Oui. Une immense fatigue, je n'arrête pas de dormir. Et, autre chose de bizarre. J'ai finalement apprécié cet isolement et le calme qui m'ont été imposés. Tout cela ne me ressemble pas.

— Très bien. Tu es prêt on dirait. Essaie de te préserver encore quelques jours. Je te conseille de travailler sur des analyses plutôt que de te lancer sur une intervention dans un premier temps.

— C'est noté chef ! Quand pars-tu ?

— Maintenant !

Sindra avait subitement rajeuni affichant un sourire d'une extrême rareté. Jov n'avait jamais compris pourquoi ses deux enfants ne vivaient pas à proximité de la tour où leurs parents exerçaient leur activité. Il n'osa pas lui poser la question, trop indécis sur l'état de leur relation.

— Sindra. Je voulais te remercier. J'ai été aveugle, détestable et pourtant tu as pris des risques démesurés pour m'aider. J'aimerais me racheter. Tu peux me demander ce que tu voudras, je le ferai.

L'offre ne pouvait pas mieux tomber, Sindra ne sachant comment aborder l'ultime exercice qui permettrait à Jov d'avancer.

— Écris-lui.

— Que j'écrive ? À Nydie ?

— Oui. Maintenant que tu sais pourquoi tu étais bloqué et que tu as résolu tes problèmes, écris tout ce que tu ne lui as pas dit.

— D'accord. Je... Tu veux que je t'envoie mon texte ?

— Surtout pas. C'est une histoire qui vous appartient à tous les deux.

— Et après ?

— Après ce sera terminé.

— Je ne parlais pas de ça. Entre nous ? J'aimerais qu'on maintienne un certain contact, mais j'ai été tellement odieux que je comprendrais que tu préfères qu'on s'évite comme avant.

— Je n'en sais rien. On va commencer par profiter de ces quelques semaines d'éloignement. Ensuite, on verra bien si des interventions nous rapprochent de temps en temps.

— Merci, Sindra. Je ne sais pas comment…

— Écoute Jov, je ne veux pas que tu te sentes redevable. C'était bénéfique pour moi de m'embarquer dans cette intervention insensée. Tu t'es totalement investi malgré les souffrances que cela réveillait, cela me suffit.

Jov retourna à la tour de l'Espoir, pressé de rentrer chez lui. En traversant le pont aux dix statues, il croisa Nel enserrant Clarisa qu'il devina en pleurs. Il les dépassa rapidement pour les observer quelques mètres plus loin. Clarisa essuyait ses larmes face à Nel qui avait su trouver les mots pour lui redonner le sourire. Jov changea de destination. La perte de Nydie était de nouveau venue envahir ses pensées. Inutile d'attendre pour terminer la difficile tâche donnée par Sindra. Il savait exactement où aller pour tout déballer. Cette fois, les singes auraient un bien triste spectacle à observer.

Nora avait visé juste pour s'entretenir avec Tipone. An-Ting ayant convoqué Galiel, elle s'était éclipsée, souhaitant le trouver seul. Elle était revenue ressourcée par son voyage et espérait insuffler un peu de cette énergie positive. Malheureusement, son engouement ne persista pas longtemps face à l'état de Tipone. Physiquement, il en était toujours au même point, incapable de se mouvoir, endurant une douleur constante, mais mentalement, il avait abandonné.

— Nora, je ne pourrais pas vivre paralysé.

— Personne n'a dit que tu le serais.

— Ils ne parlent pas non plus d'un rétablissement. Galiel a posé la question au médecin, il est resté tellement vague que…

— Parce qu'il n'en sait rien. Il ne peut pas se prononcer sur un délai, sur l'étendue de ta récupération, mais ça ne veut pas dire que c'est exclu. Laisse-toi du temps. Prends les jours les uns après les autres, tu verras qu'il y aura des améliorations.

— Je n'y crois pas. Je ne peux plus rien faire. Je ne suis plus rien, j'ai tout perdu…

— On est là. Tu n'es pas seul. On te soutiendra tous pour reconstruire ce qui peut l'être.

— Je ne veux pas de votre pitié. Je ne veux pas être un poids.

Nora ne savait plus quoi dire. Elle serrait le bras de Tipone, sans savoir s'il pouvait réellement sentir ce contact. Il la fixait, déterminé. Elle détourna le regard, mais cela ne l'empêcha pas d'asséner fermement.

— Je veux en finir Nora et j'ai besoin de ton aide.

Ils se dévisagèrent longuement. Nora le connaissait suffisamment pour déceler qu'il avait murement réfléchi. Cette annonce ne laissait entrevoir aucune marge de négociation. Elle tenta

267

tout de même de présenter d'autres options, mais Tipone s'obstinait, vexé.

— Tu en as parlé à l'équipe médicale ?

— Oui. Ils ont laissé tout ce qu'il faut dans l'armoire. Je ne peux pas le faire seul comme tu le vois. J'aimerais que ce soit l'un de mes proches qui me libère, mais Clarisa et Galiel s'y opposent. Tu es celle qui me connaît le mieux après eux.

Tipone ne dit plus rien. Il attendait la réponse de Nora. Il attendait qu'elle s'engage à administrer le produit qui mettrait fin à son existence.

— Je comprends Tipone. Personne ne peut se mettre à ta place et si c'est ce que tu souhaites, je t'accompagnerai. Mais je ne pourrais pas le faire, je suis désolée.

— Je m'en doutais.

Nora n'imaginait pas que Tipone avait anticipé tout ce qui pouvait bloquer son funeste projet.

— Demande à Nel s'il te plait. Explique-lui que c'est la meilleure solution, autant pour moi que pour Clarisa.

29

Tipone avait détaillé son plan. Il dirait au revoir à chacun en terminant par Clarisa puis fermerait les yeux pour partir avec ce souvenir. Nora réalisa qu'il avait pensé à chaque détail prévoyant un agencement sans accroc de toutes les étapes. Elle s'en ouvrit à l'équipe médicale espérant un autre discours.

— Malheureusement, il semble avoir atteint ses limites. Les sévices qu'il a subis l'ont profondément meurtri. Dans ce genre de cas, le patient doit mobiliser d'importantes ressources pour espérer se rétablir en suivant un parcours excessivement douloureux, long et aléatoire. Les Cybhom l'ont détruit, il n'y a plus rien que l'on puisse faire mis à part respecter ses souhaits. On sait qu'il t'a sollicitée. C'est une décision difficile à prendre. Nous sommes là pour te soutenir.

Nora s'isola dans un étage de ventilation absorbée par les rotations des pâles, tentant de visualiser la scène imaginée par Tipone. Elle ne voulait pas imposer ce rôle à Nel, mais elle se savait incapable d'administrer la dose fatale. Rejoignant les autres autour d'un diner délicieux préparé par

Galiel, elle s'efforça de masquer ses tourments. Cependant, l'effort était trop épuisant. Nel détecta un problème et l'interrogea alors qu'ils rentraient chez eux. Il était inutile de lui mentir, Tipone attendait une réponse et elle ne parvenait pas à se résoudre à passer à l'action.

— Tu es convaincue qu'il ne se rétablira pas ?

— Oui. Il n'en peut plus. C'est trop dur pour lui. Toute l'affection dont il peut bénéficier ne l'aide pas, au contraire.

— Ce n'est pas une chose à dire à Clarisa. Elle fait tout ce qu'elle peut pour le soutenir.

— Je le vois bien tout comme lui. La décevoir tous les jours le fait encore plus souffrir que le reste.

— Très bien. Je te fais confiance.

Clarisa avait enfin retrouvé le Tipone séducteur et attachant qu'elle avait rencontré pendant la sélection. Il était longuement revenu sur leur rencontre, leur rapprochement dans les conditions particulières de bivouac ou leur premier baiser au milieu des plantations de thé. Une lueur différente éclairait son visage, une sorte de sérénité pleine de confiance. Elle évoqua les aménagements réalisés pour qu'il réintègre leur maison dès que l'équipe médicale l'autoriserait. Il avait acquiescé en souriant, ajoutant qu'il rêverait d'une promenade en bord de mer. Ils s'étaient embrassés tendrement, Tipone répondant à son je t'aime dans un murmure.

Clarisa s'était empressée de rejoindre le briefing des épureurs qu'An-Ting lui autorisait à manquer en partie, validant directement avec elle ses prochaines affectations. Elle s'assit joyeusement à côté de Nel.

— Alors, tu vas travailler avec moi ?

— Non. Pendant l'absence de Sindra, je m'occuperai de la synthèse des interventions. Jov va me former.

— Pas très passionnant... Au fait, Tipone va mieux. J'espère qu'il pourra bientôt sortir de la tour, ça lui fera du bien.

Nel, surpris, se décomposa. La réunion prit fin et Clarisa lui faussa compagnie sans qu'il n'ait réussi à prononcer un mot. Il relut le message de Nora lui indiquant l'horaire prévu par Tipone et fut forcé d'accélérer le pas pour le respecter. Elle l'attendait, l'air las, en compagnie d'un médecin. Ce dernier détailla la marche à suivre précisant qu'il restait à leur disposition. L'heure imposée par Tipone arriva bien trop vite. Nora poussa la porte, invitant Nel à entrer sans un bruit. Tipone semblait dormir, apaisé. Nora chancelante s'appuya sur le lit, observant son ami qu'elle aurait voulu sauver. Nel se concentra sur les actions indiquées par le médecin : récupérer le produit, enfiler les gants, défaire l'emballage. Il s'approcha de la perfusion pour planter la seringue dans la tubulure. Hésitant à poursuivre, il se tourna vers Nora. Elle avait posé une main sur son épaule et l'autre sur celle de Tipone dont le visage affichait toujours un puissant calme. Elle acquiesça subtilement, les larmes aux yeux. Nel pressa l'extrémité du piston et fixa le liquide qui disparaissait goutte à goutte dans le bras de Tipone.

L'effet fut quasi immédiat. La poitrine de Tipone cessa de se soulever, son air satisfait se figea. Selon son souhait, il était libéré des douleurs, de la peine, des mauvais souvenirs. Nora et Nel restèrent là un moment, se serrant la main, sans parler.

Soudain, Clarisa fit irruption et se jeta sur Tipone.

— Non ! Il faut le ranimer. Où sont les médecins ? Qu'est-ce que vous faites là ?

Nel restait muet. Il n'avait pas anticipé qu'il devrait faire face à Clarisa au moment où elle apprendrait la mort de Tipone. Il était bloqué, incapable de lui expliquer. Certain de ne pas trouver les mots justes, il préférait s'abstenir de parler. Tipone avait laissé une note à l'attention de Clarisa. Juste quelques mots que Nora avait déposés près de lui comme il le lui avait demandé. « Je suis désolé, je ne pouvais pas aller plus loin. Sois heureuse. ». Interloquée, Clarisa lut et relut ces phrases en totale contradiction avec leurs derniers échanges. Une puissante douleur lui lacéra le cœur.

Clarisa s'effondra sur le corps de Tipone. Elle espérait le réveiller, l'entendre, le sentir respirer. Le médecin avait été formel, mais elle ne pouvait le croire. Il lui fallut un temps infini pour intégrer la vérité. Tipone était bel et bien mort. Clarisa se redressa pour défier Nora et Nel.

— Qu'est-ce que vous avez fait ?

Ils bafouillèrent des excuses souhaitant un soutien extérieur qui ne venait pas.

— Vous l'avez tué ! Vous avez osé le… C'est… Comment avez-vous pu faire ça ? Pourquoi ? Vous n'aviez pas le droit. Il était… Je…

Clarisa était en pleurs, défaite, brisée. Nel restait paralysé, impuissant face à sa peine. Il aurait voulu la soutenir, la prendre dans ses bras, mais réalisait que c'était impossible. La porte s'ouvrit à nouveau sur Galiel et Régo. Des cris déchirants envahirent la chambre.

— Tipone ! Mon petit frère. Pourquoi ? Je t'avais sauvé, je suis revenu pour toi.

Clarisa lui prit la main. Il la dévisagea puis demanda des détails sur ce suicide assisté. Nora se lança, soulageant Nel de ce poids qu'il ne pouvait pas assumer. Sa voix submergée d'émotion était plus rauque que d'habitude alors qu'elle revenait sur le projet minutieusement planifié par Tipone. Elle conclut en ajoutant :

— C'est douloureux, mais c'est ce qu'il voulait.

Cette remarque fit exploser Clarisa.

— Qu'est-ce que tu en sais de ce qu'il voulait ? Tu disais que tu arriverais à le remotiver. Tu disais que tu l'emmènerais bientôt en mission. Aujourd'hui, tu lui as ôté toute chance de les réaliser. Quelle hypocrite ! Je n'en reviens pas.

— Calme-toi Clarisa, ajouta Galiel. Ils ont cru bien faire. Vous vous êtes trompés, vous auriez dû nous en parler. Vous ne connaissiez pas Tipone, il était capable de se rétablir.

Nora retint Nel qui s'apprêtait à parler, ce n'était pas le moment de tenter de se justifier. Ils ne s'étaient pas préparés à la détresse qui s'éternisait sous leurs yeux en les accablant et ne pouvaient qu'être maladroits. Clarisa reprit de plus belle.

— Vous l'avez tué. C'est immonde. Vous n'aviez pas le droit. Nel, tu n'avais pas le droit de me faire ça. Pas toi…

— Clarisa, je…

— Non ! Je ne veux pas t'entendre. Je ne veux plus te voir. Dégage ! Dégagez tous les deux !

Les heures suivantes, Clarisa ne quitta pas Tipone assistant aux visites de ses proches, de Jov, d'An-Ting et d'une quantité de personnels de la tour. Régo passait par intermittence et la raccompagna lorsque le corps de Tipone fut rendu à sa famille pour organiser ses obsèques. Arrivée devant chez elle, Nel l'attendait. Régo le lui avait pourtant déconseillé, mais Nel éprouvait le besoin de s'excuser. Quels que soient les reproches que Clarisa lui ferait, ils étaient justifiés. Cette fois, il avait préparé son discours, soupesant chaque mot, mais elle se braqua d'entrée.

— Qu'est-ce que tu viens faire là ?

— Je suis désolé Clarisa. Je n'ai pas mesuré…

— Tu sais quoi Nel ? Je n'en ai rien à faire de tes fausses excuses.

— Clarisa…

274

— Quand tu disais que tu arrêterais de me couvrir, je ne pensais pas que tu voulais me détruire.

— Non… Bien sûr que non. Je voulais t'expliquer…

— Quoi ? Tu arrives à justifier ce que tu as fait ?

— Je… Oui. Justement, je…

— Je m'en fous Nel. Je m'en fous de ce que tu as à dire, c'est qu'un tas de mensonges. Et dire que je me suis confiée à toi, comme une conne. Alors que pendant ce temps, tu te préparais à m'enlever celui que j'aime. Je sais que c'est toi qui as injecté ce produit. C'est dégueulasse. Comment peux-tu croire que je voudrais encore te parler après ça ?

Le déferlement de colère n'était pas une habitude de Clarisa, mais rien ne pouvait l'arrêter. Son regard s'était transformé, il était dur, haineux. Plus encore que les mots, c'était cette attitude hargneuse à son égard qui fit le plus de mal à Nel. Sur le coup, il n'avait pas réalisé l'impact de son geste, croyant honnêtement soulager Clarisa. Mais elle avait raison. Il n'aurait pas dû accepter, pas sans en avoir discuté avec elle avant. Alors, il restait là à subir tous les reproches, ceux mérités tout autant que les autres qui ne le concernaient pas directement. Il restait là à faire face à la fin de leur amitié, bien conscient que tout s'était effondré, qu'elle ne lui pardonnerait certainement jamais cette trahison. Clarisa finit par lui ordonner de partir, encore une fois, et à rester hors de sa vue indéfiniment.

Nel ne pouvait que se résoudre à garder ses distances. Au fond de lui, il espérait que cet horrible face-à-face permettrait d'atténuer leur souffrance. Avec le temps, Clarisa parviendrait peut-être à comprendre qu'il avait agi en toute bienveillance, envers Tipone autant qu'envers elle. En attendant, il s'inquiétait pour son amie. Il aurait souhaité discuter avec Sindra du deuil qu'elle encaissait, du soutien dont elle aurait besoin. En son absence, il se tourna vers Jov.

— Tu les connais les étapes qu'elle va traverser. Tu ne peux pas la protéger de ça.

— Je n'aime pas la savoir seule.

— Elle ne l'est pas. De toute façon, la douleur ce n'est pas une chose que l'on peut partager. Elle y arrivera et si ça peut te rassurer, je veillerai sur elle.

— Merci Jov. Je la vois perdre pied depuis si longtemps…

— Elle perd pied, mais elle tient la route. Fais-lui un peu confiance. Oublie Clarisa et concentre-toi sur tes projets pour changer. Sindra voit un grand potentiel chez toi et je suis plutôt d'accord. Il serait temps de nous épater !

30

Les funérailles furent organisées par les parents de Tipone. Clarisa et Galiel n'avaient pas quitté la maison. Elle, pleurant en continu dans son lit et lui avachi dans le salon. Régo passait régulièrement apporter des plats qu'ils ne touchaient pas, tout comme Jov qui se contentait de s'asseoir à côté de Clarisa en gardant le silence.

Le jour de la cérémonie, il l'épaula, dictant ce qu'elle devait faire allant jusqu'à choisir sa tenue à sa place. Le trajet jusqu'à la petite crique où les proches du défunt se réunirent pour dire un dernier au revoir fut particulièrement éprouvant pour Clarisa. Elle connaissait bien ce lieu très apprécié de la famille de Tipone. Il l'avait emmenée plusieurs fois découvrir les secrets des rochers. Ces souvenirs heureux ne rendaient son chagrin que plus douloureux. Chaque pas était une lutte dans l'escarpement de la falaise. Sans Jov qui la soutenait, elle se serait effondrée. Elle enviait le calme de la mer en contrebas, d'un bleu si intense, alors qu'en elle, tout était ravagé.

Elle se sentait seule, perdue, blessée et n'entrevoyait plus rien, rien que le vide de cette absence qui durerait éternellement. Elle ne voulait pas être là. Elle ne voulait pas entendre ces éloges de l'homme qu'elle aimait. Elle ne voulait pas faire face à la tristesse de son entourage. Elle ne voulait pas voir la compassion de ceux qui se tenaient à ses côtés. Elle aurait voulu qu'il revienne, pouvoir profiter de lui encore un peu, avoir le temps d'accepter sa décision, pouvoir se préparer à son départ, lui dire au revoir, mais pas ça. Pas ce silence infini, pas avec cette brutalité, pas avec cette impression d'inachevé. Revenir sur leur dernière conversation lui faisait trop de mal, penser à l'espoir retrouvé pour être aussitôt anéanti était au-dessus de ses forces. Elle avait l'impression qu'elle ne s'en remettrait jamais, qu'elle n'aurait jamais assez de larmes pour évacuer la douleur et la frustration, sans compter la colère contre Nel qui l'avait trahie.

Lui se tenait à distance, invisible en haut de la falaise. Il ne quittait pas des yeux la frêle silhouette de Clarisa semblant flotter dans sa robe noire. La voir si fragile l'écrasait de culpabilité dont il ne parvenait pas à se défaire malgré les arguments de Nora. Depuis la mort de Tipone, ils ne parlaient que de ça, de ce geste fatal.

— Je t'assure que c'était la meilleure chose à faire. N'écoute pas Galiel. Moi aussi je connaissais Tipone. Nous étions très proches lorsqu'on était infiltré chez les Cybhom. Je l'ai vu traverser des moments de profond désespoir là-bas. C'était sans commune mesure avec son état et pourtant ici, il avait du soutien, des perspectives. Je sais que c'est difficile à comprendre, mais j'aimerais que tu me fasses confiance.

— C'est le cas.

— Alors, on doit surmonter ça. Il était arrivé au bout. Personne n'aurait pu lui redonner espoir. Clarisa n'aurait pas réussi et il ne voulait pas imposer qu'on s'occupe de lui. C'est difficile à accepter, mais c'était son choix, ferme et définitif.

Nel entendait cette conviction, tout comme il voyait la souffrance de Nora qui parfois s'isolait pour « gérer le deuil à sa façon », comme elle disait. Pourtant quelque chose en lui refusait ces propos. Il ne pouvait effacer l'image de Clarisa le haïssant. Quand bien même Nora aurait raison, la réalité était qu'il avait été l'instrument de la perte de Clarisa, qu'il n'avait pas pensé à ce qu'elle endurerait alors qu'il aurait dû et surtout qu'il ne pouvait pas l'épauler pendant cette période alors qu'il l'aurait voulu.

Le quotidien reprit ses droits malgré les blessures laissées par la mort de Tipone. Clarisa s'était rapidement engagée dans un maximum d'interventions, s'arrangeant pour ne plus côtoyer Nel. De son côté, il assistait Jov dans la gestion de l'équipe des épureurs déléguée par Sindra. Il aurait préféré se pencher sur de nouvelles problématiques plutôt que réaliser la synthèse des dossiers, un travail qu'il trouvait laborieux. Rares étaient les complications qui suivaient les interventions, car même les cas particulièrement complexes et novateurs étaient pris en charge efficacement par les rééducateurs, cela demandait simplement plus de temps. Le suivi était cependant nécessaire pour évaluer la pertinence des stratégies d'intervention et préparer le bilan mensuel produit pour les Réalistes. Nel apprenait beaucoup, mais il perdait régulièrement le fil des dossiers et devait recommencer le long et fastidieux travail de pointage. Après ces journées qui lui paraissaient interminables, il retrouvait Nora. Il existait toujours une gêne entre eux. Ils étaient moins spontanés évitant parfois le contact ou ne l'appréciant pas comme avant.

Nora préparait une mission dans une nouvelle région. Elle avait retrouvé une dynamique, intéressée par la découverte d'une communauté et par le renouvellement de sa collaboration avec Cotoumi. C'était peut-être cela qui perturbait Nel, il ne pouvait oublier leur geste aussi aisément. Régo faisait souvent une courte apparition, apportant des nouvelles de Clarisa.

— Final'ment, c'est Galiel l'plus inquiétant. Il se morfond et elle s'occupe d'lui. J'n'arrive pas à savoir si c'est positif pour elle ou si ses plaintes sont trop pénibles. Moi j'le trouve insupportable, mais elle n'dit rien.

Nel encaissait en silence tandis que Nora focalisait toujours sur Galiel.

— Il vit encore là-bas ? Pourquoi ? Il fait quoi de ses journées ?

— On dirait qu'il n'fait rien, à part gémir dans l'canapé. J'crois qu'il aimerait qu'Clarisa lui trouve un job dans la tour.

— Il n'a qu'à postuler pour passer les tests selon la fonction qui l'intéresse.

— P'tetre qu'il aimerait faire comme toi. Il m'pose tout l'temps plein d'questions sur l'parcours de Tipone.

— Alors il n'aura qu'à s'inscrire pour la prochaine sélection. Et s'il veut réussir, il a intérêt à s'entraîner.

Systématiquement, Nora se tendait à l'évocation de Galiel, se montrant réticente à l'idée qu'il prenne la place de son frère. Régo changea de sujet pour détendre l'atmosphère qui lui pesait, autant chez Clarisa que chez Nel.

— Tu vas aller où c'te fois ?

— En Chine, tu connais ?

— Non. J'ai visité pas mal d'pays en suivant mon père et bien sûr la Tanzanie n'a plus d'secret pour moi, mais j'avais jamais mis les pieds en Asie avant d'v'nir ici. Tu pars quand ?

— À la fin de la semaine. J'espère que Cotoumi sera toujours autant disponible, j'ai encore plein de questions à lui poser. Parfois j'ai l'impression d'être toi face à Tessa.

— J'vois pas du tout d'quoi tu parles !

La conversation se poursuivit le lendemain sur le pont aux dix statues.

— Tu lui d'mandes quoi à Cotoumi ?

— Son histoire me passionne, surtout qu'elle a grandi en autarcie dans des conditions assez similaires aux miennes. Sauf que contrairement à ma communauté, elle n'avait pas le droit de quitter son île, sous le prétexte que c'était trop dangereux. J'aimerais savoir ce qui l'a poussée à partir quand même alors qu'elle n'avait eu que d'infimes contacts avec des gens de Singapour.

— C'est pourtant la même démarche que vous avez eue lorsque vous avez rétabli les communications avec l'extérieur, fit remarquer Nel.

— Chez nous, c'était une recherche perpétuelle. Des groupes d'exploration partaient constamment pour chercher d'autres survivants. À Corfou ils étaient deux, avec quelques vivres, volant une barque pour s'enfuir en pleine nuit.

La suite du périple de Cotoumi était tout aussi palpitante, même si Nora ne connaissait que les grandes lignes qui incluaient une étape en Chine dans la région où elle allait se rendre. Le voyage avait été empreint d'embuches, de rencontres, de désillusions forgeant Cotoumi à être beaucoup plus aguerrie.

— À son arrivée à Singapour, elle a participé activement à la formation du système des Réalistes avec celui qui l'avait incitée à prendre tous les risques pour le rejoindre. J'ai hâte d'en savoir plus sur leur histoire et surtout sur le conflit qui a créé les Cybhom.

Nora aurait voulu partager ces découvertes plus tôt, mais les circonstances ne lui en avaient pas laissé le temps. Elle regrettait de ne pas avoir pu éclairer Tipone sur le point de départ de la communauté des Cybhom. De ce qu'elle savait, tout avait commencé à Singapour, dans un lieu appelé le bureau central à présent détruit. Un groupe de jeunes férus de technologie avait réussi à entrer en communication avec un satellite. Ils avaient créé un programme permettant aux survivants du cataclysme de les contacter. Rapidement, le jeu des rencontres virtuelles avait laissé la place à des idées de reconstruction, chacun échangeant sur son fonctionnement. Puis il avait été question d'une rencontre physique en vue de définir des modalités de collaboration. Certains membres plus directifs que d'autres voulaient imposer l'ancien modèle pour encadrer les échanges et de nombreux désaccords apparurent. La scission avait été inévitable entre la rigidité des uns et la volonté de réinventer un système des autres. Cotoumi avait adhéré au second groupe avec des personnes novatrices rejetant totalement tout ce qui pouvait ressembler à l'organisation de Corfou.

Régo et Nel étaient passionnés par ces détails de l'histoire des Réalistes jusqu'alors inconnus. Ils comprirent que l'autre groupe avait donné naissance aux Cybhom. Ces désaccords initiaux n'expliquaient pas les malveillances des Cybhom à l'égard des Réalistes. Des informations leur manquaient et Régo impatient proposa d'interroger An-Ting. Il était dans son bureau, accompagné de Jov.

— Ce n'sera pas long, c'est au sujet des Cybhom. Y'a un truc qu'j'aimerais comprendre.

L'monde est assez grand pour accueillir des visions différentes. Pourquoi s'attaquent-ils aux Réalistes ?

— Bonne question, à laquelle j'ai désormais l'autorisation de répondre entièrement. Vous savez qu'à la tête des Cybhom, il y a cet homme, Gatan. Il faisait partie du bureau central, il était le leader d'une vision dissidente. Lorsqu'il a quitté Singapour, en total désaccord avec les idées des Réalistes, il est retourné en Espagne d'où il était originaire pour développer l'organisation que vous connaissez maintenant. Il n'avait pas manqué de rallier à sa cause un grand nombre de groupes. On pensait qu'il était mort depuis le temps, mais Nora nous a prouvé le contraire en étant témoin des procédures de remplacement de ses organes défaillants. L'animosité entre les deux mondes a certainement été amplifiée par l'expansion grandissante des Réalistes, mais l'étincelle qui a tout déclenché c'est Sindra.

— Quoi ? s'exclama Jov. Qu'est-ce qu'elle a à voir là-dedans ?

— Sindra s'est échappée de la communauté des Cybhom quand elle avait une vingtaine d'années et elle n'a pas fait dans la discrétion. Elle avait un caractère très provocateur à l'époque.

— Parce que tu trouves que ça a changé ?

— Je t'assure que oui. Outre le fait qu'elle ait trouvé refuge chez les Réalistes, elle s'est arrangée pour déstabiliser la structure des Cybhom en partant.

— C'est une tâche impossible, fit remarquer Nora. Tout est verrouillé. Je ne vois pas comment une seule personne pourrait les menacer.

— Sindra n'est pas n'importe quelle personne. Elle a fait beaucoup de dégâts parce qu'elle connaissait tous les rouages du système. Elle a pratiquement été élevée par Gatan. C'est sa petite fille, son unique descendant.

31

Le silence qui suivit révéla l'incrédulité de l'auditoire. Pas un instant, Jov n'avait soupçonné qu'il puisse exister un lien entre Sindra et les Cybhom. Des bribes de souvenirs lui revinrent à l'esprit, des réflexions de Nydie alors qu'il s'étonnait qu'elle apprécie autant celle qu'il qualifiait de distante, acerbe. Nydie s'était toujours dérobée par des boutades sur tout ce qu'il ne pouvait pas comprendre.

— Sindra n'est pas son vrai nom ?

— Non. Elle s'appelait Gaele et ne veut plus jamais en entendre parler. Elle a renié son enfance, ses proches, tout ce qui la rattachait à Gatan. Cet homme est tellement mégalo qu'il impose des noms basés sur le sien à son entourage.

— Sindra lui va beaucoup mieux. Qui est au courant ? Dean ?

— Bien sûr. Quand elle est arrivée à Singapour, Dean était chargé de la surveiller. Tous les Réalistes savent qui elle est. Nydie également comme tu pouvais t'en douter.

— Mais personne ne dit rien.

— Pour la protéger. C'est elle qui a souhaité qu'on lui assure l'anonymat. Elle savait que Gatan lancerait du monde à sa recherche. Ce despote tout puissant contrôlant l'ensemble des membres de sa communauté ne pouvait pas supporter un tel déshonneur. Il veut la retrouver et certainement la punir. C'est ce qu'elle craint en tout cas et les évènements prouvent qu'elle a raison.

— Voilà pourquoi elle ne participe pas aux missions extérieures.

— Exactement, elle se cantonne aux lieux sécurisés. Même ses enfants grandissent incognito, éloignés depuis…

— Depuis qu'un Cybhom a réussi à intégrer notre équipe. Il la cherchait.

— Visiblement. Gatan a dû apprendre où elle se trouvait et sa colère n'a fait que s'accentuer. Sindra n'a jamais été en contact direct avec Yorn.

— Alors Nydie ?

— C'était prémédité, j'en suis certain. L'objectif était de faire peur à Sindra pour qu'elle revienne. Cela a eu l'effet inverse, elle a accentué sa protection. Depuis, elle se méfie encore plus des nouveaux arrivants.

— Sauf qu'elle a accepté de former Clarisa et Nelson.

— En grande partie parce que j'étais occupé et que tu l'as sollicitée. Et puis, de savoir quels risques prenaient Nora et Tipone lui a donné le courage de faire de même. Le problème c'est qu'en infiltrant à notre tour leur communauté, en allant au plus près des Cybhom puisque Nora a eu un accès direct à

Gatan, nous avons apparemment déployé sa rage contre le système des Réalistes tout entier.

— Il veut tout détruire.

— J'en ai bien peur. On n'avait aucune chance de s'en sortir à Paris. Je pense qu'ils envisageaient de nous capturer tous, y compris Cotoumi, mais elle est partie sous leur nez. La torture que nous avons subi Tipone et moi, elle n'avait pas de limites. Ils ont besoin d'informations pour viser juste.

— Moi qui croyais qu'ils voulaient subtiliser les techniques des épureurs pour prolonger leur durée de vie, fit remarquer Nora.

— C'est également vrai, mais leur projet va bien au-delà du vol de savoir-faire. On doit se préparer, car il est certain que tant que Gatan sera vivant, ils ne s'arrêteront jamais.

— Et il va vivre encore longtemps, soupira Nora.

An-Ting acquiesça. Il était depuis longtemps confronté à la crainte des Cybhom, depuis sa rencontre avec Sindra qu'il avait suivie lors de sa sélection puis formée. À l'époque, elle était encore sous la surveillance de Dean qui l'avait prévenu de ce profil particulier. La jeune Gaele, rebelle chez les Cybhom, avait laissé la place à une femme extrêmement douée, pleine de gratitude et bien décidée à mettre son énergie au service des Réalistes. Après la mort de Tipone, Sindra ne voulait plus maintenir le secret sur son identité. En son absence, elle avait confié à An-Ting la tâche de dévoiler la vérité à tous ceux impactés par la violence des Cybhom, de près ou de loin, quand le moment lui semblerait opportun.

Les révélations d'An-Ting suscitèrent de nombreuses réflexions. Régo et Nora se donnèrent rendez-vous à l'étage de ventilation en fin de journée, pressés d'en parler.

— C'est vrai qu'Sindra est distante. J'la connais à peine alors qu'j'l'ai suivie sur pas mal d'interventions. Elle m'répondait même pas ou alors avec un p'tit sourire ennuyé.

— Je le connais ce sourire. J'ai cru qu'elle n'approuvait pas ma relation avec Nel parce que ça le détournait de son rôle d'épureur ou quelque chose dans le genre.

— Alors qu'c'est simplement qu'elle t'évite de base. C'est rassurant !

— Je sais que c'est idiot, mais j'ai tiqué quand An-Ting a évoqué l'aspect mégalo de Gatan. C'est étonnant que Galiel entre dans cette tradition bizarre.

— Marrant, j'ai pensé la même chose. Mais il s'est toujours app'lé Galiel, non ?

— Je sais. C'est juste que la coïncidence est troublante.

— Et comme l'personnage est d'jà pas mal troublant à lui seul…

— Tu as cette impression toi aussi ?

Régo raconta alors à Nora les derniers temps avant le décès de Tipone où il ne se passait pas une journée sans que Galiel sollicite une nouvelle visite. Cela l'avait enthousiasmé au début, croyant avoir trouvé quelqu'un qui partageait ses passions pour l'architecture de la tour de l'Espoir ou pour les prototypes testés dans divers étages, certains largement diffusés auprès des communautés quand d'autres étaient abandonnés par manque d'efficacité. Cependant, l'intérêt de Galiel était factice, il paraissait s'ennuyer tout en insistant pour voir un autre endroit sans n'être jamais satisfait. Régulièrement, il provoquait Régo évoquant des lieux secrets de la tour auxquels seules les plus hautes sphères avaient accès ou le pressant pour être mis dans la confidence sous prétexte qu'il faisait partie de la famille.

Malgré tout, Régo s'était promis de ne plus déroger aux règles, refroidi par son impuissance lors de la supervision touchant Jov. Il tenait cet engagement au maximum ainsi il s'était interdit de mentionner la cellule d'intervention des épureurs ou d'autres niveaux nécessitant des autorisations. En conséquence, Régo ne permit pas à Galiel de s'en approcher ce qui progressivement avait étouffé sa curiosité.

— Tu en as parlé ? s'enquit Nora.

— Clarisa et Nel sont au courant, mais ils n'trouvaient rien d'étonnant.

— Et surtout, ils manquent de connaissances sur les Cybhom ou de recul sur Galiel pour s'en méfier.

— D'quoi tu parles ?

— An-Ting a dit qu'ils seraient prêts à tout et j'en suis convaincue. Nous devons lui en parler.

— Y'a vraiment rien d'particulier dans ses d'mandes.

— L'important n'est pas là. Les Cybhom sont en quête d'informations. Et si c'était Galiel qui s'en chargeait pour eux ?

Régo réfutait l'idée de Nora, mais elle ne tergiversa pas plus longtemps. Même si elle se trompait, il fallait prévenir An-Ting. Lui aurait un avis éclairé. Sans plus attendre, elle entraîna Régo dans le bureau de l'épureur.

— An-Ting, j'aimerais qu'on parle de Galiel. Je le soupçonne d'être ici pour le compte des Cybhom.

— Tu m'en as déjà parlé et je l'ai pensé dès notre retour, mais je n'ai rien détecté à son sujet. Il s'est prêté à toutes les sollicitations, apportant de nombreux détails sans qu'aucune faille ne transparaisse dans son discours.

— Justement. C'est un signe supplémentaire non ?

— Comment ça ?

— Il arrive ici en ayant trahi les idéaux auxquels il croit depuis des années, ceux qui l'ont poussé à abandonner son passé. Il voit son frère mourir à petit feu sous ses yeux. Il passe d'ailleurs ses journées face à lui, détruit par ceux qu'il avait adoptés et il ne montre pas de faiblesse, aucune incohérence !

— Il a pu prendre sur lui pour soutenir Tipone.

— Là-d'ssus, j'la r'joins, intervint Régo. Tout l'monde a été éprouvé par les tortures qu'vous avez subies, plus encore ceux qu'étaient proches d'Tipone. Clarisa s'est vraiment plantée, Nora a tout fait pour quitter la tour alors qu'Tessa n'parle plus. Personne n'peut rester insensible face à une souffrance pareille. Et Sindra, la spécialiste des Cybhom, elle en pense quoi ?

An-Ting se souvint des notes transmises par Sindra. C'est elle qui avait entamé le rapport sur leur retour, questionnant An-Ting, Galiel puis Tipone avant de laisser d'autres prendre la main sur le dossier. Le document complet finalisé par An-Ting ne montrait rien de particulier, mais il avait pu manquer quelque chose. Il appela Jov et Nel souhaitant ne rien laisser au hasard. Tous se penchèrent sur les phrases de Sindra jetées les unes après les autres, certaines surlignées, d'autres en gras.

— Elle se méfiait de Galiel, s'exclama soudain Nel. Regardez !

— Comment peux-tu voir ça ? demanda Jov. Elle met des symboles dans tous les sens, c'est incompréhensible.

— Elle procède de la même manière pour les détenus. Ses notes des premiers entretiens paraissent totalement désordonnées, mais ensuite elle rééchelonne tout pour organiser les informations. Ce serait trop long à détailler, mais ici, les passages qu'elle a surlignés ça veut dire qu'il faut approfondir, ceux qui sont entourés sont les éléments importants alors que les vagues indiquent qu'elle est sceptique.

En un instant, les mots de Sindra prirent une autre signification. Elle semblait émettre des doutes sur l'histoire de l'évasion. Nora se souvint d'avoir eu la même impression en écoutant les versions d'An-Ting et de Galiel. Elle débita à toute vitesse les éléments qui l'avaient surprise, dont certains faisaient écho avec les notes de Sindra. Bombardé de questions, An-Ting essaya alors de se souvenir, le plus précisément possible des circonstances de leur fuite. Au milieu du brouhaha, Nora haussa le ton pour imposer ce qui la taraudait inconsciemment depuis leur retour.

— Pourquoi ne vous a-t-il pas secourus avant ? Cela faisait des semaines que vous étiez enfermés, toujours avec la même surveillance. Pourquoi cette nuit-là ?

— Je ne sais pas. Il n'y avait rien de particulier.

— Essaie de te souvenir. Le moindre détail pourrait être important.

— C'est difficile. Ils nous ont torturés, comme tous les jours. On était à bout. Parfois, ils emmenaient Tipone devant moi, lui faisant endurer les pires sévices. Il ne lâchait jamais rien, mais c'était moi qu'ils visaient en le malmenant, sachant que j'avais plus de valeur.

Les visages grinçants en face de lui coupèrent An-Ting dans la description de leur calvaire. Nora avait raison, un élément avait certainement déclenché leur sauvetage. Occulter ces souvenirs pouvait leur porter préjudice. Malgré l'horreur, il devait s'astreindre à revivre la scène.

— Ils étaient toujours trois. Celui qui s'occupait de Tipone ou de moi en alternance, celui qui hurlait pour me faire parler et le dernier qui notait, sans broncher. Ils s'étaient vraiment acharnés ce jour-là, montrant qu'ils tueraient Tipone et que j'aurais sa mort sur la conscience. Il a encaissé, encaissé puis il s'est évanoui. Juste avant, nos regards se sont croisés. Il savait ce qui l'attendait. Il voulait que je tienne pour vous protéger tous, il me soutenait. J'ai dû perdre connaissance à mon tour, je ne me rappelle plus comment je suis rentré dans ma cellule. La suite, c'était Galiel qui venait me délivrer.

Le dégout face à l'atrocité des sévices fit place à la crainte. Tous en étaient arrivés à la même déduction. N'obtenant pas d'information, les Cybhom avaient organisé la fuite des deux prisonniers se frayant par la même occasion un chemin vers le cœur du système des Réalistes. Galiel était au service des Cybhom.

32

Clarisa avait de plus en plus de mal à supporter Galiel. Elle lui avait indiqué à plusieurs reprises qu'elle se débrouillait parfaitement bien toute seule, qu'il serait mieux auprès de sa famille, mais il restait là, faisant mine de la soutenir, se plaignant constamment, ressassant ses souvenirs d'enfance. Sa propre part de deuil était suffisamment douloureuse à porter pour ne pas rajouter celle de ce frère avide de réconfort. Quitte à se retrouver seule, sans Tipone qui l'avait abandonnée, sans Nel qu'elle ne pouvait plus voir, sans Régo qui venait de moins en moins souvent, elle aurait préféré une véritable solitude où toute sa tristesse, sa frustration, sa rancœur auraient pu s'exprimer. Au lieu de cela, elle tentait de faire bonne figure dès qu'elle était obligée de sortir de sa chambre. Même là, Galiel ne l'épargnait pas, frappant à sa porte dès qu'il l'entendait gémir pour indiquer qu'il était là, qu'ils pouvaient partager leur souffrance.

Mais ce n'était pas de lui dont elle avait besoin. Elle voulait Tipone, elle voulait profiter encore de sa présence. C'était comme si leur relation n'avait été qu'un enchaînement de départs et de retrouvailles, d'inquiétude et de soulagement, de moments manqués que rien ne pourrait jamais rattraper. Et puis il y avait Nel, relié à cette douleur. Clarisa ne parvenait pas à surmonter la trahison de son ami, partagée entre le manque de son soutien et la rage face à son geste qui lui avait enlevé celui qu'elle aimait. Il était allé trop loin. Clarisa sursauta en sentant une main sur son épaule.

— Qu'est-ce que tu fais là ?

— Je t'ai entendu pleurer, et tu n'avais pas fermé la porte, s'excusa Galiel.

— Laisse-moi, s'il te plait.

— Tu sais, moi aussi je suis triste. J'ai perdu mon frère que je venais à peine de retrouver.

— Tu devrais rejoindre tes parents.

— Non. Tipone tenait à toi. Je ne peux pas te laisser alors que tu vas si mal.

— J'aimerais que tu le fasses. J'ai besoin d'être seule pendant un moment.

Galiel obtempéra, penaud. Son intrusion avait perturbé Clarisa, elle ne pouvait s'empêcher de penser à lui et se sentir coupable de le repousser. Elle sortit de sa chambre pour s'excuser s'attendant à trouver Galiel allongé dans le confortable canapé. Au lieu de ça, il était absorbé par des manipulations.

— Qu'est-ce que tu fais avec ma polytex ? Comment l'as-tu déverrouillée ?

— Elle l'était déjà.

— Je ne crois pas et ce n'est pas une raison. Tu n'as pas le droit de t'en servir. Depuis combien de temps l'utilises-tu ?

— Je veux juste retourner dans la tour, revoir le service médical pour me souvenir de Tipone.

— Tu sais bien que tu n'en as pas le droit. Pas seul en tout cas.

— Alors, emmène-moi là-bas.

— Je ne crois pas que ce soit une bonne idée. Écoute, j'aimerais que tu quittes ma maison pour quelques jours.

— Tu veux me mettre dehors dans un moment pareil ? C'est horrible de m'imposer ça !

Une décharge d'adrénaline parcourut Clarisa. Elle se sentit soudain en alerte comme lors de sa précédente intervention. C'était un état qu'elle avait provoqué dernièrement, car lorsque tous ses sens étaient en éveil pour évoluer au beau milieu d'un cerveau agité, elle parvenait enfin à oublier les souffrances de Tipone. Elle ne s'était pas attendue à éprouver ce sentiment de danger, chez elle, en compagnie de Galiel. Il lui paraissait maintenant vital qu'il parte. Clarisa justifia calmement l'idée du départ précisant que ce n'était que temporaire et se heurta de nouveau à un mur lui reprochant de vouloir l'éloigner.

Ses arguments eurent l'effet inverse de ce qu'elle escomptait, augmentant l'inquiétude et l'incohérence de Galiel. L'image du grand frère abattu avait laissé la place à un homme colérique.

— Tu n'es qu'une ingrate. Je te le ramène sain et sauf et en échange tu me considères comme un étranger. J'ai tout fait pour que tu m'acceptes, tout. J'ai écouté tes histoires, j'ai accompagné Tipone, je me suis occupé de toi et me voilà éjecté comme un malpropre, sans aucune perspective !

— Je suis désolée. Je ne vais pas bien, j'ai besoin de temps.

— J'en ai rien à foutre de tes besoins. Tu sais de quoi j'ai besoin moi ? Tu sais ce qu'il me faut ?

Galiel était entré dans une rage effrayante. Comment quelqu'un pouvait-il se transformer à ce point-là ? Comment avait-elle pu passer à côté des signes qui n'avaient certainement pas manqué ? Elle n'avait pas le temps d'entrer dans une analyse de son profil. L'urgence était de l'amadouer pour pouvoir sortir de ses griffes. Elle devait faire preuve de subtilité pour désamorcer la hargne qui la menaçait.

— J'ai mal réagi. Je ne voulais pas te blesser. On va en parler et arranger les choses.

La violence baissa d'un cran, mais une frontière avait été dépassée. Il ne serait pas simple de revenir en arrière.

— Tu ne comprends pas à quel point c'est énervant que vous partagiez tous ces secrets sans jamais m'inclure. Pourquoi tu ne me racontes pas tes missions d'épureur ? Où ça se passe ? Dans la tour ou ailleurs ? Et les Réalistes ? Où vivent-ils ? Nora n'a rien voulu me dire, Régo non plus. Mais toi, tu dois me faire confiance depuis le temps. Je me suis plié à toutes tes contraintes, tu me dois bien ces informations en retour.

— Bien sûr que je te fais confiance, mais cela n'a rien à voir. On s'est engagé à ne pas dévoiler certains éléments.

— Qui vous a donné cette règle stupide ? C'est Cotoumi ? Sindra ? Pourquoi ne m'a-t-elle jamais parlé ? Elle s'est défilée cette lâche. Où est-elle ?

La tournure de la conversation ne suivait pas le chemin escompté par Clarisa. Elle avait beau tenter l'apaisement, les explications, les changements de sujet, rien ne marchait. Galiel était parti dans un délire paranoïaque, se disant prisonnier d'un complot. Il déblatérait sans cesse, décrivant tous les signes qui montraient qu'on se méfiait de lui. Il arpentait la pièce à pas vifs, ne laissant aucune opportunité à Clarisa de s'approcher de la porte.

— Je ne dois pas me faire attraper. Je dois laisser Sindra de côté, mais il faut que je ramène ce que j'ai appris. Et, je pourrais t'emmener. Tu seras sûrement plus bavarde que les autres.

Clarisa n'avait pas le temps d'emmagasiner tout ce qu'il disait. Les Cybhom, la torture, Tipone, il savait, elle s'était fait piéger. Dans son esprit, tout se bousculait. Penser à l'horrible personne qu'elle avait côtoyée pendant tout ce temps allait la détruire, elle devait se focaliser sur sa survie. Il était hors de question qu'il la capture, il lui fallait trouver un moyen de s'échapper. Clarisa mesurait les pas de Galiel, anticipant ses allers-retours. Dès qu'il passa derrière elle, emporté dans ses pensées tortueuses, elle s'élança.

Elle se précipita sur la porte, la poussa violemment et traversa le jardin. Soudain, elle fut coupée dans son élan et tirée en arrière pour être ramenée de force à l'intérieur. Galiel semblait comme possédé.

— Tiens-toi tranquille ! Tu viendras avec moi.

Clarisa changea de tactique, tentant le tout pour le tout en s'opposant violemment.

— C'est hors de question !

— Parce que tu crois que tu as le choix ? susurra-t-il en prenant un air vicieux.

— Tu es ignoble, tu as tué ton propre frère. Qu'est-ce qu'ils ont bien pu te faire chez les Cybhom pour que tu deviennes si malfaisant ?

— Je n'ai pas changé en arrivant chez eux. Ils ont simplement reconnu ma valeur, compris que je faisais partie de l'élite. Je ne les décevrai pas.

Galiel s'approchait, bloquant toutes les tentatives de Clarisa pour le contourner. D'un côté elle se heurta à son bras, de l'autre, elle se fit ramener par une claque jusqu'à ce qu'il l'enserre.

— Je t'ai dit que je t'emmenais. Arrête tes bêtises maintenant.

Clarisa étouffait. La poigne était trop solide pour qu'elle parvienne à se dégager. Elle se débattait de toutes ses forces, sans succès, mais pour autant, Galiel ne parvenait pas à la maîtriser. Clarisa s'obstinait, griffant ses bras, hurlant, frappant. Pleine de hargne, elle croisa son regard pervers et comprit qu'elle n'avait aucune chance. L'étreinte se relâcha, lui laissant un instant de répit avant le premier coup asséné sur sa poitrine. Le souffle coupé, elle s'écroula, mais rien n'arrêtait la violence. Galiel s'était agenouillé devant elle, s'acharnant à la frapper sans discontinuer. Percluse de souffrance, elle entraperçut un poing se diriger sur son visage avant de perdre connaissance.

Dans la tour, tous s'étaient affolés, pressés de stopper les projets de Galiel. Ils sortirent à toute vitesse, mais le pont aux dix statues semblait interminable. Nel tentait de se rassurer. Galiel vivait avec Clarisa depuis des semaines sans que rien ne se passe, pourtant il redoutait le pire. Jov le devançait de quelques mètres tandis que les autres couraient à perdre haleine derrière lui. Ils n'avaient pas eu besoin d'échanger un seul mot. Les Cybhom avaient une fois de plus déjoué la méfiance des épureurs, entrant dans leur intimité. Galiel pouvait leur apporter une mine d'informations sur l'organisation de la tour. Pour Nel, seule comptait Clarisa. Les Cybhom pouvaient bien les menacer, rien n'importait plus que de soutirer son amie de l'influence de ce monstre.
La maison était enfin en vue, mais l'inquiétude grandit alors qu'une épaisse ombre sortit en trombe. Suivant Jov, Nel partit à ses trousses. Galiel emportait Clarisa en direction de la côte, mais à cette allure, ils l'auraient bientôt rattrapé. An-Ting l'interpella cherchant à le ralentir. Ils ne s'étaient pas attendus à ce qu'il ait le cran de leur faire face. Cela ne dura pas longtemps, juste assez pour qu'il les nargue, jette son chargement et reparte de plus belle.
— Rattrapez-le ! ordonna Jov qui s'arrêta sur le corps qui gisait à terre.

301

Nel ne s'était jamais senti aussi haineux qu'à ce moment précis. Il ne désirait qu'une chose, coincer Galiel et le frapper. Il ne voulait pas penser à Clarisa, ni au bruit sourd lorsqu'elle avait heurté le sol. Il fixa son objectif avec une colère immense, une colère dont il ne soupçonnait pas l'existence, mais qui décuplait son énergie. Galiel les menait vers la crique qui avait abrité la cérémonie d'adieux à Tipone. Nel était certain de le rattraper dans la falaise. Il était prêt à prendre tous les risques pour l'empêcher de s'échapper. Subitement, Galiel bifurqua pour entrer dans un bâtiment délabré. Nel atteignit la porte, vérifia que les autres pourraient bloquer les accès et s'engouffra à l'intérieur. C'était trop tard. Il ne put qu'assister impuissant à l'envol d'un aéro qui mit à terre la toiture du hangar, le forçant à s'écarter pour éviter les décombres.

Les heures de la nuit s'enchaînèrent sans répit, les personnels de la tour venus en renforts pour investiguer les lieux, l'équipe médicale qui évacua une Clarisa méconnaissable, mais vivante, Sindra et Dean rentrés précipitamment, puis un par un, les Réalistes tous réunis dans l'amphithéâtre. Les débats furent houleux sur la stratégie à adopter face à cette nouvelle intrusion menée par les Cybhom, sur les conséquences de la divulgation des informations volées par Galiel. Il s'était introduit dans de nombreux systèmes, utilisant la polytex de Clarisa, emportant également son codem.

Cotoumi et Dean tranchèrent en demandant la constitution d'une équipe dédiée au problème des

Cybhom, sous la direction d'An-Ting. Sindra s'était immédiatement portée volontaire. Désormais, elle tenait à faire face à son ancêtre. Que ce soit Régo et Tessa déjà lancés dans l'analyse de données, Jov animé par un désir de vengeance, Nora et Nel bien décidés à s'opposer à cette communauté, tous adhérèrent au plan. La cohabitation n'était plus une alternative possible. Les Réalistes ne pouvant se défendre continuellement, ils devaient éradiquer la menace des Cybhom.

REMERCIEMENTS

Merci chère lectrice, cher lecteur d'avoir embarqué dans l'aventure des Epureurs.

Merci à Abel pour ses suggestions originales. Merci à mes bêta-lectrices et à leurs précieuses remarques : Vanessa, Céline G., Marie-Claude, Nadine. Des remerciements particuliers à Lisa qui m'a aidée à trouver comment démarrer le tome 2, à Céline B. pour ses réflexions autour des thèmes abordés dans cette histoire, à Mélinda pour ses notes détaillées et à JB pour ses remarques constructives.

Retrouvez l'univers des Epureurs sur
www.meg-auteur.fr

Retrouvez moi sur la chaîne Youtube
Les Indés se Livrent
pour des rencontres autour de l'autoédition

ISBN : 9798521190287
Dépôt légal : juin 2021